Reise nach Kanada

Reise nach Kanada

Geschichten fürs Handgepäck

Herausgegeben von Anke Caroline Burger

Übersetzungen von Gerda Bean,
Anke Caroline Burger, Charlotte Franke,
Karl Heinrich, Brigitte Jakobeit, Thomas Marti,
Bettina Münch, Kathrin Razum, Walter Riedel,
Elisabeth Schnack, Bernhard Thieme,
Martina Tichy, Peter Torberg und Heidi Zernig

Unionsverlag
Zürich

Im Internet
Aktuelle Informationen,
Dokumente, Materialien
www.unionsverlag.com

Unionsverlag Taschenbuch 508

Rieterstrasse 18, CH-8027 Zürich
Telefon 0041-44-283 20 00, Fax 0041-44-283 20 01
mail@unionsverlag.ch

Reihengestaltung: Heinz Unternährer, Zürich
Umschlaggestaltung: Peter Löffelholz, Zürich
Umschlagfoto: Mark Pruitt
Druck und Bindung: CPI – Clausen & Bosse, Leck
ISBN 978-3-293-20508-6

Inhalt

Das Bleizeitalter

Margaret Atwood

Der Mann ist einhundertfünfzig Jahre lang begraben gewesen. Sie gruben ein Loch in das gefrorene Geröll, tief in den Dauerfrostboden, und legten ihn dort hinein, damit die Wölfe nicht an ihn herankamen. Jedenfalls nimmt man das an.

Als sie das Loch gruben, war der Dauerfrostboden der Luft ausgesetzt, die wärmer war. Das taute ihn auf. Aber nachdem der Mann zugedeckt war, gefror er wieder, sodass er, als er an die Oberfläche gebracht wurde, völlig in Eis eingeschlossen war. Sie nahmen den Deckel von dem Sarg, und es war wie bei diesen Maraschinokirschen, die man für tropische Drinks in Eisfächern einfriert: eine verschwommene Form, die hinter einer festen Wolke undeutlich zu erkennen ist.

Dann schmolzen sie das Eis, und er kam ans Licht. Er ist fast noch genau so wie damals, als er begraben wurde. Das gefrierende Wasser hat seine Lippen von den Zähnen weggedrückt, es ist ein erstauntes Fletschen, und er ist beige wie ein Fleck Bratensoße auf Leinen anstatt rosa, aber es ist noch alles da. Er hat sogar Augäpfel, nur, dass sie nicht weiß sind, sondern hellbraun wie Milchtee. Mit diesen teegefärbten Augen sieht er Jane an: ein nicht zu entziffernder Blick, unschuldig, wild, überrascht, aber nachdenklich wie ein meditierender

Werwolf, eingefangen in einem Blitzschlag genau in dem Sekundenbruchteil seiner turbulenten Verwandlung.

Jane sieht nicht sehr viel fern. Früher hat sie sich mehr angesehen. Früher hat sie sich an den Abenden Comicserien angesehen, und als sie auf die Universität ging, hat sie sich nachmittags Seifenopern über Krankenhäuser und reiche Leute angesehen, um das Arbeiten hinauszuzögern. Für eine Weile, vor noch gar nicht so langer Zeit, hat sie sich die Abendnachrichten angesehen, hat die Katastrophen mit untergeschlagenen Beinen auf dem Sofa zur Kenntnis genommen, mit einer Decke über den Beinen und einer heißen Milch mit Rum, um sich vor dem Schlafengehen zu entspannen. Es war alles eine Form von Flucht gewesen.

Aber was man im Fernsehen sieht, ganz gleich, zu welcher Tageszeit, rückt jetzt zu nah an ihr eigenes Leben heran; wenn auch in Janes Leben nicht alles so ordentlich in Schubläden verteilt ist wie im Fernsehen: Comic hier, schäbige Romanzen und sentimentale Tränen dort, Unfälle und gewaltsame Tode in Dreißig-Sekunden-Clips, in kleinen Häppchen, als wären es Schokoladenriegel. In ihrem eigenen Leben ist alles miteinander vermischt. *Ich dachte, ich sterb vor Lachen,* hatte Vincent vor sehr langer Zeit mit einer Stimme gesagt, welche die Banalität von Müttern nachahmte; so wird es allmählich tatsächlich. Und wenn sie dieser Tage das Fernsehen andreht, dann schaltet sie es bald wieder ab. Selbst die Werbung mit ihrer surrealen Alltäglichkeit beginnt unheimlich auszusehen, Bedeutungen hinter ihrem Rücken anzudeuten, hinter der Fassade von Sauberkeit, Köstlichkeit, Gesundheit, Macht und Geschwindigkeit.

Heute Abend lässt sie den Fernseher an, denn was sie sieht, ist dem, was sie gewöhnlich sieht, so gar nicht ähnlich. An diesem Bild von dem gefrorenen Mann ist nichts unheimlich. Es ist völlig es selbst. *Was man sieht, ist, was man kriegt,* wie

Vincent immer sagte, während er schielte, die Zähne an einer Seite entblößte, die Nase zu einem Horrorfilm-Rüssel hochschob. Obwohl das bei ihm niemals so war.

Der Mann, den sie ausgegraben und aufgetaut haben, war ein junger Mann. Oder ist es noch immer: Es lässt sich schwer sagen, welches Tempus ihm zugeordnet werden sollte, er ist so beharrlich gegenwärtig. Trotz der Entstellungen, die durch das Eis und die Auszehrung seiner Krankheit verursacht wurden, sieht man, dass er jung ist, keine Verhärtung, keine Abnutzung. Nach den Daten, die sorgfältig in sein Namensschild gemalt sind, ist er erst zwanzig Jahre alt gewesen. Sein Name war John Torrington. Er war, oder ist, ein Matrose, ein Seemann. Er war aber kein einfacher Seemann, sondern eine Art Unteroffizier, ein Maat, einer, der unbedeutendere Befehlsbefugnis besaß.

Er war einer der Ersten, die starben. Das ist der Grund, warum er einen Sarg und ein metallenes Namensschild bekam, und ein tiefes Loch im Permafrost – weil sie anfangs noch die Kraft hatten für solche Dinge und die Pietät. Es wird eine Begräbnisrede gegeben haben, und Gebete. Als die Zeit voranschritt und alles verschwamm und die Dinge nicht besser wurden, müssen sie ihre Kräfte für sich selbst bewahrt haben, und auch die Gebete. Die Gebete werden nicht mehr Routine gewesen, sondern verzweifelt geworden sein, und dann hoffnungslos. Die späteren Toten bekamen Steinhaufen aus übereinandergeschichteten Steinen, und die noch viel späteren nicht einmal das. Sie endeten als Knochen und als Schuhsohlen und gelegentlich als Knopf, die auf dem gefrorenen steinigen baumlosen harten Boden verstreut waren und deren Spur nach Süden führte. Wie die Spuren in Märchen, aus Brotkrumen und Samenkörnern oder weißen Steinen. Aber hier war nichts aus dem Boden gesprossen oder hatte im Mondschein geleuchtet und einen wundersamen Pfad zum Leben gebildet; es war niemand gekommen, um sie zu retten. Es dauerte zehn Jahre, bis auch nur die spärlichsten Ansätze dessen bekannt wurden, was mit ihnen geschehen war.

Alle zusammen waren sie die Franklin-Expedition. Jane hat sich selten mit Geschichte befasst, außer wenn sie mit ihrem Wissen über antike Möbel und Immobilien zusammenfiel – »Erntetisch aus Kiefer, 19. Jahrhundert« oder »Gregorianisches Herrenhaus, beste Lage, einwandfrei renov.« –, aber sie weiß, was die Franklin-Expedition war. Die Schiffe mit den Unglücksnamen waren auf Briefmarken abgedruckt – die Terror, die Erebus. Auch in der Schule hatten sie es, zusammen mit einer ganzen Reihe anderer untergegangenen Expeditionen, durchgenommen. Nicht viele von diesen Forschern schienen gut davongekommen zu sein. Immer kriegten sie Skorbut oder verirrten sich.

Die Franklin-Expedition hatte nach der Nordwestpassage gesucht, einem offenen Seeweg quer durch die Arktis, damit die Menschen, Kaufleute, von England nach Indien gelangen konnten, ohne erst um ganz Südamerika herum zu müssen. Das war bei Weitem nicht so exotisch wie Marco Polo oder die Quellen des Nils; trotzdem, der Gedanke der Erforschung hatte ihr damals gefallen: auf ein Schiff zu gehen und einfach irgendwohin zufahren, ins Kartenlose, hinaus ins Unbekannte. Sich selbst der Furcht ausliefern, Dinge herausfinden. Das war irgendwie kühn und edel, trotz all der Verluste und Misserfolge, oder vielleicht gerade deswegen. Es war wie Sex in der Highschool, damals, vor der Pille, selbst wenn man sich vorsah. Das heißt, wenn man ein Mädchen war. Wenn man ein Junge war, für den ein solches Risiko ziemlich gering war, musste man andere Dinge tun: mit Waffen oder großen Mengen Alkohol oder sehr schnellen Wagen, was in ihrer Highschool in einem Vorort von Toronto damals zu Beginn der Sechzigerjahre Springmesser bedeutete, Bier und am Samstagabend Autorennen auf den Hauptstraßen.

Während Jane jetzt auf den Fernseher sieht, während das rautenförmige Eis langsam schmilzt und die Körperumrisse des jungen Seemanns klar und scharf werden, erinnert sie sich an Vincent, mit sechzehn und noch mit mehr Haaren, der spöttisch eine Augenbraue hochzieht und, die Lippen in nachgeahmtem Spott verzogen, sagt: »Franklin, mein Lieber, das ist mir scheißegal.« Er sagte es laut genug, um gehört zu werden, aber der Geschichtslehrer ignorierte ihn, weil er nicht wusste, was er sonst hätte tun sollen. Es war für die Lehrer schwer, Vincent unter Kontrolle zu halten, weil er sich vor nichts zu fürchten schien, das ihm zustoßen konnte.

Selbst damals war er hohläugig gewesen; oft sah er aus, als wäre er die ganze Nacht auf gewesen. Selbst damals ähnelte er einem sehr jungen alten Mann oder einem früh verdorbenen Kind. Die dunklen Ringe unter seinen Augen waren das Alte an ihm, aber wenn er lächelte, hatte er hübsche kleine weiße Zähne, wie die Werbeanzeigen für Babynahrung in den Illustrierten. Er machte sich über alles lustig und wurde bewundert. Er wurde nicht auf die gleiche Art bewundert, wie andere Jungen bewundert wurden, jene Jungen mit mürrisch verzogener Unterlippe und fettigen Haaren und einer einstudierten, schwelenden Bedrohlichkeit. Er wurde wie ein Schoßtier bewundert. Nicht wie ein Hund, sondern wie eine Katze. Er ging, wohin er wollte, und gehörte niemandem. Niemand nannte ihn Vince.

Seltsam, aber Janes Mutter mochte ihn. Gewöhnlich mochte sie die Jungen, mit denen Jane ausging, nicht. Vielleicht ließ sie ihn deshalb durchgehen, weil ihr klar war, dass Jane keinen Schaden davontragen würde, wenn sie mit ihm ausging: kein gebrochenes Herz, keine Schwere, nichts Belastendes. Nichts von dem, was sie *Folgen* nannte. Folgen: die Schwere des Körpers, das wachsende Fleisch, das wie ein Bündel herumgeschleppt wurde, der kleine rüschenumsäumte Wichtelkopf im Kinderwagen. Babys und Hochzeit, in dieser Reihenfolge. So verstand sie die Männer und ihre verstohlenen, plumpen, bedrohlichen Wünsche, denn Jane war selbst eine Folge gewesen. Sie war ein Fehler gewesen, sie war ein Kriegskind gewesen. Sie war ein Verbrechen gewesen, für das immer wieder und wieder hatte gezahlt werden müssen.

Mit sechzehn hatte Jane schon so viel davon gehört, dass es für mehrere Leben reichte. In den Darstellungen ihrer Mutter über die Art und Weise, wie es zuging im Leben, war man eine kurze Zeit jung, und dann fiel man. Man plumpste runter wie ein reifer Apfel und wurde am Boden zu Brei zerquetscht; man fiel, und alles um einen herum fiel ebenfalls. Man kriegte Senkfüße, und die Gebärmutter senkte sich auch, und Haare und Zähne fielen aus. Das hatte man vom Kinderkriegen. Man wurde den Gesetzen der Schwerkraft unterworfen.

So sieht sie ihre Mutter noch immer vor sich: in baumelnder, sinkender, erschlaffender Bewegung. Ihre hängenden Brüste, die nach unten gezogenen Mundwinkel. Jane beschwört sie herauf: Da ist sie, sitzt wie gewöhnlich mit einer Tasse abkühlenden Tees am Küchentisch, erschöpft von ihrer Arbeit als Verkäuferin im Kaufhaus Eaton, wo sie den ganzen Tag hinter dem Schmucktresen steht, den Hintern in einem Hüftgürtel verpackt und die geschwollenen Füße in die vorgeschriebenen halb hohen Schuhe gequetscht, lächelt ihr neidisches, missbilligendes Lächeln über die verwöhnten Kunden, die hochnäsig auf den glitzernden Trödelkram blicken, den sie sich selbst nie würde leisten können. Janes Mutter seufzt, pickt in den Spaghetti herum, die Jane für sie in der Dose aufgewärmt hat. Stumme Worte steigen von ihr auf wie schales Talkumpuder: *Was kann man schon erwarten,* immer eine

Feststellung, nie eine Frage. Aus der Ferne versucht Jane es mit Mitleid, bringt aber keins zustande.

Was Janes Vater angeht, der war von zu Hause weggelaufen, als Jane fünf wurde, er hat ihre Mutter im Stich gelassen. So drückte es ihre Mutter aus – »von zu Hause weggelaufen«, wie ein verantwortungsloses Kind. Ab und zu kam Geld, aber das war auch alles, was er zum Familienleben beitrug. Jane war ihm deswegen böse, aber die Schuld gab sie ihm nicht. Ihre Mutter weckte in jedem, der ihr begegnete, ein wildes Fluchtverlangen.

Jane und Vincent saßen immer draußen in dem engen Garten hinter Janes Haus, einem jener mit Gipsmörtel verputzten Kriegsbungalows mit blinzelnden kleinen Fenstern, die am Fuß des Hügels standen. Oben auf dem Hügel waren die reicheren Häuser und die reicheren Leute: die Mädchen, die Kaschmirpullis besaßen, wenigstens einen, und nicht die aus Orlon und Lambswool, die Jane so vertraut waren. Vincent wohnte etwa auf halber Höhe den Hügel hinauf. Er hatte noch einen Vater, theoretisch.

Sie saßen an den hinteren Zaun gelehnt, bei den spindeldürren Schmuckkörbchenblumen, die als Garten durchgingen, so weit vom Haus entfernt, wie sie nur konnten. Sie tranken Gin, den Vincent aus dem Alkoholvorrat seines Vaters abgefüllt und in einer alten Militär-Taschenflasche, die er irgendwo aufgelesen hatte, hierher geschmuggelt hatte. Sie machten ihre Mütter nach.

»Ich hetze rum und spare und arbeite mir die Finger wund, und wie dankt man es mir?«, sagte Vincent zänkisch. »Du bist auch keine Hilfe, Sonnyboy. Du bist genauso wie dein Vater. Frei wie ein Vogel, die ganze Nacht unterwegs, tust, was dir gefällt, ohne dich auch nur im Geringsten um die Gefühle anderer zu kümmern. Und jetzt bring den Müll raus.«

»Das kommt von der Liebe, die tut dir das an«, erwiderte Jane dann mit der resignierten schweren Stimme ihrer Mutter. »Wart nur ab, mein Mädchen. Eines Tages wirst du schon noch runterkommen von deinem hohen Ross.«

Während Jane es sagt, und obwohl sie Spaß macht, konnte sie sich LIEBE vorstellen, in Großbuchstaben, die wie ein riesiger Fuß vom Himmel auf sie herabstieg. Das Leben ihrer Mutter war eine Katastrophe gewesen, aber ihrer eigenen Ansicht nach eine unvermeidliche Katastrophe, wie in Liedern und Filmen. Es war die LIEBE, die dafür verantwortlich war, aber was konnte man tun angesichts der LIEBE? Liebe war wie eine Dampfwalze. Man konnte ihr nicht ausweichen, sie walzte über einen hinweg, und am Ende war man platt gedrückt.

Janes Mutter wartete, ängstlich und Warnungen ausstoßend, aber auch mit einer Art Schadenfreude, dass es Jane genauso erging. Jedes Mal, wenn Jane sich mit einem neuen Jungen traf, betrachtete ihre Mutter ihn als einen potenziellen Gesandten des Untergangs. Sie misstraute den meisten dieser Jungen; sie misstraute ihren mürrisch aufgeworfenen Mündern, ihren im aufsteigenden Rauch ihrer Zigaretten halb geschlossenen Augen, ihrer langsamen, schlendernden Art zu gehen, ihrer Kleidung, die zu eng saß, zu voll war, zu voll von ihren Körpern. Sie sahen selbst dann noch so aus, wenn sie die Rolle des verdrossenen Helden ablegten, wenn sie sich vor Janes Mutter bemühten, aufmerksam zu gucken und geschäftig und höflich zu sein, und sich an der Haustür verabschiedeten, in ihren Hemden und Krawatten und ihren gebügelten Anzügen für besondere Anlässe. Sie konnten nichts dafür, wie sie aussahen, wie sie waren. Sie waren hilflos; ein Kuss in einer dunklen Ecke ließ sie in Sprachlosigkeit versinken; sie waren Schlafwandler in ihren eigenen flüssigen Körpern. Jane indessen war hellwach.

Jane und Vincent gingen eigentlich nicht richtig aus. Sondern sie machten sich über das Ausgehen lustig. Wenn die Luft rein und Janes Mutter nicht zu Hause war, erschien Vincent mit knallgelb angemaltem Gesicht an der Tür, und Jane zog ihren Bademantel verkehrt herum an, und sie bestellten sich chinesisches Essen und erschreckten den Lieferjungen und aßen im Schneidersitz auf dem Fußboden, unbeholfen mit Stäbchen hantierend. Oder Vincent kreuzte in einem fadenscheinigen, dreißig Jahre alten Anzug und mit einem Bowlerhut und einem Spazierstock auf, und Jane wühlte in den Schränken nach einem abgelegten Kirchganghut ihrer Mutter, mit zerdrückten Stoffveilchen und einem Schleier, und dann gingen sie in die Stadt und spazierten umher, machten laute Bemerkungen über die Passanten, taten so, als wären sie alt oder arm oder verrückt. Das war gedankenlos und schlechter Geschmack, genau das, was ihnen so gut daran gefiel.

Vincent lud Jane zur Highschool-Abschlussfeier ein, und sie suchten ihr Kleid gemeinsam in einem der Secondhand-Kleiderläden aus, die Vincent ständig aufsuchte, kicherten über den Schock und die Bewunderung, die sie beide auszulösen hofften. Sie schwankten zwischen einem flammend roten mit abfallenden Ziermünzen und einem rückenfreien engen schwarzen mit tiefem Ausschnitt und wählten das schwarze, weil es zu Janes Haaren passte. Vincent schickte eine giftig aussehende lindgrüne Orchidee, die Farbe ihrer Augen, wie er sagte, und Jane malte sich die Augenlider und die Fingernägel dazu passend an. Vincent trug eine weiße Krawatte und einen weißen Schwalbenschwanz und einen Zylinder, alles durchgescheuerte alte Sachen und lächerlich groß für ihn. Sie tanzten Tango in der Turnhalle, obwohl es keine Tangomusik war, unter den Blumen aus Seidenpapier, zogen einen schwarzen Schnitt durch die Schwaden aus pastellfarbenem Tüll, todernst, stellten eine übertriebene Sexualität zur Schau, Vincent, indem er Janes lange Perlenkette in den Zähnen hielt.

Der Applaus galt vor allem ihm, weil er bewundert wurde. Wenn auch vor allem von den Mädchen, denkt Jane. Aber auch unter den Jungen schien er sehr beliebt zu sein. Wahrscheinlich erzählte er ihnen in der Kabine der Sporthalle schmutzige Witze. Er kannte ja genügend.

Als er Jane nach hinten bog, ließ er die Perlen los und flüsterte ihr ins Ohr: »Kein Gürtel, keine Nadeln, keine Binden, kein Scheuern.« Das war aus einer Reklame für Tampons, aber es war auch ihr Leitmotiv. Es war, was sie beide wollten: Freiheit von der Welt der Mütter, der Welt der Vorsorge, der Welt der Lasten und des Schicksals und der schweren weiblichen Beschränkungen des Fleisches. Sie wollten ein Leben ohne Folgen. Bis vor Kurzem hatten sie das geschafft.

Die Wissenschaftler haben jetzt die gesamte Länge des jungen Seemanns aufgetaut, wenigstens die obere Schicht. Sie haben warmes Wasser über ihn geschüttet, vorsichtig und geduldig; sie wollen ihn nicht zu plötzlich auftauen. Es ist, als schliefe John Torrington und als wollten sie ihn nicht aufschrecken.

Jetzt sind seine Füße sichtbar. Sie sind nackt und eher weiß als beige; sie sehen aus wie die Füße von jemandem, der an einem Wintertag über einen kalten Fußboden gegangen ist. Ein solches Licht reflektieren sie: winterliches Sonnenlicht am frühen Morgen. Das Fehlen von Socken empfindet Jane als ausgesprochen schmerzhaft. Sie hätten ihm seine Socken lassen können. Aber vielleicht haben die anderen sie gebraucht. Seine großen Zehen sind mit einem Stoffstreifen zusammengebunden; der Mann, der spricht, sagt, das sei geschehen, damit sein Körper für die Beerdigung ordentlich verpackt war, aber Jane ist nicht überzeugt. Seine Arme sind an seinen Körper gebunden, seine Knöchel sind zusammengebunden. Das tut man, wenn man nicht will, dass jemand herumläuft.

Dieser Teil ist fast zu viel für Jane, er weckt zu viele Erinnerungen. Sie greift nach der Fernbedienung, aber zum Glück wechselt die Sendung (es ist nur eine Sendung, es ist nur eine weitere Sendung) zu den beiden Experten für Geschichte über, welche die Kleidung analysieren. Es gibt eine Großaufnahme von John Torringtons Hemd, ein einfaches hochgeschlossenes weiß-blaues Nadelstreifenhemd aus Baumwolle mit Perlmuttknöpfen. Die Streifen sind aufgedruckt, nicht gewebt; Weben wäre teurer gewesen. Die Hosen sind aus grauem Leinen. Ah, denkt Jane. Garderobe. Ihr ist jetzt wohler: Davon versteht sie was. Ihr gefällt die Feierlichkeit, die Ehrerbietung, mit der die Streifen und Knöpfe diskutiert werden. Interesse an der Kleidung der Gegenwart ist eine Frivolität, Interesse an der Kleidung der Vergangenheit ist Archäologie; eine Unterscheidung, die Vincent fasziniert hätte.

Nach der Highschool bekamen beide, Jane und Vincent, ein Stipendium für die Universität, obwohl Vincent anscheinend weniger gelernt und dennoch besser abgeschnitten hatte. In jenem Sommer machten sie alles gemeinsam. Sie kriegten im selben »Hamburger Heaven« einen Sommerjob, sie gingen nach der Arbeit zusammen ins Kino, auch wenn Vincent nie für Jane bezahlte. Gelegentlich zogen sie noch alte Sachen an und gingen in die Stadt und taten so, als wären sie ein verrücktes Paar, aber es war nicht mehr dasselbe unbekümmerte und von absurden Fantasien erfüllte Gefühl. Manchmal ging ihnen nun durch den Kopf, dass sie möglicherweise am Ende wirklich so aussehen könnten.

In ihrem ersten Jahr an der Universität hörte Jane auf, mit anderen Jungen auszugehen: Sie brauchte einen Teilzeitjob, um finanziell zurechtzukommen, und der und die Hausaufgaben und Vincent nahmen ihre ganze Zeit in Anspruch. Sie dachte, dass sie vielleicht in Vincent verliebt sei. Sie dachte, dass sie vielleicht miteinander schlafen sollten, um es herauszufinden. So etwas hatte sie noch nie richtig getan; dazu hatte sie viel zu viel Angst vor Männern gehabt, denen man nicht trauen konnte, vor der Schwerkraft der Liebe, zu viel Angst vor den Folgen. Allerdings dachte sie, dass sie Vincent vielleicht trauen könnte.

Aber so liefen die Dinge nicht. Sie hielten Händchen, aber sie umarmten sich nicht; sie umarmten sich, aber sie wurden nicht zärtlich; sie küssten sich, aber sie schmusten nicht. Vincent sah sie gern an, aber sie gefiel ihm so gut, dass er niemals die Augen schloss. Sie machte die Augen zu und dann wieder auf, und da war Vincent, und seine Augen glänzten im Licht der Straßenlampe oder des Mondes und sahen sie fragend an, als warteten sie darauf zu sehen, welch merkwürdiges weibliches Benehmen sie wohl als Nächstes an den Tag legen würde, um ihn zu amüsieren. Mit Vincent zu schlafen, schien ganz und gar unmöglich.

(Später, nachdem sie sich kopfüber in die Meinungsströmung geworfen hatte, die bis Ende der Sechzigerjahre zu einem breiten Fluss angeschwollen war, sagte sie nicht mehr »schlafen«; sie sagte »Sex haben«. Aber es lief auf dasselbe hinaus. Man hatte Sex, und daraus war Liebe gemacht, ob man nun wollte oder nicht. Man wachte in einem Bett auf – oder eher auf einer Matratze –, im Arm eines Mannes, und man fragte sich, wie es wohl wäre, wenn man das mit ihm immer weitermachte. An diesem Punkt begann Jane, auf die Uhr zu sehen. Sie hatte nicht die Absicht, auf irgendeine Weise sitzen gelassen zu werden. Sie wollte es selbst sein, die verließ. Und das tat sie auch.)

Jane und Vincent zogen in verschiedene Städte. Sie schrieben einander Postkarten. Jane tat dies und das. Sie leitete einen Coop-Lebensmittelladen in Vancouver, kümmerte sich um die Finanzen eines kleinen Theaters in Montreal, arbeitete als Geschäftsführerin für einen kleinen Verlag, machte die

Öffentlichkeitsarbeit für eine Tanzgruppe. Sie hatte einen Kopf fürs Detail und war gut im Addieren kleiner Summen – sich durchs Studium schlagen zu müssen, war lehrreich gewesen –, und solche Jobs gab es viele, wenn man nicht allzu viel Geld dafür verlangte. Jane sah keinen Grund, warum sie sich binden sollte, warum sie gegenüber irgendwas oder irgendwem irgendwelche seelenverrenkenden Verpflichtungen eingehen sollte. Es war Anfang der Siebzigerjahre; die alte beschwerliche Frauenwelt der Hüftgürtel und Vorsichtsmaßnahmen und Folgen war weggefegt worden. Eine Menge Fenster gingen auf, eine Menge Türen: Man konnte hineinsehen, dann hineingehen, dann wieder herauskommen.

Sie lebte mit verschiedenen Männern zusammen, aber in jeder Wohnung standen Pappkartons, die ihr gehörten und nie ausgepackt wurden. Das machte nichts, weil es so viel einfacher war, wieder auszuziehen. Als sie dreißig war, kam sie zu dem Schluss, dass es vielleicht schön wäre, ein Kind zu haben, irgendwann, später. Sie versuchte, sich etwas einfallen zu lassen, wie sie das anstellen konnte, ohne Mutter zu werden. Ihre eigene Mutter war nach Florida gezogen und schickte langatmige, nörgelnde Briefe, die Jane nur selten beantwortete.

Jane zog wieder nach Toronto und fand es zehnmal interessanter als früher, bevor sie es verlassen hatte. Vincent war schon da. Er war aus Europa zurück, wo er Film studiert hatte; er hatte ein Designstudio. Er und Jane trafen sich zum Lunch, und es war noch immer genauso: dieselbe verschwörerische Atmosphäre, dasselbe Gefühl, zu jeder Unverschämtheit fähig zu sein. Genauso gut hätten sie noch immer in Janes Garten sitzen können, neben den Schmuckkörbchen, verbotenen Gin trinkend und herumalbernd.

Jane merkte, wie sie in Vincents Kreise geriet – oder waren es Umlaufbahnen? Vincent kannte sehr viele Leute, Leute jeder Art; manche waren Künstler, und manche wollten gern welche sein, und manche wollten die kennenlernen, die welche waren. Manche hatten von vornherein Geld, manche machten Geld; alle gaben es aus. Es wurde dieser Tage sehr viel mehr über Geld gesprochen, jedenfalls unter diesen Leuten. Die wenigsten von ihnen wussten, wie sie damit umgehen sollten, und Jane begann, ihnen dabei zu helfen. Sie brachte eine kleine Firma auf die Beine, indem sie sich um ihr Geld kümmerte. Sie hielt es zusammen, brachte es für sie in Sicherheit, sagte ihnen, wie viel sie ausgeben konnten, gewährte ihnen »Taschengeld«. Jane verfolgte mit großem Interesse, was sie sich kauften, wenn sie ihre Rechnungen beglich: welche Möbel, welche Kleider, welche »Objekte«. Sie freuten sich über ihr Geld, waren entzückt. Es war für sie wie Milch und Plätzchen nach der Schule. Wenn Jane ihnen zusah, wie sie mit ihrem Geld spielten, fühlte sie sich verantwortlich und nachsichtig und ein wenig matronenhaft. Ihr eigenes Geld sparte sie sorgfältig an und kaufte damit ein Stadthaus.

Während der ganzen Zeit war sie mehr oder weniger mit Vincent zusammen. Sie hatten es ausprobiert, ein Liebespaar zu sein, aber es hatte nicht geklappt. Vincent hatte mitgemacht, weil Jane es wollte, aber er blieb ausweichend, erklärte nichts. Was mit anderen Männern funktionierte, mit ihm funktionierte es nicht: Appelle an seine Beschützerinstinkte, vorgespielte Eifersucht, die Bitte, festsitzende Deckel von Gläsern zu entfernen. Mit ihm war Sex wie eine Aerobic-Übung. Er konnte ihn nicht ernst nehmen und machte ihr den Vorwurf, zu feierlich zu sein. Sie fragte sich, ob er vielleicht schwul war, wagte aber nicht, ihn zu fragen; sie hatte Angst davor, sich überflüssig zu fühlen, ausgeschlossen zu sein. Sie brauchten Monate, bis alles wieder beim Alten war.

Er war jetzt älter, beide waren sie älter. An den Schläfen und über der Stirn lichteten sich seine Haare, Geheimratsecken, und seine hellen forschenden Augen versanken noch tiefer in ihren Höhlen. Was zwischen ihnen ablief, sah immer noch aus wie Liebeswerben, war es aber nicht. Er brachte ihr immer etwas mit: irgendetwas Neues, Ungewöhnliches zum Essen, irgendein neues groteskes Stück zum Anschauen, eine Klatschgeschichte, die er ihr wie eine Blume zu einem besonderen Anlass überreichte. Und sie wusste ihn zu schätzen. Es war wie eine Yogaübung, Vincent zu schätzen; es war, als würde man eine Sardelle schätzen oder einen Stein. Er war nicht jedermanns Geschmack.

Auf dem Fernsehschirm ist ein Schwarz-Weiß-Bild, dann noch eins: das 19. Jahrhundert in seiner eigenen Version, in Stichen. Sir John Franklin, älter und dicker, als Jane angenommen hatte; die Terror und die Erebus, eingeschlossen im drückenden Eis. In der hohen Arktis, vor einhundertfünfzig Jahren, im tiefsten Winter. Da ist keine Sonne, kein Mond; nur die knisternden Nordlichter, wie elektronische Musik, und die harten kleinen Sterne.

Was war mit der Liebe auf einem solchen Schiff, in einer solchen Zeit? Verstohlene, einsame Handhabungen, verworrene und klagende Träume, die Sublimierung der Romane. Das Übliche für jene, die einsam geworden sind.

Unten im Laderaum, umgeben von dem Knarren des hölzernen Rumpfs und den muffigen Gerüchen von Männern, die schon viel zu lange eingeschlossen sind, liegt John Torrington im Sterben. Er muss es gewusst haben; man kann es an seinem Gesicht sehen. Er wendet Jane seinen teefarbenen Blick fragenden Vorwurfs zu.

Wer hat seine Hand gehalten, wer hat ihm vorgelesen, wer hat ihm Wasser gebracht? Wer, falls überhaupt jemand, hat ihn geliebt? Und was haben sie ihm gesagt, warum er sterben musste, was immer es war, das ihn umbrachte? Schwindsucht, Gehirnfieber, die Erbsünde. All die viktorianischen Gründe, die nichts zu bedeuten hatten und falsch waren. Aber sie müssen tröstlich gewesen sein. Wenn man stirbt, will man wissen, warum.

In den Achtzigerjahren gerieten die Dinge ins Rutschen. Toronto war nun nicht mehr so lustig. Da waren zu viele Menschen, zu viele arme Menschen. Man sah sie auf den Straßen betteln, die von Auspuffschwaden und Autos erfüllt waren. Die billigen Künstlerateliers wurden abgerissen oder in modernen Büroraum umgewandelt, die Künstler waren irgendwoanders hingezogen. Ganze Straßenzüge wurden auf- oder abgerissen. Die Luft war voll von körnigem Staub.

Leute starben. Sie starben zu früh. Einer von Janes Klienten, ein Mann, dem ein Antiquitätengeschäft gehörte, starb fast über Nacht an Knochenkrebs. Jemand anders, eine Frau, die Anwältin in der Unterhaltungsbranche war, probierte in einer Boutique ein Kleid an und hatte einen Herzanfall. Sie fiel um, und man rief die Ambulanz, und als die kam, war sie schon tot. Ein Theaterproduzent starb an Aids und ein Fotograf; der Liebhaber des Fotografen erschoss sich, entweder aus Kummer oder weil er wusste, dass er der Nächste sein würde. Ein Freund eines Freundes starb an einem Emphysem, ein anderer an Lungenentzündung, ein anderer an Hepatitis, die er sich bei einem Urlaub in den Tropen geholt hatte, ein anderer an Hirnhautentzündung. Es war, als wären sie durch irgendeine geheimnisvolle Kraft geschwächt worden, etwas wie ein farbloses Gas, geruchlos und unsichtbar, sodass jeder Krankheitserreger, der zufällig vorbeikam, in ihren Körper gelangen und ihn sich unterwerfen konnte.

Jane begannen bestimmte Nachrichten aufzufallen, über die sie früher hinweggelesen hatte. Ahornwälder, die am sauren Regen starben, Hormone im Rindfleisch, Quecksilber in den Fischen, Pestizide im Gemüse, Gift, das auf Obst gesprüht war, Gott weiß was im Trinkwasser. Sie bestellte bei einer Lieferfirma Quellwasser in Flaschen und fühlte sich ein paar Wochen lang besser, dann las sie in der Zeitung, dass es ihr nicht viel nützen würde, denn was immer es war, es war in alles eingedrungen. Jedes Mal, wenn man Luft holte, atmete man etwas davon ein. Sie dachte daran, wegzuziehen aus der Stadt, dann las sie von Giftmüllhalden, radioaktivem Abfall, der hier und da auf dem Land verborgen und unter dem üppigen, trügerischen Grün der sich im Wind wiegenden Bäume getarnt war.

Vincent ist noch kein Jahr tot. Er wurde nicht in den Dauerfrostboden gelegt oder in Eis gefroren. Er kam auf den Necropolis, den einzigen Friedhof in Toronto, dessen allgemeines Ambiente er billigte; er kriegte Blumenzwiebeln über sich gepflanzt, von Jane und anderen. Vor allem von Jane. Im Augenblick sieht John Torrington, der gerade nach einhundertfünfzig Jahren aufgetaut worden ist, wahrscheinlich besser aus.

Eine Woche vor Vincents dreiundvierzigstem Geburtstag ging ihn Jane im Krankenhaus besuchen. Er war zu Untersuchungen hier. Von wegen. Er war wegen des Unaussprechlichen, des Unbekannten hier. Er war wegen eines mutierten Virus hier, das noch nicht mal einen Namen hatte. Es kroch seine Wirbelsäule rauf, und wenn es sein Gehirn erreichte, würde es ihn töten. Es reagierte nicht auf Medikation, wie sie sagten. Er war auf Dauer hier.

In seinem Zimmer war es weiß, winterlich. Er lag in Eis verpackt da, wegen der Schmerzen. Ein weißes Laken hüllte ihn ein, seine dünnen, weißen Füße ragten darunter hervor. Sie waren so blass und kalt. Jane sah ihn an, wie er dalag, wie ein Lachs auf Eis, und begann zu weinen.

»Ach, Vincent«, sagte sie. »Was soll ich bloß ohne dich tun?« Es klang schrecklich. Es klang, als würden sich Jane und

Vincent über veraltete Bücher, veraltete Filme, ihre veralteten Mütter lustig machen. Es klang auch egoistisch: Da stand sie und dachte nur an sich und ihre Zukunft, obwohl es doch Vincent war, der krank im Bett lag. Aber es stimmte. Alles in allem würde es eine ganze Menge weniger zu tun geben ohne Vincent.

Vincent sah zu ihr auf; unter seinen Augen lagen höhlenartige Schatten. »Na komm schon«, sagte er, nicht sehr laut, denn er konnte jetzt nicht sehr laut sprechen. Sie hatte sich hingesetzt, beugte sich über ihn; sie hielt seine Hand. Die war dünn wie eine Vogelkralle. »Wer sagt denn, dass ich sterbe?« Er dachte einen Moment darüber nach, verbesserte sich. »Du hast recht«, sagte er. »Sie haben mich erwischt. Das waren die ›Body-Snatcher‹ aus dem Weltraum. ›Ich will nichts als deinen Body‹, sagten sie.«

Jane weinte noch mehr. Es war schlimmer, weil er komisch zu sein versuchte. »Aber was *ist* es?«, sagte sie. »Wissen sie das schon?«

Vincent setzte sein altes unbekümmertes Lächeln auf, distanziert, amüsiert. Da waren seine wunderbaren Zähne, jugendlich wie eh und je. »Wer weiß?«, sagte er. »Es muss was gewesen sein, das ich gegessen habe.«

Jane saß da, und die Tränen rannen ihr übers Gesicht. Sie fühlte sich trostlos: zurückgelassen, gestrandet. Ihre Mütter hatten sie schließlich doch noch eingeholt, hatten recht behalten. Es gab letztlich doch Folgen; aber sie waren die Folgen auf Dinge, von denen man nicht einmal wusste, dass man sie getan hatte.

Die Wissenschaftler sind wieder auf dem Bildschirm. Sie sind aufgeregt, ihre ernsten Münder zucken, man könnte sie fast fröhlich nennen. Sie wissen, warum John Torrington gestorben ist; endlich wissen sie, warum die Franklin-Expedition ein so schreckliches Ende nahm. Sie haben John Torrington ein paar Stückchen abgeschnipselt, einen Fingernagel, eine Haarlocke, sie haben sie durch Maschinen laufen lassen und die Antworten erhalten.

Dann kommt eine Aufnahme von einer alten Blechdose, sie ist aufgerissen, um die Naht zu zeigen. Sie sieht aus wie eine Bombenhülle. Ein Finger weist darauf: Es waren die Dosen, damals eine neue Erfindung, die neue Technologie, der endgültige Schutz vor dem Verhungern und dem Skorbut. Die Franklin-Expedition war vorzüglich mit Blechdosen ausgerüstet, die mit Fleisch und Suppe vollgestopft und mit Blei zugelötet worden waren. Die ganze Expedition kriegte Bleivergiftung. Niemand wusste es. Niemand konnte es schmecken. Es breitete sich in ihren Knochen aus, ihren Lungen, ihren Gehirnen, schwächte sie und verwirrte ihre Köpfe, sodass sich am Ende alle, die noch nicht auf den Schiffen gestorben waren, zu einem idiotischen Treck über den steinigen, eisigen Boden aufmachten, ein Rettungsboot ziehend, das vollgepackt war mit Zahnbürsten, Seife, Taschentüchern und Pantoffeln, völlig nutzlosem Zeug. Als man sie zehn Jahre später fand, waren sie Skelette in zerfallenen Mänteln, sie lagen dort, wo sie zusammengebrochen waren. Sie waren auf dem Weg zurück zum Schiff. Was sie gegessen hatten, war das, was sie getötet hatte.

Jane schaltet den Fernseher ab und geht in ihre Küche – völlig weiß, im vorletzten Jahr neu eingerichtet, die Fleischertresen aus den Siebzigerjahren, die aus der Mode gekommen waren, rausgerissen und weggekarrt –, um sich heiße Milch mit Rum zu machen. Dann überlegt sie es sich anders; sie kann sowieso nicht schlafen. Alles hier drin sieht aus, als gehörte es niemandem. Ihr Toaster, so perfekt für ein Soloessen, ihre Mikrowelle für das Gemüse, ihre Espressomaschine – sie stehen herum und warten auf ihren Abgang, für diesen Abend oder für immer, um ihre endgültige reale Erscheinung zweckfreier Objekte anzunehmen, die durch die physische Welt dahintreiben. Genauso gut könnten sie Stücke von einem explodierten Raumschiff sein, die den Mond umkreisen.

Sie denkt an Vincents Wohnung, so sorgfältig eingerichtet mit den schönen oder absichtlich hässlichen Sachen, die er einmal geliebt hat. Sie denkt an seinen Kleiderschrank mit den schrulligen, eigentümlichen Kleidungsstücken, jetzt ohne seine Arme und Beine darin. Es ist alles aufgelöst, verkauft, weggegeben worden.

Zunehmend ist jetzt der Gehsteig, der an ihrem Haus vorbeiführt, mit Plastikbechern, zusammengedrückten Getränkedosen, benutzten Papptellern übersät. Sie hebt sie auf, räumt sie weg, aber über Nacht sind sie wieder da, wie eine Spur, die eine Armee auf dem Marsch oder die flüchtenden Bewohner einer bombardierten Stadt hinterlassen, die Gegenstände abwerfen, welche früher für notwendig gehalten wurden, aber jetzt zu schwer zum Tragen sind.

Das Tatsachenmaterial über die Franklin-Expedition und die Ausgrabung von John Torrington ist aus Frozen in Time *von Owen Beattie und John Geiger, Western Producer Prairte Books, 1987. Es hat zu diesem Thema ein Fernsehprogramm gegeben, aber die Sendung in dieser Geschichte ist erfunden.*

Wandere leicht, mein Bruder!

Farley Mowat

Als Charlie Lavery kurz nach dem Krieg zum ersten Mal in den Norden flog, war er sechsundzwanzig Jahre alt und durch beinah hundert Bombereinsätze über Europa ziemlich abgebrüht. Er war einer von der neuen Elite und glaubte, dass man jeder Herausforderung, ob vom Menschen oder von der Natur, mit guten Maschinen in der Hand geschulter Männer begegnen könne. Während der folgenden fünf Jahre hatte er Charterflüge nach fast allen Orten in der Arktis von der Hudson Bay bis zur Grenze von Alaska übernommen und keinen Grund gehabt, seine Ansicht zu ändern. Aber obwohl seine Vertrautheit mit den arktischen Himmeln und sein Talent, unsichtbare Linien über sie zu ziehen, beträchtlich zugenommen hatte, blieb er doch im überflogenen Land ein Fremdling. Die eintönige Wildnis von Felsen und Tundra und Schnee und Eis existierte außerhalb seines Erfahrungsbereichs und seines Begriffsvermögens, und ebenso die Eingeborenen, deren Welt diese Wildnis war.

Eines Tages Mitte August im Jahre 1951, nach einem Flug, der die alte, bei Kriegsende ausgemusterte Anson bis zur äußersten Leistungsfähigkeit beansprucht hatte, steuerte er auf dem Rückflug zum Stützpunkt Yellowknife die Maschine über die überflutete Tundra-Ebene südlich des Queen-Maud-

Golfs. Die beiden Motoren donnerten gleichmäßig, und sein wachsames Ohr vernahm keinerlei warnendes Zeichen. Es geschah mit niederschmetternder Plötzlichkeit, dass die Maschine sein Vertrauen missbraucht hatte. Noch ehe er die Drosselklappen betätigen konnte, war der Steuerbordmotor tot, und der Backbordmotor stotterte in Stakkatoexplosionen. Dann Stille – die fast sofort durch ein anschwellendes Kreischen des Windes zerrissen wurde, als die Maschine im Steilflug auf die blanke Kreisfläche eines Teiches niederging.

Es war ein zu kleiner Teich, und das Flugzeug hatte zu wenig Höhe gehabt. Während Lavery krampfhaft die hydraulischen Landeklappen betätigte, prallten die Schwimmer schon auf das Wasser. Die Anson torkelte boshaft ein paar Meter weiter und kam an den Uferfelsen knirschend zum Stillstand.

Lavery gönnte seinem Passagier, einer Frau, die durch den Aufprall in eine Ecke der Kabine geschleudert worden war, kaum einen Blick. Er kletterte an ihr vorbei, riss die Tür auf, sprang – und sah sich kniehoch im eiskalten Wasser stehen. Beide Schwimmer waren so übel zerfetzt, dass sie vollgelaufen waren und jetzt auf dem felsigen Seegrund auflagen.

Die Frau kroch zur Tür, und Lavery blickte zu dem ovalen, dunklen Gesicht empor, das von langem schwarzem Haar umrahmt war. Er suchte nach den paar Eskimoworten, die er kannte: »Tingmeak … tokoiyo … kaputt gedöppert! Nix fliegen! Verstehen?«

Als sie ihn verständnislos anstarrte, packte ihn jähe Wut. Was für ein Esel war er gewesen, sie überhaupt an Bord zu nehmen … jetzt hatte er sie als nichtsnutziges Bleigewicht am Hals.

Vier Stunden davor war er in einer Bucht am Ufer des Golfs gelandet, um ein Cache Flugbenzin für eine Schürfgesellschaft abzusetzen. Kein Weißer lebte in jenem Teil der Welt, und Lavery hatte es für einen glücklichen Zufall gehalten, dort ein Eskimozelt vorzufinden. Die zwei Männer, die angerannt kamen, um ihm bei der Wasserung zuzuschauen, waren ein Himmelsgeschenk gewesen, denn sie hatten ihm geholfen, die Fässer auszuladen, bis zur Flutmarke zu flößen und sie dann bis gut über die Sturmflutlinie den Strand hinaufzutreideln.

Als Bezahlung für die Arbeit hatte er jedem von ihnen eine Handvoll Schokoladestangen gegeben und war drauf und dran gewesen, nach Yellowknife zurückzufliegen, als der jüngere Eskimo seinen Arm berührte und auf das Zelt zeigte.

Lavery verspürte keine Lust, den plumpen Fellkegel aufzusuchen, der sich in etwa hundert Meter Entfernung an den Felsen schmiegte, und es war auch nicht die sanfte Beharrlichkeit des Eskimos, die ihn dazu bewog, sondern es war der Gedanke, dass diese »Huskys« vielleicht ein paar weiße Fuchsfelle einzutauschen hätten.

Es waren aber keine Fuchsfelle im Zelt. Stattdessen sah er eine Frau, die auf Karibufellen lag. Nuliak – Ehefrau – war das einzige Wort, das Lavery verstand, als der Eskimo sich nachdrücklich um eine Erklärung bemühte.

Das Zelt stank nach Seehundstran, und nur mit Abscheu sah er sich die Frau aus der Nähe an. Sie war jung und – für eine Husky – nicht hässlich, aber ihre Wangen waren vom Fieber unheimlich gerötet, und in ihrem Mundwinkel saß ein eingetrocknetes Blutgerinnsel. Ihre dunklen Augen waren mit ernster Eindringlichkeit auf ihn gerichtet. Er schüttelte den Kopf und wandte sich ab.

Tbc … Früher oder später bekam es jeder Husky … unweigerlich, wegen ihrer schmutzigen Lebensgewohnheiten. Ihr wäre kein Gefallen damit erwiesen, sie zu dem kleinen Krankenhaus in Yellowknife zu transportieren, das bereits mit sterbenden Indianern überfüllt war. Ihr wäre wohler, wenn sie zu Hause sterben könnte …

Lavery war schon halbwegs zu seiner Anson zurückgekehrt, als der jüngere Eskimo ihn einholte. Er hielt zwei Walrosszähne in den Händen, und der Pilot sah, dass sie außergewöhnlich wertvoll waren.

Ah, zum Teufel … was schadets schon … ich kann sowieso freie Mitfahrt geben …

»Eeema. Okay. Ich nehm deine Nuliak! Aber mach schnell! Los! Los! Dwoee! Dwoee!«

Während Lavery die Motoren anließ, trugen die Männer die in Karibudecken eingehüllte Frau herbei und setzten sie in die Kabine. Der jüngere Eskimo zeigte auf sie und schrie ihren Namen: Konala. Lavery nickte und winkte sie beiseite. Als er sich vom Strand löste, erhaschte er einen Blick auf die beiden Männer, die im Luftsog so unbeweglich wie Felsblöcke standen. Dann war das Flugzeug in der Luft und schwenkte herum, mit Kurs auf die lange Heimreise.

Knapp zwei Stunden später blickte er wieder in die Augen der Frau, die Konala hieß … und wünschte, er hätte sie nie gesehen oder von ihr gehört.

Sie lächelte zaghaft, aber Lavery übersah es und drängte an ihr vorbei in die Kabine, um den Kram durchzusehen, der sich in den Jahren seiner Arktisfliegerei angesammelt hatte. Er fand ein rostiges Zweiundzwanzig-Kaliber-Gewehr und eine halbe Schachtel Patronen, einen zerrissenen Schlafsack, eine Axt und vier Büchsen Schweinefleisch mit Bohnen. Zusammen mit einer Schachtel Zündhölzer und einem Taschenmesser in seiner modischen baumwollenen Fliegerjacke umfassten sie eine Notfallausrüstung, deren Armseligkeit bestätigte, wie sehr er die Welt verachtete, die normalerweise tief unter seinem Flugzeug lag.

Er schob die Sachen in einen Rucksack und watete ans Ufer. Konala folgte langsam; sie trug ihre Karibudecken und einen großen Beutel aus Seehundsfell. Mit zunehmender Gereiztheit sah Lavery, dass sie sich ohne große Mühe bewegen konnte. Hat sich angestellt, um eine Gratisflugreise zu bekommen, dachte er. Er wandte sich ihr zu: »Das Fest ist aus, Lady! Dein Schlaumeier von Boyfriend hat dich in ein schönes Schlamassel reingeritten – der mit seinen verdammten Walrosszähnen!«

Die Worte sagten Konala nichts, aber der Tonfall war deutlich genug. Sie ging ein paar Meter weiter, öffnete ihren Beutel, holte eine Angelschnur hervor und begann sie sorgfältig abzuwickeln. Lavery drehte ihr den Rücken zu und begab sich zu einem Felsenriff, wo er sich niedersetzte, um die Lage zu überdenken.

Irgendwo in seinem Bewusstsein züngelte wie eine kleine Flamme die Angst auf. Was zum Teufel sollte er nun eigentlich machen? Wollte er die Vorschriften befolgen, dann musste er bei der Anson ausharren und warten, bis er von einer Suchmaschine aufgefunden wurde … nur hatte er sich nicht an seinen Flugplan gehalten. Er hatte gesagt, er wolle nach Westen fliegen, die Küste abwärts bis Bathurst, ehe er auf Südwest nach Yellowknife abdrehen würde … stattdessen war er vom Cache den direkten Kurs nach Süden geflogen, um für eine Stunde Treibstoff zu sparen. War vielleicht nicht sehr gescheit, da ja sein Radio kaputt war. Nicht die leiseste Chance, dass sie ihn auf diesem abgelegenen Kurs suchen würden. Und was das betraf, wusste er ja nicht mal genau, wo er war … fünfzig Meilen nördlich der Seen am Back River würde wohl hinhauen. Es gab ja so verdammt wenig Richtzeichen in diesem gottverlassenen Land … Schön, dann würde er also nicht aufgegriffen … da blieb ihm nur Schusters Rappen übrig, wie die Soldaten sagen würden … aber wo entlang?

Er breitete eine zerfetzte Fliegerkarte auf den Knien seiner sauberen Baumwollhose aus. Yellowknife, vierhundert Meilen südwestlich, kam überhaupt nicht infrage ... Die arktische Küste konnte nicht mehr als hundertfünfzig Meilen entfernt sein, aber dort war niemand, außer verstreut wohnenden Huskys ... Wie wärs mit Baker Lake? Er maß die Luftlinie zwischen Daumen und Zeigefinger ab, ohne die unzähligen Seen und Flüsse längs der Route zu beachten. Etwa zweihundert Meilen. Er war ziemlich fit ... sollte zwanzig Meilen täglich schaffen können ... also zehn Tage, und presto!

Mit halbem Blick gewahrte er eine Bewegung und sah auf. Konala, in ihren dicken Fellkleidern von kindlicher Figur, war hinausgewatet und stand auf dem eingesunkenen Schwanzstück des einen Schwimmers. Sie beugte sich fast waagrecht vor und schwenkte ein Stück Angelschnur um den Kopf. Dann ließ sie den beschwerten Haken losfliegen, sodass er durch die Luft sauste und etwa hundert Meter vom Ufer auf die Oberfläche traf.

Jedenfalls war es unmöglich, dass sie bis Baker laufen könnte. Sie musste an Ort und Stelle bleiben, bis er Hilfe brachte. Die Wut packte ihn wieder ... da fischte sie, um Himmels willen! Was glaubte sie denn, zum Donnerwetter noch mal, was sie in dem lausigen kleinen Tümpel fangen würde?

Er fing an, seine Sachen durchzusehen. Herrje, kein Kompass! Und die Sonne nützte ihm in dieser Jahreszeit rein gar nichts. Er hatte sich nie bemüht, so einen Taschenkompass zu kaufen ... brauchte ihn doch nicht ... aber im Instrumentenbrett der alten Kiste war ein magnetischer Kompass ...

Lavery eilte zur Anson zurück, fand allerlei Werkzeug und machte sich an die Arbeit. Er war zu beschäftigt, um zu bemerken, wie Konala ihre Angelschnur einholte und geschickt eine feine Rotforelle vom Haken nahm. Er sah auch nicht, wie sie ihr gebogenes Frauenmesser hervorholte und zwei dicke Filets vom Fisch abschnitt. Er erfuhr erst von ihren Erfolgen, als sie vor der offenen Kabinentür erschien. Sie war so klein, dass ihr Kopf kaum an die Öffnung reichte. Mit der einen Hand hielt sie ihm ein Filet hin, während sie sich mit der anderen das rohe rosa Fleisch in den Mund steckte und mit Gebärden andeutete, wie gut es sei.

»Herrgott, nein!« Er wandte sich angewidert ab und winkte ihr, wegzugehen. »Iss es selber … du Tier!«

Konala entfernte sich gehorsam von der Tür. Sie watete ans Ufer, scharrte einen Haufen trockener Flechten zusammen und machte mit Stein und Stahl Feuer. Das Moos rauchte und begann zu glimmen. Sie bedeckte es mit Zweigen der Zwergweide und legte Stücke vom Fisch auf zwei flache Steine, die sie schräg zu den jetzt aufflackernden Flammen gestellt hatte. Als Lavery mit dem Kompass in der Hand aus dem Flugzeug stieg, überfiel ihn beim Anblick und Geruch des gebratenen Fisches heftiger Hunger.

Doch er ging nicht in die Nähe des Feuers. Stattdessen zog er sich wieder auf das Felsenriff zurück, wo er seine Vorräte gelassen hatte, und kramte eine Büchse Bohnen hervor. Er schnitt sich in den Daumen, als er die Büchse mit dem Taschenmesser öffnen wollte.

Daraufhin ergriff er die Axt und hämmerte auf die Büchse ein, bis sie aufplatzte. Dann schaufelte er sich das kalte Zeug in den Mund und würgte es hinunter – voller Wut über die Wildnis, die ihn erwischt, und über das Schicksal, das ihn seiner Flügel beraubt hatte.

Konala saß da und beobachtete ihn aufmerksam. Als er fertig war, stand sie auf, zeigte gen Norden und fragte: »*Peehuktuk?* Gehen wir?«

Laverys Groll entlud sich. Er stieß die Arme durch die Riemen des Rucksacks, hievte ihn und den Schlafsack in die richtige Lage, hob dann das Gewehr auf und zeigte mit ihm nach Südwesten.

»Da hast du verdammt recht!«, schrie er. »Ich – *owunga*

peehuktuk – dorthin! *Eetpeet* – du bleibst verflixt noch mal hier!«

Ohne abzuwarten, ob sie ihn verstanden hatte, begann er den Hang einer Geröllhalde hinaufzuklettern, die sich südlich vom Teich erhob. In Kammnähe blieb er stehen und sah sich um. Konala kauerte neben dem kleinen Feuerchen und war offenbar ahnungslos, dass er sie im Stich ließ. Ein flüchtiges Schuldgefühl zwackte ihn, aber mit einem Achselzucken wies er es von sich … Keine Aussicht, dass sie es mit ihm bis Baker schaffen konnte, und sie hatte ja ihre Felldecken, die sie wärmten. Und was das Essen anbetraf – ach was, Huskys konnten alles essen … sie würde schon zurechtkommen.

Er drehte sich um, und seine lange, unbeholfene Gestalt verschwand aus ihrem Blickfeld.

Vor Schreck fröstelnd, starrte er über die Tundra, die sich vor ihm bis zu einem unermesslich fernen Horizont ausdehnte – eine wogende Leere, die grauenerregender als alles war, was er je in den höchsten Himmeln gesehen hatte. Die Angst begann wieder aufzuzüngeln, aber entschlossen kapselte er seine Gedanken dagegen ab und stolperte vorwärts, in die unendliche Weite hinein: Seine schweren Flugstiefel rutschten auf Steinen aus, oder sie blieben im saugenden Morast stecken, und die Riemen des Rucksacks schnitten schon jetzt durch die dünne Baumwolljacke in seine Schultern ein.

Niemand wird je erfahren, was Konala dachte, als sie ihn weggehen sah. Sie hätte glauben können, dass er jagen ging, denn das wäre unter diesen Umständen für einen Mann das einzig Normale gewesen. Doch sehr wahrscheinlich erriet sie seine Absicht – denn wie sonst kann man sich die Tatsache erklären, dass die kranke Frau zehn Tage später und fast sechzig Meilen südlich vom abgestürzten Flugzeug müde über ein Ödland aufgeweichten Morasts stapfte, um eine Geröllhalde zu erklimmen und neben dem bewusstlosen Körper Charlie Laverys haltzumachen?

Sie kauerte sich neben ihn, nahm ihr gebogenes Messer und schnitt die nutzlosen Überreste seiner Lederschuhe weg; dann bedeckte sie seine aufgerissenen und blutenden Füße mit Kompressen aus feuchtem Torfmoos. Sie schlüpfte aus ihrem Anorak und breitete ihn über seine zerfetzte Jacke, um ihn vor den Fliegen zu schützen. Ihre Finger glitten zart und sicher über sein abgezehrtes und von Insekten zerstochenes Fleisch. Später entfachte sie ein Feuer, und als Lavery die Augen aufschlug, sah er sich unter einem primitiven Obdach aus Fellen liegen, und eine Büchse mit Fischbrühe wurde ihm sachte an die Lippen gehalten.

In seinem Denken war eine Lücke. Besorgt richtete er sich auf, um zu sehen, ob das Flugzeug noch im Teich steckte – aber da war kein Teich, und da war keine alte Anson … nur das gleiche betäubende Einerlei der leeren Ebene. Nach einem widerlichen Schwindelgefühl begannen seine Gedanken wieder zu arbeiten. Die scheinbar endlosen Tage seiner Wanderung stürmten auf ihn ein, bedrängten ihn mit Wolken sirrender Moskitos und Fliegen, mit zunehmendem, nagendem Hunger, mit der Qual zerschundener Füße und dem Elend regengepeitschter Stunden, die er obdachlos in einer frostigen Leere lag. Er erinnerte sich, dass seine Zündhölzer aufweichten, als er versuchte, den ersten einer Reihe von Flüssen zu durchqueren, die ihn dauernd von seinem Kurs nach Westen ablenkten. Er erinnerte sich, dass er die Zweiundzwanzig-Kaliber-Patronen einbüßte, weil die Schachtel nach einem Regen zu Brei aufweichte. Und vor allem erinnerte er sich an das unerträgliche Gefühl von Einsamkeit, das ständig zunahm, bis ihn Panik überfiel und er zuerst das unnütze Gewehr und dann den aufgeweichten Schlafsack und die Axt wegwarf … und das ihn schließlich in einem letzten Anfall von Verzweiflung zu einer Geröllhalde trieb, die sich schlangenartig über das sonst gestaltlose Gesicht einer Welt krümmte, die jede Form und Wesenhaftigkeit verloren hatte.

Konalas Gesicht kam in sein Blickfeld, als sie die Blechbüchse gegen seine Lippen drückte. Sie lächelte, und Lavery merkte, dass er der Frau matt zulächelte, ihr, die doch vor Kurzem noch seine Verachtung und seinen Ärger erregt hatte.

Eine Woche lang kampierten sie auf dieser unbenannten Anhöhe, während Lavery wieder etwas zu Kräften kam. Zuerst konnte er es wegen der Schmerzen in seinen Füßen kaum ertragen, das Obdach zu verlassen. Aber Konala schien ständig in Bewegung zu sein: Sie sammelte Weidenzweige zum Feuermachen und suchte Essen und kochte es, und aus den Fellen, die sie mitgebracht hatte, schnitt sie ein neues Paar Schuhe für Lavery und nähte sie. Unermüdbar schien sie – doch das war eine Täuschung. Diese verschiedenen Aufgaben konnten nur sehr zum Schaden ihres Körpers durchgeführt werden.

Die Zeit hatte sich für Lavery so verkürzt, dass er zum Beispiel mit zitternden Händen aus dem Schlaf aufschrecken konnte und hörte, wie die Motoren der Anson versagten. Oder es schien ihm, dass sein Flugzeug erst vor wenigen Minuten abgestürzt war. Es kam ihm so vor, als ob das furchtbare Erlebnis seiner Wanderung in Richtung Süden von Neuem beginnen sollte, und vor lauter panischer Angst wurde ihm übel. Wenn dergleichen geschah, heftete er seine Gedanken mit aller Kraft auf Konala, denn sie war die einzige versöhnende Wirklichkeit in dieser feindseligen Welt.

Er dachte viel über sie nach, doch sie blieb ihm ein Rätsel. Wie hatte sie es mit ihrer Krankheit fertiggebracht, ihm über die aufgeweichte Ebene und die zerklüfteten Felsen zu folgen? Wie hatte sie es fertiggebracht, in einem solchen Land am Leben zu bleiben?

Nachdem Konala ihm die fertiggestellten, sorgfältig mit Wollgras ausgefütterten Fellschuhe geschenkt hatte, fand er allmählich Antworten auf seine Fragen. Humpelnd konnte er sich jetzt so weit vom Lager entfernen, um zu beobachten, wie sie für die grell gestreiften Erdhörnchen, die sie Hikik nannte, Fallen aus Sehnen aufstellte, wie sie aus einem nahen Bach mit bloßer Hand Neunaugen schöpfte, wie sie im Laufen Schneegänse überholte, die nach dem spätsommerlichen Wechsel ihres Federkleides noch nicht flugfähig waren, und wie sie fleischige Lemminge aus ihren Löchern im Torfmoor ausgrub. Während Lavery sie dabei beobachtete, sah er allmählich ein, dass das Land, das ihm als leblose Einöde erschienen war, im Gegenteil ein Land war, das für diejenigen, die sich dort auskannten, freigebig sorgte.

Doch die verwirrendste Frage blieb unbeantwortet. Warum war Konala nicht im Flugzeug geblieben, das doch einige Sicherheit bot, warum war sie nicht nach Norden gewandert, um ihre eigenen Leute wiederzufinden? Was hatte sie veranlasst, ihm zu folgen … einen Mann einer anderen Rasse zu retten, der sie im Stich gelassen hatte?

Gegen Ende ihres Aufenthalts auf der Anhöhe begann die Sonne schon, des Nachts tiefer unter den Horizont zu tauchen – eine Warnung, dass der Sommer sich seinem Ende näherte. Eines Tages wies Konala nach Norden und watschelte lächelnd wie eine Ente ein paar Schritte in jene Richtung. Lavery ärgerte sich nicht über den Scherz auf Kosten seiner unbeholfenen und schmerzenden Füße. Er lachte und humpelte hinter ihr drein, um seine Bereitwilligkeit zu zeigen, ihr zu folgen, wohin sie ihn führen mochte.

Als sie das Lager abbrachen, bestand Konala darauf, außer ihrem eigenen Beutel und der Rolle Karibudecken, die ihnen Schutzdach und Lagerstatt gewesen waren, auch noch den Rest von Laverys Ausrüstung zu tragen. Während sie nordwärts zogen, stimmte sie ein Lied an – ein hohes, klagendes Lied, das nicht sehr melodisch klang und ebenso sehr ein Teil des Landes zu sein schien wie das Flöten der Brachvögel. Als Lavery herauszufinden versuchte, wovon das Lied handelte, war sie seltsam verschwiegen, und er konnte nur den Schluss ziehen, dass sie ihre Verwandtschaft mit einem Wesen oder Ding ausdrückte, das jenseits seines Begriffvermögens lag. Er verstand nicht, dass sie ihre Stimme mit den Stimmen und den Geistern des Landes vereinte.

Es wurde eine Entdeckungsreise, als sie unter Konalas Anleitung die gleiche Strecke zurücklegten. Lavery war immer wieder aufs Neue überrascht, wie andersartig die Tundra jetzt im Unterschied zu der furchtbaren Leere war, durch die er sich vor nicht allzu langer Zeit geschleppt hatte.

Er entdeckte, dass sie voller Vögel war, angefangen mit den winzigen Spornammern, deren gedämpfte Farben sie fast unsichtbar machten, bis zu den mächtigen, safranbrüstigen Falken, die hoch über Sümpfen und Seen ihre Kreise zogen. Konala lenkte seine Aufmerksamkeit auch auf die unendliche Vielfalt der Tundrapflanzen, von den leuchtend orangefarbenen Flechten bis zu den azurblauen Blumen, deren Blüten so winzig waren, dass er sich hinknien musste, um sie deutlich zu sehen.

Einmal machte Konala ihm ein Zeichen, neben ihr auf den Kamm einer Geröllhalde zu kriechen. Im Tal unter ihnen, auf einer mit Riedgras bewachsenen Stelle, stöberte ein Rudel weißer Wölfe gemächlich Wühlmäuse auf. Bei der Nähe der großen Bestien wurde es Lavery unbehaglich, bis Konala kühn aufstand und die Wölfe in ihrer eigenen Sprache anrief. Daraufhin scharten sie sich ihr gegenüber in einem Halbkreis zusammen und antworteten mit einem langen, klangvollen Chor, ehe sie im Gänsemarsch davontrabten.

Eines Abends erblickten sie spät endlich in der Ferne einen

leuchtenden Farbfleck. Laverys Herz klopfte schneller, und ohne Rücksicht auf seine verletzten Füße drängte er weiter. Möglicherweise war die gelbe Anson während seiner Abwesenheit von einer Suchmaschine entdeckt worden – Rettung durch seine eigenen Leute war vielleicht noch möglich. Doch als der Mann und die Frau die Geröllhalde zum Ufer des Teiches hinabstiegen, fanden sie die Anson genauso vor, wie sie sie verlassen hatten. Es waren keine menschlichen Besucher da gewesen.

Lavery kletterte bitter enttäuscht ins Cockpit, setzte sich hinter die Steuerung und versank in tiefste Niedergeschlagenheit. Konalas Absicht, nordwärts zu wandern, um sich mit ihren eigenen Leuten an der Küste wiederzuvereinen, stand ihm jetzt wie eine schwere Prüfung vor Augen, deren Ausgang vermutlich während der ersten Winterstürme sein Tod sein würde … falls sie überhaupt so lange durchhalten konnten. Ihre abgetragene Kleidung und die fast kahlen Decken reichten bereits jetzt kaum noch aus, die Kälte in Schach zu halten. Es wurde schon schwieriger, Nahrung zu finden, da die Vögel fortzogen und die kleineren Tiere sich einzugraben begannen und die Fische ins Meer zurückkehrten. Und wie war es mit dem Heizstoff, wenn sich das Wetter wirklich gegen sie zu wenden begann?

Lavery war an jenem Abend, als sie ihren gekochten Fisch aßen, mürrisch und schweigsam, aber Konala blieb heiter. Ständig wiederholte sie das Wort Tuktu, Karibu, während sie sich vergebens bemühte, ihm begreiflich zu machen, dass sie bald das Nötige haben würden, um ihre Reise gen Norden fortzusetzen.

Als sich der Abendwind erhob, verschmähte er das Fellobdach, das Konala aufgeschlagen hatte, nahm sich eine von den Decken, kletterte ins Flugzeug und rollte sich auf dem eisigen Metallfußboden zusammen. Während der nächsten

Tage verbrachte er den größten Teil der Zeit in der Anson und fummelte manchmal an den Knöpfen des nutzlosen Radios herum, doch meistens starrte er verdrießlich durch die Windschutzscheibe aus Plexiglas auf eine Landschaft, die zunehmend öder zu werden schien, je mehr die Tundrablumen unter den ersten Frösten verdorrten und die windgepeitschten Riedgräser braun wurden.

Eines Morgens in der Frühe riss ihn ein unbekannter Ton aus einem eisigen Schlaf voller Angstträume. Es war ein verhaltenes, unterdrücktes Geräusch wie von Wellen, die sich gegen eine ferne Küste wälzen.

Eine Sekunde stand ihm fast das Herz still, weil er glaubte, es sei das Motorengeräusch eines Flugzeugs, und dann hörte er Konalas jubelnden Ruf: »*Tuktoraikayai* – die Karibus sind da!«

Vom Fenster seiner toten Maschine blickte Lavery auf ein Wunder des Lebens. Eine wogende Masse geweihgekrönter Tiere strömte aus dem Norden. Sie wälzte sich stetig zum Teich, spaltete sich und begann, ihn einzuschließen. Das Poltern ging in einen prasselnden Rhythmus von Hufen auf Steinen und Kieseln über. Während die Tiere vorbeifluteten, verstärkte sich der Wildgeruch sogar innerhalb des Flugzeugs. Obwohl Lavery früher, wenn er hoch über ihnen dahinflog, oft Stränge wandernder Karibuherden gesehen hatte, die sich wie ein Muster aus Perlenschnüren über die arktische Ebene spannten, konnte er doch kaum glauben, was er jetzt erblickte … das Land war überschwemmt von einer wahren Welle des Lebens. Seine Niedergeschlagenheit begann zu verfliegen, weil er spürte, wie er selbst in diesen Lebensstrom hineingezogen und ein Teil von ihm wurde.

Während er noch tief beeindruckt und ungläubig hinschaute, machte sich Konala an die Arbeit. Ein paar Tage vorher hatte sie sich mit einem Speer bewaffnet, dessen Schaft aus einem Paddel gemacht war, das sie in der Anson gefunden hatte, und die zweischneidige Klinge hatte sie aus einem Stück Stahl zurechtgefeilt, das von der Spitze des Flugzeugankers abgebrochen war. Mit dem Speer in der Hand lief sie jetzt am Rande der Herde entlang. Das Gedränge war so groß, dass ein einzelnes Tier nicht vor ihr ausweichen konnte. Ein Bulle sprang schnaubend in die Höhe, als sich der Speer dicht hinter den Rippen in ihn bohrte. Durch seinen Todessprung landete er auf dem Rücken einiger seiner Nachbarn, und als er hinunterglitt und im Gedränge verschwand, erstach Konalas Speer ein weiteres Opfer. Sie wählte die fettesten Tiere mit den schönsten Fellen aus.

Als sich die Flut der Karibuherde endlich lichtete, gab es viel Arbeit für Konalas Messer. Sie enthäutete die Felle und schabte sie ab. Mehrere erstklassige Felle, die für die Herstellung von Kleidern und Schlafdecken bestimmt waren, legte sie beiseite, und dann wandte sie ihre Aufmerksamkeit einem kleinen Fleischberg zu: Das Fleisch zerschlitzte sie zu papierdünnen Blättern, die sie über die Büsche der Zwergweide hängte. Sobald sie trocken waren, ergab es eine leichte, gut haltbare Kost, die einen verwundeten Mann und eine kranke Frau auf einer langen, anstrengenden Reise gut ernähren konnte.

Lavery fühlte sich durch die lebendige Umgebung der großen Herde neu belebt und kam Konala zuhilfe. Sie blickte zu ihm auf, und ihr Gesicht strahlte. Sie schnitt ein Bruststück ab, bot es ihm an und lachte begeistert, als er es nahm und sich einen Happen mit den Zähnen abriss. Von ihm stammte der Gedanke, aus zwei leeren Benzinkanistern einen Herd zu machen, auf dem das von Konala gesammelte Fett in weiße Platten verwandelt werden konnte, die in zukünftigen Zeiten Nahrung und Brennstoff liefern würden.

Es folgten mehrere klare Schönwettertage. Während das

Fleisch auf den Büschen trocknete, mühte sich Konala weiter ab, Kleider für sie beide zuzuschneiden und zu nähen. Sie plagte sich so sehr, dass ihre Wangen wieder die fiebrige Röte zeigten und ihr kratzender Husten schlimmer wurde. Wenn Lavery sie beeinflussen wollte, die Dinge etwas leichter zu nehmen, wies sie ihn ungeduldig ab. Sie wusste, was sie wusste.

An einem Tag Mitte September entschied sie endlich, dass sie reisefertig wären. Mit dem neben ihr humpelnden Lavery wandte sie der schönen Maschine des weißen Mannes den Rücken zu und machte sich auf, ihre Leute zu suchen.

Der Himmel verdunkelte sich, und eisige Winde peitschten Schneeböen über die Moore, deren Oberfläche sich schon mit einer Kruste von Eiskristallen überzog. Eines Tages zwang ein Hagelsturm sie zu einem vorzeitigen Lager. Konala hatte das kleine Reisezelt verlassen, um Weidezweige für das Feuer zu sammeln, und Lavery döste vor sich hin, als er, lauter als das Gellen des Windes, ihren Warnruf hörte.

Das Dringliche in ihrer Stimme war unverkennbar. Lavery packte den Speer und hinkte aus dem Zelt; er sah Konala, die durch ein schmales Tal rannte. Hinter ihr, im Zwielicht, ragte riesengroß und drohend einer der mächtigen Bären des Ödlandes auf.

Als sie Lavery auf dem Hang über sich einhalten sah, machte Konala einen Bogen, wodurch sie dem Bären noch näher rückte. Es dauerte einen Moment, bis Lavery begriff, dass sie die Bestie abzulenken versuchte, doch dann hob er den Speer und stürzte, aus Leibeskräften brüllend und fluchend, den Abhang hinunter.

Das Interesse des Bären an der Frau wandte sich nun dem überraschenden Anblick zu, den Lavery darbot. Er ließ sich auf sein dickes Hinterteil nieder und blinzelte Lavery unsicher durch den treibenden Hagel an.

Als Lavery nur noch wenige Meter von dem Bären entfernt war, stolperte er, fiel hin und rollte hilflos über die Steine, und als er auf den Rücken zu liegen kam, sah er über sich das große, kantige Gesicht. Der Bär blickte ihn ruhig an, schnaubte dann, ließ sich auf alle viere nieder und zockelte davon.

Die Begegnung mit dem Bären krönte die Veränderung, die sich in Lavery vollzogen hatte. In seinen Karibukleidern, mit dem dunklen Bart, der seine Wangen einrahmte, und mit dem lose bis auf die Schultern fallenden Haar spiegelte sein Äußeres jetzt Gelenkigkeit und Kraft und – Wachsamkeit wider. Er war nicht länger ein Fremdling in einem feindlichen Land. Er war jetzt ein selbstständiger Mann und fähig, sich in einer älteren Welt seinen Weg zu bahnen.

Im Umgang mit Konala erlebte er eine Einmütigkeit, die er früher nur mit den Kameraden seiner Bombermannschaft verspürt hatte. In den Wochen, die sie gemeinsam verbracht hatten, war die Schranke durch die Sprache niedergebrochen, und er begann vieles an ihr zu verstehen, das ihn anfänglich verblüfft hatte. Doch des Rätsels Kern war geblieben, denn die Antwort auf die Frage, die ihn verfolgt hatte, seit Konala seinen Körper auf jener fernen südlichen Anhöhe ins Leben zurückholte, hatte er noch nicht gefunden.

Eine Zeitlang waren sie stromab dem Lauf eines bereits zugefrorenen und schneebedeckten Flusses gefolgt, der sie, wie Konala ihm klarmachte, ans Meer führen würde. Doch mit jedem Tag, der verging, war Konala schwächer geworden, während Lavery seine Kräfte zurückgewann. Nachts, wenn sie ihn schlafend glaubte, stöhnte sie manchmal leise, und am Tag konnte sie nur kurze Strecken zwischen Hustenanfällen zurücklegen, die im Neuschnee ihr zu Füßen blutige Flecke hinterließen.

Als der erste richtige Blizzard sie überfiel, war es Lavery, der das Reisezelt aufschlug und das Feuer aus Flechten und

Karibufett anzündete, um darauf getrocknetes Karibufleisch zu schmoren. Konala lag unter ihren Schlafdecken, während er das Essen zubereitete, und als er sich ihr zuwandte, sah er, wie sich die schmerzlichen Falten um ihren Mund zu Furchen vertieft hatten. Er trat näher und hielt ihr eine Büchse mit warmer Suppe an die trockenen Lippen. Sie trank einen Mundvoll und sank dann zurück; ihre dunklen Augen glänzten im spärlichen Feuerschein unnatürlich hell. Er blickte lange in ihre Augen und las darin die Bestätigung seiner Furcht.

Sie hatte den Blick auf ihn geheftet, als sie unter den Decken ein Paar neue Fellstiefel hervorholte und sie streichelte und die unendlich feinen Nähte befühlte, die sie wasserdicht machten. Nach einiger Zeit streckte sie den Arm aus und legte sie ihm auf den Schoß. Dann sprach sie langsam und mit Bedacht, damit er es auch bestimmt begriffe: »Es sind nicht sehr gute Stiefel, aber sie tragen dich vielleicht zu den Camps meiner Leute. Sie helfen dir vielleicht, in dein eigenes Land zurückzukehren … Wandere leicht in ihnen … mein Bruder!«

Im Verlauf der Nacht stieg der Sturm zu einem wütenden Crescendo an. Die Kälte trieb ins Zelt, das schwache Flackern des Feuers für nichts erachtend, bohrte sich durch die dicken Karibudecken, die Konala umhüllten, und drang in sie ein.

Als der Sturm sich ausgetobt hatte, begrub Lavery sie auf dem hohen Ufer des namenlosen Flusses unter einem Steinmal. Während er in den Tagen, die darauf folgten, gen Norden zog und seine Füße zielbewusst ihren Weg fanden, grübelte er nicht mehr über die Frage nach, die ihm so viele Wochen hindurch im Sinn gelegen hatte … denn noch immer konnte er die Antwort hören, die sie selbst gegeben und die er ewig hören würde … Wandere leicht … mein Bruder …

Ankunft bei den Swampy Cree

Joan Clark

Stoße diesem Land ein Messer ins Herz, und dein Messer dringt in die Hudson Bay. Schlitze den Grund der Bay auf, rolle die Tundra zurück, und braunes Wasser schießt aus einer offenen Wunde, einem Mund voll mit Reihen scharfkantiger Zähne. Hinter dem Mund ist ein langer Fluss, der sich nordwärts windet, vorbei an Tausenden von Seen.

Schnitze mit der Spitze deines scharfen Messers eine kleine Kerbe neben dem Fluss, dort, wo er in die Bay mündet. In dieser Kerbe, diesem Kratzer, manche würden es auch eine Narbe nennen, lebt eine Handvoll Swampy Cree: die Familien Crow, Bird, Gull, Loon, Eagle und Hunter.

Seit Menschengedenken folgte ihr Volk dem Karibu nach Norden und wanderte weiter, bis das Land zu Ende war. Hier am Rande der Tundra bauten sie ihre Tipis auf. Nördlich der Baumgrenze und südlich der Eisberge kauern sie sich wie Schlittenhunde im Sturm zusammen, ihr Herr und Meister die unheilige Dreieinigkeit von Kirche, Regierung und Hudsons-Bay-Laden. Quer durch das Dorf, waagrecht wie ein schmutziger Balken des Kreuzes Christi, führt ein wackliger Brettersteg. Der Priester lebt am einen Ende des Balkens in der Nähe der kleinen Schule, der Ladenbesitzer am anderen

Ende. Wahllos dazwischen verstreut stehen Bretterbuden, Hütten, Häuser, ein oder zwei Tipis.

26. Juni 1978. Wenn du an Bord eines Zehnsitzers nach Niska fliegst, sieht das Dorf nicht mehr wie eine kleine Kerbe auf einer Luftaufnahme aus siebenhundert Meter Höhe aus. Die Otter fliegt niedrig. Du blickst hinunter und siehst, dass am Rand des Flussufers ein breiter Einschnitt gemacht wurde, der danach ungeschickt wieder zusammengeflickt worden ist. Am einen und anderen Ende der Narbe stecken wie weißköpfige Stecknadeln der Laden und die Kirche. Dazwischen liegen braune und graue Flicken, die Schuppen und Hütten, in denen die Swampy Cree leben. Ein paar Leute kommen aus ihren Häusern und schauen zum Flugzeug hoch, wenn der Pilot das Dorf überfliegt.

In Niska leben hundertzwei Indianer, hundertdrei, wenn man den weiblichen Passagier mitzählt, der neben Willa Coyle an Bord der Otter sitzt. Offiziell sind zweihundertdreiundzwanzig Bewohner registriert, aber die Hälfte davon lebt anderswo. Einige haben in andere Stammesgruppen, sogenannte Bands, eingeheiratet und leben in anderen Reservaten. Einige haben weiße Männer geheiratet und leben in kleinen und großen Städten im Süden; diese Frauen haben ihren Status verloren und dürfen nur noch besuchsweise ins Reservat zurückkehren. Einige leben auf den Straßen der Städte. Vielleicht habt ihr Gabriel Hunter auf der Seventh Avenue in Calgary gesehen, wie er versuchte, seinen Cowboyhut für eine Flasche billigen Wein zu verkaufen. Oder vielleicht habt ihr Marie Crow gesehen, als sie um vier Uhr früh in Winnipeg vor der McLaren-Bar kauerte. Die Anwälte, Lehrer und Sozialarbeiter in diesen Städten, Indianer, die, wenn sie Anzüge und auf Hochglanz gewienerte Schuhe tragen, problemlos an jedem Portier vorbeikommen, werden euch dagegen nicht auffallen. Es gibt hundertsieben Hunde in Niska, also vier mehr als Menschen. Viele von diesen Streunern stammen noch aus der Zeit, als Hunde benutzt wurden, um im Winter Schlitten zu den Fallen, den Traplines, zu ziehen. Jetzt benutzen die Leute Motorschlitten – Skidoos. Häuptling Xavier Hunter ist der Einzige im Dorf, der noch mit einem Hundegespann fährt.

Niska ist auf den Landkarten der Regierung ein winziger Punkt, auf touristischen Karten ein weißer Fleck, ein vergessenes Kaff, ein Fehler. Um die Jahrhundertwende baute eine kleine Gruppe nomadischer Jäger hier, wo sich das Karibu aufhielt und sie im Winter ihre Fallen auslegten, ihre Tipis auf. Sie waren eine Gemeinschaft – eine Gruppe von Familien, die meist keinen Häuptling brauchten. Sie waren hervorragende Jäger, was der Hudson Bay Company nicht entging. Ein kleiner Außenposten wurde errichtet, in dem Mehl, Whisky, Stoffe, Stahlfallen und Gewehre gegen Felle eingetauscht wurden. Bald danach traf – mit knappem Vorsprung vor den Anglikanern – ein katholischer Missionar ein. Das Karibu verschwand. Die Fallen blieben leer. Es gab nicht mehr so viele Felle zum Tauschen. Die Menschen hungerten, erkrankten an Tuberkulose. In ihrer Verzweiflung baten sie um die Unterzeichnung eines Abkommens, Treaty Number 9.

Von Zeit zu Zeit wurden Briefe und Gesuche, die der Priester oder der Ladenbesitzer oder ein Polizist der Royal Canadian Mounted Police im Namen des Häuptlings schrieben, an die verschiedenen Distriktkommissare geschickt.

Von Häuptling Albert Stoney aus Big Trout Lake: *Die Jagd geht immer mehr zurück, und nur davon können wir leben. Wir fürchten im Winter wie im Sommer zu verhungern. Wir haben geduldig auf eine Antwort von der Regierung gewartet. Seit Jahren ist kein Beamter der Regierung zu uns gekommen, und niemand reagiert auf unser Gesuch.*

David Moonias aus Sandy Lake diktierte diesen Brief, als er in West Selkirk, Manitoba, im Krankenhaus lag: *In unserer Band leben etwa 200 Menschen, viele davon Witwen in Not, die sobald wie möglich Hilfe brauchen. Die Jagd ist das Einzige, wovon wir leben können. Wir helfen einander, aber es ist nicht genug. Viele Leute sterben. Unsere Kinder bleiben nicht am Leben. Die Menschen haben auf eine Entscheidung der Regierung gewartet und können nicht länger warten.*

Von Isaiah Bighead, Weagamow: *Mein Vater, ich grüße Euch, den Minister, Department of Indian Affairs, mit einem guten Herzen im Elend. Ich schreibe, um Euch um einen Gefallen zu bitten, da wir in großer Not sind. Wir sind nicht so stark wie die Weißen. Unter uns herrscht immer Krankheit. Bitte, Vater, hört unser Gebet und gebt uns, worum wir bitten.*

1912 schickte der Distriktkommissar Archibald MacKay, nachdem er das Gebiet nördlich des Albany River besucht hatte, ein Memorandum an den Vizegouverneur von Ontario, Sir John Morison Gibson, in dem unter anderem Folgendes stand: *Soweit ich unterrichtet bin, wird der Bau einer Eisenbahnlinie durch diesen Distrikt nicht in Erwägung gezogen. Ich glaube nicht, dass es hier nennenswerte Siedlungen gibt, und größere Bergbauunternehmen sind nicht weiter nördlich als bis zum Albany River vorangetrieben worden. Aus diesem Grunde glaube ich nicht, dass in diesem Distrikt in naher Zukunft mit einer Zunahme von Siedlern zu rechnen ist, und deshalb sehe ich keinen Grund, warum sofortige Schritte unternommen werden sollten, um das Abkommen auf Indianer, die diese Landesteile bewohnen, auszudehnen.*

Schließlich war die Regierung aber doch bereit, mit den Bands nördlich des Albany River Treaty Number 9 abzuschließen. Als Entgelt für ihr Land erhielten die Indianer Stoffballen, Tee und Säcke mit Zucker und Mehl. Im Jahr, in dem die Swampy Cree von Niska dem Abkommen beitraten –

1929 –, zahlte die Regierung der Band 1325,13 Dollar als Unterstützung.

Als Treaty Number 9 in Attawapiskat unterzeichnet wurde, kam ein junger Mann mit wilden Augen und mit einer Hirschlederhose bekleidet aus dem Busch gerannt. Nachdem sein Name, Charles Wabinoo, in der Auszahlungsliste gefunden wurde, erhielt er vier Ein-Dollar-Scheine. Als er die knisternden neuen Scheine vom Distriktkommissar entgegennahm, hielt er das Kruzifix an seiner Brust in die Höhe, küsste es und sagte: »Aus tiefstem Herzen danke ich dir!«

Willa Coyle hat den vordersten Platz hinter dem Piloten. Die andere Passagierin, eine breitschultrige, massige Frau, schläft auf dem Sitz neben der Tür, wo keine Fenster sind. Willa hat kein Auge zugetan, seit das Flugzeug von Timmins abgeflogen ist, obwohl sie schon um fünf Uhr auf war, um den Frühflug von Ottawa zu erwischen. Ans Fenster gepresst hat sie die Route des Flugzeugs verfolgt, das dem großen Fluss nach Norden folgte. Der Fluss war breit und zog sich in ausgedehnten Serpentinen, die wie Fischschuppen in der Sonne glitzerten, durch die Tundra. Er sah aus wie eine riesige Schlange, deren gähnendes Maul sich in die Hudson Bay entleerte.

Der Pilot überfliegt noch einmal das Dorf und steuert die Piste an der Mündung des Flusses an. Willa blickt über den kalten blauen Wasserstreifen, auf die schmutzigen Eisschollen, die stumpf und kompakt in der Bay schwimmen. Willa wundert sich über das Eis. Sie wusste, dass sie hier Eis vorfinden würde, dachte aber nicht an so viel. Sie hatte geglaubt, dass Ende Juni das meiste geschmolzen wäre.

Das Flugzeug fliegt in geringer Höhe über dem Fluss. Von nah besehen ist das Wasser dunkel, schwärzlich in der Mitte und teefarben am Rand. Felsbrocken ragen heraus, Reihen scharfkantiger Zähne. Der Fluss sieht anders aus als auf den Bildern, die Willa gesehen hat. Dick Simpsons Fotos zeigten einen flachen grauen Fluss mit regloser Oberfläche, einer Oberfläche, die einen schlammigen Grund, einen harmlosen, unsichtbaren Grund bedeckt, auf dem sich Karpfenfische und Welse durchfressen. Willa hatte nicht erwartet, einen Grund zu sehen, aus dem scharfe Zähne ragen, einer, der darauf wartet, dass dieses schmächtige Flugzeug aus dem Himmel und zwischen die gewaltigen offenen Kiefer fällt. Willa ist noch nie zuvor mit einem zweimotorigen Propellerflugzeug geflogen. Es ist mit dem neuesten Komfort ausgestattet, mit Leselampen und tweedbezogenen Sitzen. Aber sie fühlt sich trotzdem verletzlich, als ob das Flugzeug plötzlich in das dunkle Wasser stürzen könnte. Sie kann hören, wie die Steinzähne die Flügel abbrechen, wie die Motoren – pflopp pflopp – in den unterirdischen Bauch fallen.

Als Willa hinunterblickt, sieht sie, dass Eisbrocken sich gelöst haben und wie Flocken weißer Farbe in die Flussmündung treiben. Die Flussmündung ist breit, ein bis zwei Meilen vielleicht. Schwer abzuschätzen von hier oben. Inseln, Dutzende von Inseln, liegen in der Mündung. Sie sind unterschiedlich groß und bestehen aus grauen Felsen und grünen Weiden. Willa hat auch von diesen Inseln Fotos gesehen. Dick Simpson hat viele Aufnahmen hier oben gemacht – nicht nur von den Inseln, auch vom Dorf und vom Wildgans-Camp, wo Jäger Gänse an den Hälsen hochhalten. Ihr Job war es gewesen, die Fotos zu sortieren und zehn davon auszuwählen, die zu den glühenden Beschreibungen passten, die Dick über das Camp verfasst hatte, um es als Gänsejagdparadies anzupreisen. Willa hatte nicht nur die Broschüre gestaltet, sondern auch das meiste von Dicks schwerfälliger und ungeschickter Prosa umgeschrieben. Sie hat das fertige Produkt noch nicht gesehen. Dick sagte, er würde die Broschüren vom Drucker holen und ihr ein paar Dutzend zuschicken, damit die Leute in Niska sie am Treaty Day in Händen hätten.

Das Flugzeug neigt sich in der Kurve der Piste entgegen. Willa umklammert die Armlehnen, als es holprig aufsetzt und die Landebahn entlangrollt. Der Kopilot, ein dynamischer junger Mann in Willas Alter, also Mitte zwanzig, geht durch den Gang und öffnet die Tür.

»Zeit zum Aussteigen, Elizabeth«, sagt er zu der anderen Frau.

Sie wacht auf und lächelt ihn an.

Als Willa durch den Gang geht, schaut sie ihr ins Gesicht. Die Züge sind leicht mongoloid. Willa nimmt ihre Reisetasche und ihre Mappe und folgt der Frau die Treppe hinunter. Als sie auf dem geteerten Rollfeld steht, reicht ihr der Kopilot Rucksack, Karton und Koffer. Der Koffer rutscht Willa aus der Hand und landet auf ihrem Fuß. Willa trägt Wanderstiefel, Jeans und einen roten Anorak.

Nachdem sie sich mit ihren Sachen aus der Reichweite der Flügel entfernt hat, blickt sie sich um. Die Einsamkeit des Ortes trifft sie wie ein Schlag. Bis auf die alten Baracken, das Rollfeld, das Flugzeug, die andere Frau und sie selbst ist die Landschaft leer. Der Pilot steigt gar nicht erst aus. Der Kopilot schleppt die Fracht selbst aus dem Flugzeug – sechs Kartons, die er am Pistenrand absetzt.

»Er soll sich gefälligst beeilen«, sagt er zu Willa. »Wir müssen in Severn noch ein Kind mit einem geplatzten Blinddarm abholen und ins Krankenhaus schaffen.«

»Warten sie auf Patrick Eagle?«, fragt Willa. Patrick Eagle ist derjenige, der sie angeheuert hat. Dick Simpson, der den Vertrag ausgehandelt hatte, sagte, Mr. Eagle würde sie wahrscheinlich abholen.

»Nein«, sagt der Kopilot. »Ich warte auf Ralph. Er arbeitet für die Bay Company.« Er deutet auf die Kartons. »Er holt immer die Lebensmittel und die Post ab. Meistens wartet er hier auf uns, aber heute sind wir ein paar Minuten früher da als sonst.« Er schaut Willa an und fragt: »Sind Sie Krankenschwester?«

Willa lacht. »Nein. Warum?«

Der Kopilot zuckt mit den Achseln. »Krankenschwestern sind die einzigen weißen Frauen, die wir hier raufbringen. Ein- oder zweimal haben wir eine Zahnärztin mitgebracht.«

»Ich bin Malerin«, sagt Willa. »Ich soll den Kindern in Niska die nächsten sechs Wochen Kunstunterricht geben.«

Der Kopilot pfeift durch die Zähne. »Echt? Das sieht ja schwer nach Fortschritt aus.« Er wirft einen Blick aufs Flugzeug. »Einen Moment.«

Er steigt in die Maschine und kehrt Augenblicke später mit einer kleinen Plastiktüte zurück. »Hören Sie – Ralph wird bald kommen. Er hat uns über dem Dorf gehört. Können Sie ihm die Post geben?«

Willa deutet mit einem Kopfnicken auf die Frau namens Elizabeth, die am Pistenrand entlanggeht.

»Ihr kann ich sie nicht geben«, sagt der Kopilot. »Sie ist nicht ganz da.«

»Gut, ich nehm die Post«, sagt Willa. Sie steckt sie in ihre Reisetasche.

Der Kopilot klettert die Leiter hoch, zieht die Tür zu, und das Flugzeug rollt über die Piste.

Nachdem das Flugzeug abgehoben hat, hört Willa in der Ferne ein Motorboot. Während sie auf das Boot wartet, geht sie zu den Baracken und guckt durch die Fenster. Sie sieht zwei große Küchenherde, Schränke, einen Tisch in der Mitte mit einem Hackblock als Tischplatte. Vier Fenster weiter sieht sie lange Zeichentische, auf denen Wachstücher liegen. Darunter stehen metallene Klappstühle. Das ist der Speisesaal. Wirklich paradiesisch. Sie geht um das Gebäude auf die andere Seite, wo der Generator untergebracht ist, und blickt dort durch die Fenster. Was sie sieht, hat schon eher mit Dicks Aufnahmen Ähnlichkeit. Sie sieht Ledersessel, Polstersofas, Couchtische, eine Bar. Der Aufenthaltsraum der Jäger, der alte Speisesaal. Sie erkennt ihn wieder. Das Foto zeigte Jäger in Islandpullovern und Wollsocken, die halb volle Gläser in den Händen hielten und strahlten.

Willa geht zum Rollfeld zurück und sieht einen blonden Mann in Gummistiefeln und Anorak, der einen rostigen Gabelstapler über die raue Bahn schiebt. Als er näher kommt, merkt Willa, dass er fast noch ein Kind ist, kaum zwanzig. Sein Gesicht ist glatt, unrasiert.

»Sie müssen Ralph sein«, sagt Willa.

»Sind Sie die Kunstlehrerin?«, fragt er.

»Ja.« Willa reicht ihm die Post. »Der Kopilot bat mich, Ihnen das zu geben.«

Ralph nimmt das Päckchen und steckt es in seinen Anorak, dessen Reißverschluss er hochzieht.

»Patrick Eagle hat mir gesagt, ich soll Sie rüberbringen«, sagt er.

Er hebt die Kartons auf den Gabelstapler, stellt ihr Gepäck oben drauf, und dann fahren sie los, über das rissige, holprige Pflaster.

»Sind Sie schon lange hier?«, fragt Willa, um ein Gespräch anzufangen.

»Acht Monate.«

»Wie gefällt es Ihnen?«

»Es ist halt so ein Job.« Nach ein paar Minuten setzt er hinzu: »Nicht viel los hier. Kein Fernsehen, nichts. Im Winter fährt man mit dem Motorschlitten rum.«

Das Boot der Hudson Bay Company ist grün gestrichen, mit einem gelben Längsstreifen entlang der Wasserlinie. Es ist das größte Boot in Niska und wird zum Transport von Vorräten von der Piste zum Laden benutzt. Die Indianer haben Kanus mit Außenbordmotoren, mit denen sie flussaufwärts zum Jagen und Fischen fahren und Feuerholz holen.

Elizabeth sitzt schon im Bug, die Beine gespreizt, die Hände locker über ihrem Baumwollrock gefaltet. Sie hat glatte Haare, die wie bei einer japanischen Puppe kurz geschnitten sind. Ihre Unterlippe ist vorgeschoben. Elizabeth sieht wie ein widerspenstiges, trotziges Kind aus.

Ralph lädt die Kartons und das Gepäck in die Mitte des Bootes. Willa sitzt vor Elizabeth, Ralph ihr gegenüber. Sie sieht ihm zu, wie er an der Anlassschnur zieht, das Boot rückwärts manövriert und über die Flussmündung steuert. Die Flussmündung ist viel breiter, als es vom Flugzeug aus den Anschein hatte. Hier unten ist sie wie ein See, bewegt wie das Meer. Auf der bläulichen Oberfläche wirbelt Schaum. Das Wasser brandet unruhig hoch, schließt gierig und rasch den weißen Schnitt, den das Boot gemacht hat. Auf beiden Seiten des Flusses sind Inseln mit niedrigen Weiden, die aus den Felsen zu wachsen scheinen. Während sich das Boot stromaufwärts gegen die Strömung schiebt, rücken die Inseln wie Hecken immer näher. Willa sieht die Felsen, die vom Grund emporragen. Hier ist das Wasser dunkler, fast schwarz. Sie fahren durch einen Kanal. Der Kanal schlängelt sich zwischen Felsspitzen, und Ralph muss im Zickzack fahren, den Motor aber aufgedreht lassen, um dem starken Sog der Strömung entgegenzuwirken. Je tiefer sie ins Labyrinth der Inseln gelangen, desto mehr meint Willa, in einen Irrgarten ohne Ausweg zu fahren. Die Bootsfahrt kommt ihr gefährlicher vor als der Flug. Eine dieser Spitzen könnte ein Loch in den Boden reißen. Dann würden sie untergehen. Sie taucht einen Finger ins Wasser – eiskalt. Sie würden darin nicht lange überleben.

Sie verlassen den Kanal, und der Fluss wird breiter. Ralph lässt den Motor auf Hochtouren laufen. Das Boot hopst übers

Wasser. Gischt spritzt gegen die Seiten. Willa blickt über ihre Schulter, und dort – am Rand des Tundramoors – stehen die Häuser, die sie vom Flugzeug aus gesehen hat.

Ralph drosselt den Motor. Willa sieht eine Reihe von Leuten, die auf das Boot herabblicken. Die Leute stehen in drei Gruppen beieinander: Männer auf der einen Seite einer Holztreppe, die die Böschung hinaufführt, Frauen auf der anderen Seite, Kinder dazwischen. Die Männer tragen verblichene grüne Hosen und karierte Jacken, die locker an ihrem Körper hängen. Die Frauen sind kräftiger, haben aber dünne Beine. Sie tragen Röcke mit Blumenmustern, Strickjacken und grellbunte Kopftücher. Die Kinder haben Jeans, T-Shirts und Turnschuhe an. Wohl an die dreißig Menschen stehen dort oben. Sie beobachten sie ernst, mit großen Augen.

»Empfangen die Leute das Boot jedes Mal?«, fragt Willa.

»Ein halbes Dutzend ist immer da«, sagt Ralph. »Einige sind hier, um Elizabeth zu begrüßen. Die meisten sind gekommen, um Sie zu sehen.« Er steht auf und wirft einem der Männer ein Tau zu. Dann sagt er: »Sie sehen nicht viele Weiße, vor allem keine Frau mit roten Haaren.«

Willa hat karottenrotes Haar, das so kraus und dick ist, dass es an beiden Seiten mit Spangen gezähmt werden muss. Ihr sommersprossiger Teint ist durchsichtig wie Zwiebelschalen. Sie wirft sich den Rucksack über die Schulter und nimmt Reisetasche und Mappe auf.

»Steigen Sie zuerst aus«, sagt Ralph. »Ich bringe Ihnen den Koffer hoch.«

Elizabeth ist bereits an Land, und eine große, massige Frau, die eine rote Baskenmütze trägt, klopft ihr auf den Rücken.

Als Willa aus dem Boot klettert, verrutscht der Rucksack, und sie verliert das Gleichgewicht. Da es keine Reling gibt, an der sie sich festhalten kann, fällt sie beinah ins Wasser. Eine Frau kichert. Willa findet ihren Halt wieder und betritt den

Damm. Sie richtet sich auf und blickt in die Männergruppe. Sie erwartet, dass einer vortritt und sich als Patrick Eagle zu erkennen gibt. Aber die Männer starren sie unbewegt an. Keiner rührt sich.

Die Frau mit der roten Baskenmütze reißt sich von Elizabeth los und kommt auf Willa zu. Sie ist größer als Willa und hat ein breites Gesicht, eine Hakennase und lange Zöpfe. Willa nimmt an, dass ihr die Frau etwas Freundliches zur Begrüßung sagen will, vielleicht *wachiyi*, was, wie Dick sagte, »Hallo« und »Auf Wiedersehen« bedeutet. Aber die Frau lächelt nicht. Sie macht ein finsteres Gesicht. Ihre Augen blitzen böse.

Willa erkennt zu spät, dass sie wütend ist. Sie kann keinen Schritt zurücktreten, ohne ins Wasser zu fallen. Die Frau baut sich vor Willa auf, hebt die Hand und schlägt Willa ins Gesicht. *Klatsch*. Hart. Die Brille fliegt ihr von der Nase ins Gras. Die Mappe rutscht zu Boden.

»Hau ab«, keift die Frau. »Geh zurück, wo du hergekommen bist! Wir wollen dich hier nicht haben!« Sie schiebt ihr hässliches Gesicht nah an Willas heran, sodass Willa ihren sauren Atem riechen kann. »Kapiert?« Die Frau dreht sich auf dem Absatz ihres Stiefels um, packt Elizabeth am Arm und führt sie weg.

Ralph lässt Willas Koffer ins Gras fallen und rennt der Frau hinterher.

»Alte Schlampe!«, brüllt er. Seine Schüchternheit ist verflogen. »Das wirst du büßen!« Sie lacht und rennt los.

Willa steht auf dem Deich, hält sich die Wange und sieht Ralph in den Büschen verschwinden. Die Kinder laufen hinter ihm her, schreien und schwenken ihre Stöcke.

Die Frauen kichern nervös, die Männer treten von einem Fuß auf den anderen. Wortlos drehen sie sich um und gehen weg.

Das war also die Begrüßung der Kunstlehrerin. Von wegen *wachiyi.*

Nachdem sich Willa vom ersten Schreck erholt hat, reibt sie die Stelle, auf die geschlagen worden ist. Sie schmerzt, als hätte man ihr ein großes W in die Wange gebrannt. Auch ihre Augen brennen von Tränen der Wut, Verwirrung und Angst.

Willa ist wie ein Soldat, der mit dem Fallschirm hinter Feindeslinie abspringen musste und keine Ahnung hat, wo er gelandet ist. Sie hat keine Ahnung, wer von diesen Leuten auf ihrer Seite ist und wer nicht. Vielleicht sind alle gegen sie. Nein, das kann nicht sein. Wenn alle gegen sie wären, hätte man sie nicht gebeten, hier Kinder zu unterrichten. Oder? Wo ist Patrick Eagle? Wenn er hier wäre, wie Dick gesagt hatte, wäre dies nicht passiert. Da er nicht da ist, würde sie am liebsten kehrtmachen. Was natürlich nicht möglich ist. Das nächste Flugzeug kommt erst in drei Tagen.

Willa hebt ihre Brille auf. Ein Bügel ist abgebrochen. Prächtig. Zehn Minuten ist sie jetzt hier, und schon ist die Brille kaputt. Sie blinzelt die verschwommenen Hütten am Holzsteg an. Hier wird es kein Geschäft geben, das sie reparieren kann. Sie wird sie mit Klebeband notdürftig flicken müssen. Sie steckt die Brille in die Tasche ihres Anoraks, nimmt ihren Koffer und ihre Mappe – die Malutensilien wird sie später holen – und klettert über das sumpfige Gras auf den Brettersteg. Willa ist nicht katholisch, aber da keine andere Rettung in Sicht ist, tut sie, was Flüchtlinge, Ausgestoßene und Pilger seit Jahrhunderten getan haben: Sie sucht Zuflucht bei der römisch-katholischen Kirche – in der zarten Umarmung von Pater Aulneau.

Feuer. *Pasitew*

Joseph Boyden

Beim Aufwachen höre ich das rhythmische Kratzen von Tantchens Paddel auf dem Dollbord. Der Schmerz in meinem Körper ist ein lang gezogenes Stöhnen. Irgendetwas sagt mir, dass ich mich aufsetzen soll, also zwinge ich mich dazu. Das ist die Stelle. »Hier«, sage ich zu Tantchen. Meine Stimme klingt hohl in meinen Ohren. Tantchen hört auf zu paddeln.

Am Ufer machten die höheren Bäume den jungen grünen Trieben frischen Bewuchses Platz. Diese seltsame Trennlinie erstreckt sich, so weit das Auge reicht. Es ist eine Feuergrenze. An diesem Ort ist das große Feuer zum Stillstand gekommen und erloschen. Seine Todeslinie ist so abrupt, dass ich förmlich vor mir sehe, wie die Flammen einfach im Erdboden verschwinden. »Ganz in der Nähe haben Elijah und ich einen toten Elch gefunden«, erzähle ich Tantchen. Sie beugt sich vor, um mich besser zu verstehen. »Das Feuer hat ihn gebraten. Wir hatten Hunger und haben ein Stück von ihm gegessen.« Es ist seltsam, meine eigene Stimme zu hören. »Als wir an diese Stelle kamen, dachte ich, wir wären in die andere Welt hinübergegangen.«

Ich bleibe eine Weile sitzen und betrachte, wie gut sich die Wildnis erholt hat. Eine Vielzahl kleiner, knapp brusthoher Schwarzfichten breitet sich vor mir aus, und der feuchte Untergrund ist übersät mit Wildblumen. Manchmal ist Feuer gut für den Wald und lässt ihn dichter nachwachsen. Aber ich glaube, drüben, in Ypern und an der Somme, haben Granaten und Giftgas die Erde so zerstört, dass dort nie wieder etwas Gutes wachsen wird.

Erschöpft von der kleinen Anstrengung lege ich mich wieder hin. Einen Moment lang glaube ich, den beißenden Geruch von verkohltem Holz in der Nase zu spüren. Sobald ich die Augen schließe, bin ich wieder auf dem Fluss, doch es ist der Fluss von damals, vor dem Krieg, als Elijah und ich ihn zusammen befuhren.

Früh am Morgen folge ich einer Luchsspur. Sie verläuft in der Nähe des Flusses. Ein kurzer Ausflug in den Wald, dann machen die Abdrücke plötzlich kehrt, führen zum Wasser zurück und halten in südlicher Richtung auf das Ufer zu. Nahe der Überreste unseres Lagerfeuers der vergangenen Nacht sehen wir, dass der Luchs zum Ufer und von dort gemächlich weiter nach Süden getrottet ist. Hier am Ufer sind seine Bewegungen leicht zu verfolgen, die Abdrücke seiner breiten Pfoten unübersehbar. Elijah und ich folgen ihnen hinaus auf eine große Schlammbank, die das Wasser in den letzten Wochen nach und nach frei gegeben hat. Die Spur endet mitten auf der Bank. Wir sehen uns beide um, ob der Luchs sich mit einem großen Sprung davongemacht hat, doch der Schlamm ist in allen Richtungen unberührt.

Elijah versucht die Sache herunterzuspielen, aber ich kann ihm ansehen, dass er nervös ist. »Gestern Nacht ist das Wasser gestiegen und hat die Spur fortgespült«, sagt er auf Englisch, während wir das Kanu beladen und uns abstoßen. Er sagt es nicht auf Cree. Ihre Sprache ist für Lügen besser geeignet.

Wir halten uns dicht am Flussufer, paddeln gegen die starke Strömung an und kommen gut voran. Die Augusttage sind warm, und das Lagerfeuer vertreibt die Kühle der Nacht. Ich war noch nie so weit südlich von Mushkegowuk. Als Stromschnellen auftauchen, stake ich das Kanu hindurch, und Elijah zieht mit einem Seil vom Ufer aus. Wir haben beide die Trägheit und die Pfunde der üppigen Sommertage verloren.

Diese neue Gegend ist nicht schlecht. Kaum anders als zu Hause. Mir gefällt der Gedanke, mit jedem Paddelschlag tiefer in ein neues Land vorzudringen. Das ist gut, sage ich mir, während ich das Paddel eintauche. Ich bin auf unbekanntem Gebiet.

Tage nach dem Luchs, als der Fluss ruhiger und das Paddeln leichter geworden ist, ballen sich große graue Wolken am Horizont. Ascheflocken fallen aufs Wasser. Bald sind wir von Feuergeruch umgeben.

Elijah ist der Erste, der es ausspricht. »Die Welt brennt.« Wir sehen uns um. Dieser Teil des Flusses ist lang und kerzengerade. Im Süden steigen graue Schwaden auf, schwer wie Regenwolken. »Lass uns dichter heranfahren«, sagt er.

Ich spüre die warme Brise, die nach Westen weht, und sage, was offensichtlich ist: »Der Wind steht günstig.«

Wir paddeln auf den Rauch in der Ferne zu, bis er sich auf unsere Köpfe legt, in unsere Kleider und Haare dringt. Elijah bemerkt, dass das Feuer sich von uns fortbewegt.

Trotzdem würde ich ihm gern erklären, dass es dumm wäre, sich ihm noch mehr zu nähern. Doch welchen Zweck hätte das? Elijah ist einer, der die Dinge auf sich zukommen lässt.

Wir paddeln noch viele Stunden weiter flussaufwärts, und meine Hände werden wund vom Kampf gegen die Strömung. Ich bin froh, als Elijah sagt, dass es Zeit sei, ein Lager aufzuschlagen. Weit weg im Westen wird die Sonne vom Rauch verschluckt, und ein Schleier legt sich über den Fluss. Ich glaube, das Feuer zu hören, das in der Ferne knurrt. Ein lebendes Wesen.

»Was glaubst du, in welche Richtung es jetzt wandert?«,

frage ich Elijah. Der Wind hat sich gelegt, und der nächtliche Himmel im Süden glüht orangefarben.

»Ich weiß es nicht «, gibt Elijah schließlich zu. »Dein Tantchen ist die Schamanin. Was würde sie wohl tun?« Er lacht und knufft mich in den Arm. »Vielleicht solltest du mit offenen Augen schlafen.«

Die Gefahr des nahen Feuers scheint mit Elijah etwas zu machen, von dem ich mir nicht sicher bin, dass es mir gefällt. Wir sitzen auf unseren Decken und beobachten den Himmel. Im Norden liegt die schwarze Nacht, ein schlafender Bär. Aber hier sieht es aus, als wären die Nordlichter nach Süden gewandert und trübe geworden, ihr kühles Blau und Grün zu einem kränklichen Orange verblasst, das gerade laut genug tanzt, um mich wach zu halten. Wir unterhalten uns. Elijah bewegt die Beine wie ein Kind, das pinkeln muss.

»Du behauptest doch, dass du nicht an Zeichen glaubst«, sage ich.

»Hmmm«, entgegnet Elijah und blickt nach Süden. »Und was genau will uns dieses Feuer sagen?« Ich gebe keine Antwort.

Eine Zeit lang schlafe ich tief und fest. Verstörende Träume stellen sich ein. Dunkelgrauer Schlamm am Ufer versucht mich hinabzuziehen. Ich höre Flüstern und Murmeln in einer seltsamen Sprache. Nebel steigt um mich auf, und als er sich auf Mannshöhe vom Boden gehoben hat, beginnt er, mir wie brennender Regen aufs Gesicht zu fallen. In der Ferne höre ich Schläge wie von der Trommel eines Ältesten. Mein Körper vibriert von dem Lärm.

Elijah schreit und tritt mich. »Steh auf!«, ruft er, während heiße Asche und glühende Funken durch die Luft wirbeln.

Ich stehe benommen da und halte die Hand vor die Augen, um sie vor der gleißenden Helligkeit der brennenden Bäume zu schützen. Ich muss würgen.

Elijah stolpert mit übergeworfener Decke herum, sammelt unsere wenigen Habseligkeiten und die Gewehre ein. »Wir müssen zum Kanu«, schreit er. »*Ashtum!* Komm!«

Ich spüre ein Brennen wie von Wespenstichen auf dem Kopf, und als ich hinfasse, um das Ärgernis fortzuwischen, verbrennen mir die Funken, die meine Kopfhaut versengen, auch die Finger. Auf dem Weg zum Fluss fällt mir gerade noch ein, dass unser Essen – Mehl, Schweineschmalz und Elchfleisch – vor Tieren geschützt in einem Baum hängt. Jetzt ist es zu spät, um es zu holen.

Kaum noch in der Lage zu atmen, renne ich tief gebeugt weiter und horche auf Elijahs Stimme. Wir hatten unser Lager nur zehn Meter vom Fluss entfernt aufgeschlagen, aber ich kann das Wasser nicht sehen. Der Rauch erstickt mich, und links von mir geht zischend und knackend eine Baumgruppe in Flammen auf, sodass mir tief drinnen die Ohren schmerzen. Ich falle auf die Knie, krieche und rufe nach Elijah. Ich kann seine Antwort nicht hören.

Der Schlamm zwischen den Steinen verrät mir, dass ich in der Nähe des Flusses bin. Ein kleines Stück noch, und meine Hände ertasten ihn. Eine Baumreihe am Ufer fängt Feuer, erhellt sekundenlang die Wasseroberfläche und versengt mir den Rücken. Ich tauche unter, überzeugt davon zu brennen, doch als ich wieder auftauche, merke ich, dass mir nichts fehlt. Ich liege auf dem Rücken, nur Nase, Mund und Augen ragen aus dem Wasser. Die Vorstellung, Elijah würde bei lebendigem Leib verbrennen, bringt mich in Bewegung. Ich recke mich, so weit es geht, aus dem Wasser und rufe: »Elijah!« Aber meine Stimme klingt im Qualm dünn und schwach. Unablässig dröhnt mir das Feuer in den Ohren.

Der sanfte Zug der Strömung hilft mir, mich zu orientieren. Jedes Mal, wenn ich genügend Luft bekomme, rufe ich nach ihm. Langsam erfasst mich Panik. Ich stelle mich darauf ein, in einem Verzweiflungsakt das Ufer zu erklimmen und Elijah zu suchen, als ich mit voller Wucht vom Kanu gerammt werde. Ich packe das Dollbord und hangle mich daran entlang, bis mich die Berührung einer warmen Hand zu Tode erschreckt.

Elijah schießt aus dem Wasser. Er hat dort ebenfalls Zuflucht gesucht. »Ich bins. Wir müssen weg!«, rufe ich.

»Sieh dir das an!«, brüllt Elijah. »Unglaublich!« Seine Augen glitzern im Feuerschein. »Warum bist du mir nicht gefolgt?«

»Ich hab dich verloren.« Ich weiß nicht, ob er mich hört. Ich kann mich selbst nicht hören.

»Wirf deine nasse Decke über das Kanu!«, ruft er mir zu. »Die Funken brennen uns noch Löcher in die Außenhaut.« Er deutet auf seine eigene Decke, die über dem Kanu liegt. Ich folge seiner Anweisung.

»Es hat nicht ausgesehen, als wärst du sehr besorgt um mich«, rufe ich, doch Elijah scheint mich nicht zu hören. In der Nähe explodiert und fällt ein großer Baum um. Sekunden später geht ein roter Funkenregen auf uns nieder. »Wir müssen uns mit der Strömung treiben lassen.« Ich strecke den Arm aus. »Das ist leichter. Halt dich einfach fest und lass dich hinaustreiben.«

»Nein! Das Feuer rast schneller nach Norden, als wir es können.« Wir betrachten die explodierende Welt um uns herum, die von Flammen erhellte Nacht. »Wenn wir nach Norden zurückpaddeln, bleiben wir immer auf gleicher Höhe mit dem Feuer. Es wird uns verschlingen.«

Ich bin mir nicht sicher. »Wie weit müssen wir nach Süden, um dem hier zu entkommen?«

»Am Fluss hat es sich schon entlanggefressen, hat den gesamten Wald verbrannt«, antwortet Elijah, und ich meine ihn grinsen zu sehen, seine Zähne blitzen. Warum? »Ich bin sicher, drei bis vier Kilometer flussaufwärts ist es besser. Verqualmt, aber besser.«

Um uns herum brennt es in allen Himmelsrichtungen, lodernde Feuerwände. Ich höre ein Gebäude krachen und das Zischen von Funken, die ins Wasser fallen. Ich atme ein und huste. »Dann los!«, rufe ich. »Wenigstens ein Stück. Wenn es nicht nachlässt, versuchen wir, uns raustreiben zu lassen.« Ich schaue ihn an. Ja, Elijah lächelt wirklich.

Ich halte mich am Heck fest und schiebe, während Elijah vorn am Bug zieht. Oben auf dem Dollbord versengen uns die herabfallenden Funken die Hände, also legen wir sie dichter an die Wasseroberfläche. Ich spüre die Funken auf meinen nassen Kopf fallen und zischen. Unbeholfen staksen wir durch die Dunkelheit, tasten uns über Steine und durch schmatzenden Schlamm. Elijah bemüht sich, uns auf Brusthöhe im Wasser zu halten, doch oft verliert er an tieferen Stellen den Halt und ist gezwungen, sich am Kanu festzuhalten und einfach treiben zu lassen. Ich kann spüren, wie wir dabei zurückdriften.

»Lass uns weiter ins Flache gehen!«, rufe ich Elijah zu, doch im hüfthohen Wasser merken wir bald, dass wir im dichten Qualm nicht atmen können und die Hitze sich durch unsere nassen Hemden brennt. Manchmal jedoch finden wir auf einem flachen Stück genau die richtige Tiefe, in der nur unsere Nasen und halb geschlossenen Augen noch aus dem Wasser ragen. Viel Zeit vergeht, und die brennende Welt um uns herum verändert sich nicht. Auf einem leichteren Abschnitt schlage ich gegen die Seitenwand des Kanus, um Elijah auf mich aufmerksam zumachen: Wir treffen uns in der Mitte. »Es lässt nicht nach«, sage ich.

»Das wird es«, antwortet Elijah.

»Lass uns hier eine Weile ausruhen.«

Elijah gibt keine Antwort.

Wir warten, schweigend, stemmen uns mit hängenden Köpfen in den Sog der Strömung. Gerade als ich Elijah signalisiere, dass wir weitergehen sollten, deutet er in die Luft und taucht dann unter. Ich hebe den Kopf und sehe einen gelben Feuerbogen über den Fluss schießen. Auf dem Rücken des Windes fegt er über die weite Wasserfläche, eine Brücke aus Flammen. Ebenso schnell wie er gekommen ist, ist er wieder verschwunden.

Die Zeit vergeht langsam. Im Feuerregen schieben wir das Kanu gegen die Strömung und bleiben immer wieder stehen, um die Decken und unsere Haare mit Wasser zu besprengen. Ein grauer Film liegt auf dem Wasser. »Vielleicht sollten wir den Rückweg antreten!«, rufe ich schließlich, aber falls Elijah mich hört, reagiert er nicht darauf.

Am Ufer lodern viele Feuer gleichzeitig auf, und ich bemerke, dass die feuchten Decken auf dem Kanu dampfen. Kurz darauf steigt mir der Gestank von brennender Wolle in die Nase. Wieder schlage ich gegen das Kanu und rufe: »Ich glaube, die Decken brennen. Vielleicht brennt auch das Boot.«

Wir ziehen das Kanu so weit ans Ufer, wie es die Hitze erlaubt, und füllen es mit Wasser, sodass es sinkt. Dann beladen wir es mit sämtlichen Steinen, die wir finden können. Mit Beinen und Körper im Kanu, nur Nase und Augen über dem Wasser, sitzen wir da und warten.

»Wenn wir das hier hinter uns haben, sind es nur noch wenige Tage zu paddeln«, sagt Elijah. »Denk einfach nur daran.«

Als mich später Elijahs Fuß anstößt, habe ich die Augen geschlossen. »Draußen wird es langsam heller«, meint er.

Ich spähe durch den dichten Rauch. Links von mir sehe ich etwas Helles, heller als das Feuer. Diese kleine Veränderung macht mir Mut. »Vielleicht lässt der Qualm auch nach«, sage ich.

Wir warten. Meine Nase gerät immer wieder unter Wasser, und der Schreck beim Einatmen lässt mich hustend aufwachen. Elijah ist auch müde, das sehe ich. Ich falle in Halbträume, kehre zurück zu meinem kurzen Aufenthalt im Internat, zur alten Schwester Magdalene und ihrem nach verbrannter Wolle stinkendem Atem. Ich sehe, wie sich ihr Mund bewegt, während wir Jungen verängstigt an unseren Tischen sitzen und ihre Worte strömen heraus wie Flusswasser. »Die alten Cree sind Heiden und erzürnen Gott«, sagt sie. »Die Cree sind ein rückständiges Volk, und Gottes Missfallen zeigt sich darin, dass Er eure Flüsse rückwärts fließen lässt, nach Norden statt nach Süden wie in der zivilisierten Welt.« Sie knallt ihr Lineal auf meinen Tisch, dass es Funken sprüht, ein schmaler, brennender Baum. »Wenn ihr Ihn annehmt, wird Er ein Wunder vollbringen: Er wird die Flüsse in dieser Ödnis in die richtige Richtung fließen lassen.« Ich wache keuchend auf, als mein Kopf ins Aschewasser sinkt.

Ich sehe einen Hauch von Morgendämmerung durch den Rauch schimmern. Wir schaffen es, das Kanu von den Steinen zu befreien, hineinzuklettern und mit tief gesenkten Köpfen durch den Morgen zu paddeln. An einer lang gezogenen Flussbiegung stoßen wir auf eine Sandbank, die das Wasser teilt. Sie ist groß genug, um uns darauf zusammenrollen zu können. Der Sand ist noch warm von den Feuern, die immer noch flussauf- und flussabwärts wüten. Dicht am Boden ist sogar die Luft ein wenig besser.

»Einer von uns sollte Wache halten«, sage ich zu Elijah, aber er ist bereits weggeschlummert. Ehe ich dagegen ankämpfen kann, werde auch ich vom Schlaf übermannt.

Wir verlieren jegliches Zeitgefühl an diesem rußgeschwärzten Ort. Alles, was uns noch zu tun bleibt, ist weiterzupaddeln, den Weg hinaus zu suchen.

Die Brände toben immer noch, inzwischen allerdings ein wenig entfernt. Der Rauch hängt so dicht und schwer über uns, dass keine Sonne zu sehen ist und ich die Tageszeit nicht mehr einschätzen kann.

Ein dunklerer Schatten, die Abenddämmerung vielleicht,

hat sich herabgesenkt, als Elijah am Ufer den Rumpf entdeckt. Ohne den unverkennbaren Gestank von verbranntem Tierfell und dem darunterliegenden Geruch nach gebratenem Fleisch, der unsere hungrigen Mägen knurren lässt, hätten wir ihn übersehen. Wir fahren mit dem Kanu ans Ufer hinüber und stellen fest, dass da ein großer Elchbulle liegt, schwarz und verkohlt. Rauch quillt aus dem, was von ihm übrig ist. »Riecht gar nicht schlecht, finde ich«, meint Elijah und und wartet auf meine Antwort.

Ich ziehe mein Messer heraus und schneide in den Hinterschenkel des Tieres. Den Rest des Fleisches wird seine Furcht verdorben haben. Ich schneide an dem schwarz gewordenen Muskel vorbei in einen großen Streifen warmen, zarten Fleisches, das nicht ganz durchgebraten ist, aber gut aussieht. Ich probiere es. »Gut«, sage ich und schneide mehr davon ab. Auch Elijah holt sein Messer heraus. Wir arbeiten uns das ganze Bein hinauf und hinab, suchen nach den am besten durchgebratenen Stücken.

Als ich satt bin, streiche ich am Fluss etwas Asche von der Wasseroberfläche und nehme einen ordentlichen Schluck. Auch Elijah trinkt, dann sitzen wir da und beobachten, wie die raucherfüllte Dunkelheit hereinbricht.

»Meinst du, wir können hier unbesorgt ein paar Stunden schlafen?«, fragt Elijah. Wir betrachten den schwarzen Uferstreifen aus Stümpfen und rauchendem Erdboden.

»Hier gibts nichts mehr, was noch brennen kann«, erwidere ich.

Elijah fröstelt. Auch mir ist kalt. Zumindest ist der Boden warm. »Was dagegen, wenn wir ein kleines Feuer anmachen?«, fragt er.

Ich lache.

In den nächsten beiden Tagen ändert sich nichts. Es ist, als hätte der Fluss uns in die Unterwelt getragen. Der Rauch will nicht weichen, und wir haben das Gefühl, in der unbewegten Luft zu ersticken. Die Vögel schweigen. Es gibt keine Bäume mehr, durch die ein Wind streichen könnte. Die Geräusche des Flusses verbreiten sich jetzt anders und erschweren es, Entfernungen einzuschätzen, was das Gefühl zu ersticken, noch verschlimmert. Doch es ist vor allem das völlige Fehlen von Tierlauten, das in mir eine Traurigkeit hervorruft, wie ich sie noch nie verspürt habe.

Wir reden beide nur, wenn es nötig ist. Das Kratzen der Paddel auf dem Dollbord, wenn sie in das aschebedeckte Wasser eintauchen, ist das einzige Geräusch. Die Erde ist in allen Himmelsrichtungen schwarz und verbrannt und raucht immer noch wütend vor sich hin.

Schließlich bricht Elijah das Schweigen. »Was denkst du, wie weit das Feuer gekommen ist?«

Das habe ich mich auch schon gefragt. »Viele Kilometer«, antworte ich. »Einige Hundert bestimmt.«

»Hoffentlich kommt es nicht bis nach Hause«, sagt er.

Plötzlich wird mir bewusst, dass ich vor meiner Rückkehr vielleicht nichts mehr von zu Hause erfahren werde, falls ich überhaupt zurückkehre. Etwas wie Reue beginnt sich in mir zu regen.

Ich mache mir klar, dass ich es war, der die Entscheidung getroffen hat, dies hier zu tun. Ich werde ihn beschützen. Das ist es, was ich tue und mich immer bemüht habe zu tun.

Bis zum Nachmittag hat der Qualm nachgelassen. Die Welt um uns herum wird ein wenig heller. Soweit das Auge reicht, ist die Erde schwarz verbrannt. Was einmal undurchdringliches Dickicht gewesen sein muss, ist jetzt eine große, tote Fläche. Verkohlte Stümpfe ragen aus dem Erdboden.

»Ich kenne diesen Ort«, flüstere ich. Um mich auf andere Gedanken zu bringen, bitte ich Elijah, mir mehr Englisch beizubringen.

»Guten Tag, Sir. Können Sie mir sagen, wie spät es ist?«

Ich spreche ihm nach, meine Zunge fühlt sich dick und unbeholfen an.

»Du bist der beste Schütze auf der ganzen Welt«, fährt Elijah fort.

»Du bist der beste Schütze auf der ganzen Welt«, wiederhole ich, halte nach Vögeln, nach irgendetwas Buntem Ausschau und bin nur halb bei der Sache.

»Vielen Dank«, antwortet Elijah. »Du bist auch kein schlechter Schütze. Wenn du einen Vater hättest, wäre er ein Heide wie deine Tante.« Wir paddeln weiter. Nach einer Weile sagt er: »Es sieht nach Regen aus.«

»Regen wird das Feuer töten«, antworte ich auf Englisch.

»Gut.« Elijah lacht. »Sehr gut. Diesmal hast du dich sogar kaum noch wie ein Franzose angehört. Und jetzt sage: ›Ich bin ein Cree aus Moose Factory und bin hier, um Deutsche umzubringen.‹ Das wird ihnen gefallen.«

»Werden sie uns wirklich solche Fragen stellen?«, will ich in unserer eigenen Sprache wissen.

»Vielleicht«, erwidert Elijah. »Besser, du zeigst ihnen, dass du ein zorniger Krieger bist und keine dumme Rothaut.« Darüber denke ich eine Weile nach.

Ich bin darauf angewiesen, dass Elijah mir in ihrer Welt hilft. Schon als wir noch kleine Jungen waren, hatte Elijah ein Talent für die *wemistikoshiw*-Sprache. Nachdem die Nonnen ihm erst einmal Englisch beigebracht hatten, konnten sie ihn nicht mehr davon abbringen, und sie bereuten schon bald, es je getan zu haben. In der Schule gelang es Elijah, sich aus allem herauszureden: Er schwang großartige lange Reden, bei denen sich seine Worte wie Kletterpflanzen um die Nonnen wanden, bis sie sich nicht mehr bewegen konnten und nur noch hilflos den Kopf schüttelten über diesen niedlichen kleinen Jungen, der ihre Sprache beherrschte, als wäre er einer ihrer Bischöfe.

»Was ist, wenn sie uns für Cree von den Plains halten und uns Pferde geben, auf denen wir reiten müssen?«, frage ich.

»Das sollten sie lieber bleiben lassen.« Nach einer Pause fügt Elijah hinzu: »Vielleicht lernen wir es und werden richtig gut.«

»Ich sehe uns schon auf den Pferden sitzen und runterfallen, wenn sie losrennen. Sämtliche *wemistikoshiw* werden uns anstarren und sich fragen, was wir für komische Indianer sind.« Wir lachen beide. Nach einer langen Pause rede ich weiter. »Werden sie uns beibringen, auf ihre Art zu kämpfen, oder schicken sie uns einfach hinüber?«

»Ich weiß es nicht«, sagt Elijah.

Ein schriller Schrei in unmittelbarer Nähe reißt mich aus dem Schlaf. Es ist die dunkelste Zeit der Nacht, und blind taste ich nach meinem Gewehr.

»Noch ein Luchs«, flüstert Elijah, als wir mit den Gewehren im Anschlag auf dem Bauch liegen. »Und ganz in der Nähe. Nimm ihn aufs Korn, wenn du kannst.« Vielleicht bringt uns der Pelz in der Stadt ein bisschen Geld.

Wieder schreit er, aber von einer anderen Stelle. Etwas in seinem Ton sagt mir, dass es dasselbe Tier ist. Es klingt verletzt; vielleicht eine Mutter, die ihre Kinder verloren hat.

Der Schrei wiederholt sich nicht mehr. Die Aufregung legt sich, aber ich schlafe unruhig, bin nicht mehr sicher, was Traum ist und was nicht.

Ehe wir am nächsten Morgen aufbrechen, machen wir im schwarzen Ruß die Luchsspuren ausfindig und folgen ihnen auf ihrem Rundgang um das Lager, ehe sie zum Wasser hinabführen. Größe und Form gleichen den anderen aufs Haar. Und wieder enden sie auf einem flachen, breiten Streifen Schlamm. »Es ist derselbe Luchs«, sage ich.

»Unmöglich«, meint Elijah. »Außerdem ist es dieses Mal

kein Geheimnis, wohin die Fährte führt.« Er deutet aufs Wasser. »Ein Luchs kann so weit springen.«

Ich glaube ihm nicht.

Am späten Vormittag macht die verkohlte Erde dichtem grünem Buschwerk Platz. Die Veränderung kommt nicht allmählich, sondern abrupt. Man kann der gezackten Feuerlinie auf ihrem Weg nach Westen folgen, links das üppige hochsommerliche Grün und rechts die Schwärze des Feuers. Ich sauge die zurückgekehrte Jahreszeit tief in mich ein.

Den ganzen Tag halten wir Ausschau nach Wild, und als die Dämmerung anbricht, legen wir die Angelschnüre aus. Kein Fisch beißt an. Ich rieche Rauch in der frühen Abendluft, aber es ist der Geruch von Stadtrauch, von Menschen.

»Es wird bald Nacht«, erkläre ich. »Ich will diesen Ort nicht im Dunkeln betreten.«

Elijah nickt. »Wir übernachten hier und gehen morgen früh in die Stadt.«

Auf einer kleinen Insel finden wir ein schönes Fleckchen, und bald darauf knistert ein Lagerfeuer. Die Sonne nähert sich dem Horizont. Wir haben seit dem Morgen nichts mehr gegessen. »Meine Mutter«, berichtet Elijah, »hat mir Geschichten von ihrer Mutter erzählt, die im Winter ihre Mokassins kochen musste, um daraus Suppe zu machen.«

Ich betrachte Elijah beim Reden, sein Gesicht ist ganz schwarz. Die Augen heben sich deutlich von der Haut ab. Er hat seine Mutter früh verloren und spricht nur selten von ihr. Wir sind beide völlig verdreckt. »So, wie wir aussehen, können wir dort nicht hin«, sage ich. Ich gehe zum Fluss und wate hinein, ziehe mir die Kleider über den Kopf und wringe sie aus. Das Wasser ist weniger kalt, als ich gedacht habe. Ich wasche mir den Kopf mit Sand. Auch Elijah kommt ins Wasser und wäscht sich. Ich tauche unter und lasse mich in die Dunkelheit der Strömung ziehen, als schwebte ich in meiner Traumwelt.

Hinterher sitzen wir nackt auf einem Felsen und flechten uns gegenseitig die Haare, binden sie mit Streifen aus Elchhaut fest zusammen. Wir tragen sie beide auf die alte Art. Wir sind Jäger, keine Homeguard-Indianer.

»Werden sie uns zwingen, die Haare abzuschneiden?«, frage ich und schaue in die Sonne, die hinter einem Fichtengehölz versinkt.

»Keine Ahnung«, sagt Elijah. »Ich glaube, bei mir würde es gut aussehen. Aber du, du hättest dann mächtig abstehende Ohren. Und dein kahler Kopf wäre so riesig, dass du für den Feind eine schöne Zielscheibe abgeben würdest.«

Wir wickeln uns in die Decken, gehen wieder einmal hungrig zu Bett. Ich versuche einzuschlafen, lausche den Geräuschen der Stadt, die die Nacht zu mir herüberträgt. Männer, die rufen und lachen, Glas, das auf hartem Boden zu Bruch geht. An Schlaf ist nicht mehr zu denken. Morgen werde ich einen Ort betreten, von dem es kein Zurück gibt.

»Glaubst du, die Kanadier werden uns trennen, Elijah?«, frage ich, bemüht, ruhig und ein wenig gelangweilt zu klingen.

Elijah braucht lange, um zu antworten; so lange, dass ich denke, er sei eingeschlafen.

Schließlich höre ich ihn aus der Dunkelheit sagen: »Das sollten sie lieber bleiben lassen.«

Töchter der Kupferfrau

Anne Cameron

Alte Magie

Kein Mensch war auf der Insel, und niemand sah, wie das unförmige Boot vom Wind, den Gezeiten und den launischen Strömungen in die Bucht getrieben wurde. Weder Otter noch Robbe kümmerte es, dass ein Windstoß das Gefährt aus Tierhäuten an den steilen Klippen zerschmettern könnte; weder Kormoran noch Adler kümmerte es, dass der flackernde Lebensfunke in Gestalt des letzten, ausgemergelten Menschen ersticken würde. Die kleine, dürre Gestalt bewegte sich nicht, sie atmete flach, ihr langes Haar war glanzlos und dünn, die geöffneten Lippen trocken und rissig. Die Haut des Kindergesichts war straff über die noch weichen und nicht voll ausgebildeten Knochen gezogen.

Die alte Magie, die alten Bräuche, sogar die Alten selbst scheinen an einem neuen Ort oft machtlos zu sein. Liegt es daran, dass sie ihre Kraft aus dem Vertrauten schöpfen? Oder liegt es daran, dass sie Ereignisse geschehen lassen und sich nur rühren, wenn es notwendig ist? Oder haben sie Gründe, die nur sie selbst ganz begreifen können, Gründe, die es zuließen, dass zwölf von dreizehn Schwestern die Schale innerhalb weniger Stunden verlassen hatten, alle im selben Sturm, der die Schale jetzt an diesen Ort gebracht hat? Möglicherweise haben die zwölf ihre Lebenskraft absichtlich aufgegeben, um den noch immer glühenden Lebensfunken im verbliebenen, kostbaren und jüngsten Kind zu nähren, dessen grüne Augen von dünnen, bleichen Lidern bedeckt wurden und das so erschöpft war, dass seine Wimpern nicht einmal zuckten.

An einer felsigen, von Klippen beherrschten Küste, wo die Berge aus dem Meer aufragen und die Flüsse ungehindert durch tiefe Gräben fließen, an einer Küste, wo der Ozean selbst bei warmem Wetter kalt ist, wo sich menschliches Leben nicht lange halten kann und das Wasser unergründlich tief ist, an einer Küste von rauer, nackter Schönheit kam das zerbrechliche Gefährt an einer seltenen und wunderbaren Stelle zur Ruhe: an einem Strand, der durch Felsen und Riffe geschützt war. Nur die Alten wissen, wie die kleine Schale aus Tierhäuten dem Untergang entgehen konnte.

Die Flut war auf ihrem höchsten Stand, es war eine mächtige Herbstflut, das Wasser überspülte den Strand mehrere Fuß höher als sonst, und als die Anziehung des Mondes nachließ und das Wasser zurückging, lag das kleine Gefährt auf Kieselsteinen. Es war ein Strand, aber kein Sandstrand – Steine, runde, kleine Steine in allen Farben, Tönungen und Schattierungen. Als der kurze, heftige Regen seine nasse Fracht niedergehen ließ, fielen die kühlen Tropfen auf ausgedörrte, rissige und vor Schwäche halb geöffnete Lippen. Reflexartig leckte die geschwollene, taube Zunge die Tropfen auf. Der Regen sammelte sich am Boden des kleinen Bootes und durchtränkte die wenigen dürftigen Lumpen, die auf dem ausgezehrten Leib des kleinen Mädchens noch übrig geblieben waren. Das lange Haar hing ihr wirr übers Gesicht, sie sammelte das Wasser und ließ es in ihren Mund fließen. Ihr ausgetrockneter Körper saugte das Wasser auf, ihre vom Salz angegriffene Haut wurde gereinigt, und die harten Kieselsteine stießen so lange gegen den Schleier des Elends und der Bewusstlosigkeit, bis sie sich zu regen begann und lautstark aufbegehrte. Die Veränderung des Lage, die Verlagerung des Gewichts ließen das kleine Boot zur Seite kippen, und das ausgemergelte kleine Mädchen rollte heraus. Sie landete in einem kleinen Graben, durch den frisches Wasser floss. Sie öffnete die Augen leicht und begann, instinktiv wie ein Tier, geräuschvoll das Wasser zu schlürfen, und der Rest des Salzes und des Drecks wurden in die Erde zurückgespült.

Der Regenschauer ging vorüber, das Kind schlürfte und leckte während langer Augenblicke. Zweimal rebellierte sein Magen, es seufzte und drehte den Kopf, als wollte es vermeiden, sich in den Graben zu erbrechen. Bald konnte es sich aufrichten, um sich mit den geröteten, geschwollenen Augen umzusehen.

Das Mädchen bemühte sich, auf den Füßen zu stehen. Nicht weit von ihr entfernt ragte ein Felsblock aus dem zurückgewichenen Wasser, und darauf lagen ganze Trauben blauschaliger Muscheln. Sie waren viel größer als diejenigen, die sie von zu Hause kannte. Immerhin kamen sie ihr so vertraut vor, dass sie sich angestrengt dem Felsen näherte. Sie sammelte sie ein, brach sie auf und saugte das rohe Fleisch aus den wiegenförmigen Schalen. Ihr Magen war so stark geschrumpft, dass sie schon nach wenigen Muscheln satt war. Noch einen Schluck Wasser, dann legte sie sich neben einer großen Hemlocktanne auf den Boden und kuschelte sich eng an den lebendigen Stamm. Das Moos und der Torf, auf dem sie schlief, waren trotz des Sturms trocken geblieben, denn der immergrüne Baum hatte den Regen abgehalten. Als sie erwachte, aß sie noch mehr Muscheln, trank noch mehr frisches Wasser und schlief dann wieder ein. So kam ihr Körper wieder zu Kräften. Als sie sich wieder regte, war es Nacht, und zum ersten Mal, seit der heftige Wind plötzlich und unerwartet übers Meer geblasen hatte, waren die Sterne zu sehen. Sie suchte den Himmel ab und studierte die Formen und Positionen der an den Nachthimmel gezeichneten Muster. Bald wusste sie, dass sie hier war. Aber sie wusste nicht, *wo* hier war.

Vom kleinen Boot stieg ein schwacher, aber deutlich wahrzunehmender Verwesungsgeruch auf, und als sie auf die erbärmlichen, verzerrten Leiber der Schwestern hinuntersah, begann sie hemmungslos zu weinen. Diese zwölf Vorzüglichen, Auserwählten waren verdurstet, weil sie ihr das Wasser gegeben hatten, das sie selbst hätten trinken sollen; jede von ihnen hatte ständig versichert, ihren Anteil schon getrunken zu haben. Sie waren erfroren, weil sie ihre wenigen Kleider über das Kind gelegt hatten, damit es vor dem beißenden Wind geschützt wurde. Sie waren verhungert, weil sie gleich wie beim Wasser vorgaben, sie hätten ihren Anteil vom erbärmlich dürftigen Vorrat schon geknabbert. Diese zwölf auserwählten Schwestern waren freiwillig gestorben, damit das Kind und das von ihm gehütete Wissen überleben und fortdauern konnte.

Mühsam schleppte sie das kleine Boot näher zum Ufer und aß mehrmals von den Muscheln, von denen sie nicht genug kriegen konnte. Sie ruhte sich aus, wenn ihr schwindlig wurde, und sie weinte, wenn sie von der Trauer überwältigt wurde, bis sie stark genug war, um für die zwölf Schwestern das zu tun, was zu tun war. Es war das Letzte, was sie für die tun konnte, die so viel für sie getan hatten.

Überall auf dem Strand hatten die Gezeiten Holzstücke zurückgelassen, gebleicht und getrocknet von der heißen Sommersonne. Der stürmische Regen hatte nur ihre Oberfläche angefeuchtet. Ein lieblicher Geruch ging von ihnen aus, sie rochen nicht nach Eiche, auch nicht nach den mächtigen, immergrünen Bäumen, die im Norden ihres früheren Zuhauses wuchsen, es war ein fröhlicher und ermutigender Duft.

Überall um sie herum standen große Bäume, vornehm, gerade, zum Himmel emporgestreckt, von unten bis oben grün, heiliges Grün. Guten Mutes schleppte sie Ast um Ast, Zweig um Zweig an eine geeignete Stelle und tat das, was getan werden musste. Bald war sie wieder müde, und sie kehrte zu ihrer Stelle unter dem schützenden Baum zurück. Als sie erwachte, kam die Sonne gerade aus ihrem nächtlichen Ruheplatz hervor, und der Morgennebel begann sich bereits aufzulösen. Nach einer weiteren Muschelmahlzeit und nachdem sie noch mehr vom frischen Wasser getrunken hatte, kehrte sie an ihre Arbeit zurück. Als die Sonne sich daran machte, ihren Kopf hinter einem Berg zu verstecken, war das Mädchen bereit. Der Scheiterhaufen war hoch, so hoch wie irgendwie möglich, und im Scheiterhaufen waren die Körper der Schwestern, die so aufgedunsen und verändert waren, dass sie kaum wiederzuerkennen waren. Wer freiwillig zusammen stirbt, sollte zusammen weggehen, deshalb lagen im Scheiterhaufen vier Reihen, in jeder Reihe drei Schwestern. Es war die magische Vier der vier Winde, der vier Richtungen, der vier Teile eines Baums, der vier Jahreszeiten. Sie nahm die kleine Schachtel aus dem Bötchen, ging zum Scheiterhaufen und sprach schluchzend die Worte. Sie nahm trockenes Moos, das von den Bäumen herunterhing. Es waren nicht die Bäume der alten Tage, trotzdem erfüllten sie ihren Zweck, und es konnte getan werden, was getan werden musste. Damit war im Neuen, was zur Erfüllung des Alten nötig war.

Aus den kalten Gegenden waren Barbaren gekommen, und obwohl sich alle Priester und Dichter, Gemeine und Adlige versammelt hatten, wachten die Alten nicht auf, und sie machten keine Anstalten, ihre Kraft gegen die bärtigen Riesen zu verwenden. Die Magie versagte Mal um Mal, deshalb versammelte sich der Rat. Er erklärte den Leuten, die Magie sei nicht verloren, und die Alten seien auch nicht verärgert, aber es sei Zeit – Zeit für Bewegung, Zeit für Veränderung, Zeit für Ausdehnung, Zeit, um das zu tun, was die Bäume tun, wenn sie ihre Samen auf den Flügeln des Windes wegtragen lassen. Und so verließen die kleinen Boote ihre Orte. In jedem saß eine Versammlungsgruppe, die ihr Leben diesem kleinen Gefährt aus Fell und zerbrechlichem Holz anvertraut hatte, die auf die Winde und die Strömungen vertraute und sich mit Zeit und Wandel bewegte. Die Boote verloren sich aus den Augen, bis es für das Mädchen und seine Schwestern nur noch die endlosen Wellen und das Meer gab. Das Meer bot ihnen wenig, denn sie wussten nicht, wie man in tiefen Gewässern fischt. Sie opferten sich auf, um das Mädchen zu schützen, und langsam verebbten ihre Leben und ihre Kraft.

Der Feuerstein warf Funken auf das Moos, und sobald die Glut zur Flamme wurde, sang das Mädchen die alten Worte und zeichnete Runen in den Sand. Das neue Holz brannte nicht so rein wie das alte. Ungestüme Funken sprühten himmelwärts, das Feuer knisterte froh und schien zu feiern.

Warum sollte es nicht feiern? War es nicht das erste Holz im neuen Land, das die Ehre hatte, die Auserwählten heimzubringen? Nicht nur eine, sondern zwölf Auserwählte waren es, die zu den Alten gingen und die sich dazu aufmachten, ihre Zeit zu erfüllen.

Der Scheiterhaufen brannte die ganze Nacht, viermal hatte sie vom Holz nachgelegt, das sie in der Nähe gestapelt hatte. Sie sang und weinte, zeichnete Runen und schluchzte. Sie wusste, dass die von den Flammen Gewärmten keine Sorgen mehr hatten, aber sie wusste auch, dass sie von nun an einsam sein würde.

Sie schlief neben dem Scheiterhaufen ein, und als sie erwachte, war das Feuer klein geworden, und die Sonne stand schon hoch am Himmel. Sie betete und wandte sich dann entschlossen vom Scheiterhaufen ab, um vom kühlen, frischen Wasser zu trinken. Danach ging sie auf Nahrungssuche.

Sie legte Austern in die Nähe des Feuers. Die Hitze öffnete die Schalen, und sie konnte sich am Fleisch gütlich tun. Groß waren sie, manche zweimal so groß wie ihre Hand, und was sie nicht essen konnte, übergab sie den Flammen des Scheiterhaufens als Dankesopfer. Der Wind sagte ihr, dass die Kälte schon bald ins Land ziehen, der Stand der Sonne und der Sterne sagte ihr, dass das Wetter schlechter würde. In den folgenden Tagen und Nächten machte sie sich daran, das alte Wissen vor den neuen Gefahren in Sicherheit zu bringen.

Verbissen suchte sie in den Felsen nach einem Loch von brauchbarer Größe. Dahin trug sie die vertrauten Dinge, die ihr die verstorbenen Schwestern zurückgelassen hatten: die Stäbe zum Runenwerfen, die Kräuter, die heiligen Steine und das Messer; das lindert während der Geburt die Schmerzen. Aus der Haut des Bootes machte sie sorgfältig einen Verschluss für den Höhleneingang, um den von Tag zu Tag bissigeren Wind abzuhalten. Sie sammelte Holz und schichtete es unter den Bäumen auf. Dort würde es einigermaßen trocken bleiben, und die Flut konnte es nicht wegspülen. Die Sterne sagten ihr, dass zu dieser Zeit kein fremder Eindringling kommen würde, kein Triumph würde in den Augen eines Heiden leuchten, während er sein Fleisch in den Leib einer Gläubigen trieb. Sie war in Sicherheit, und das, was sie von der Alten Magie wusste, war auch in Sicherheit. Das Wissen über die Alte Magie wurde durch die Abwesenheit der anderen zwölf geschmälert, aber dies war schon früher vorgekommen, und immer wurde das nötige Wissen wiedergefunden, wenn die Zeit gekommen war, und was vergessen war, wurde wiedererlernt. Oder geschenkt. Durchhalten war alles, was von ihr verlangt wurde.

Und wie sie durchhielt! Sie lernte, Fischreusen zu flechten, die sie bei Flut auslegen konnte. Wenn das Wasser zurückging, waren Fische in der Reuse, die sie mit einem Spieß, einem Netz und manchmal mit bloßen Händen fangen konnte.

Sie hielt durch. Und überlebte. Knapp vielleicht, aber wir brauchen nicht unbedingt im Überfluss zu leben. Den ganzen langen, nassen Winter über hielt sie durch, sogar dann, als auf den Bergen tiefer Schnee lag und die Bäche zugefroren waren. Auch während des folgenden Frühlings und Sommers hielt sie durch. Sie trocknete Beeren und suchte nach Vogelnestern, sie sammelte und überlebte. Nur eine Idiotin wäre an dieser Küste verhungert, und keine der Schwestern war jemals eine Idiotin.

Sie hielt durch. Ihr Kinderkörper wuchs heran, ihre helle Haut wurde von Sonne und Wind gebräunt, und an einem Vollmond, mitten im vierten Winter mit Regen und beißendem Wind, Einsamkeit und Ausdauer, kam der Beweis, dass sie eine Frau war. Von da an erinnerte sie jeder Mondzyklus daran, dass kein Ritual abgehalten wurde, dass ihr kein zusätzliches Erwachsenenwissen mitgeteilt wurde, und dass sie ihren Stolz nicht öffentlich zeigen konnte. Sie fragte sich, ob dieser Frauenstolz durch die Zeit des Wandels verloren gegangen war. Zunächst störte es sie nicht, dass es keine Zeremonie gab, bei der sich ihr alle jungen Priester anboten, falls sie es wünschte. Als jedoch aus den Monaten Jahre wurden, fragte sie sich, wie es wohl wäre, wenn sie nicht in einer Zeit des Wandels lebte.

Es war der Wind, der sie herantrieb. Der Herbstwind, der während Tagen in die Bucht bläst, der keinen Regen bringt, der aber an den Bäumen zerrt und an den Felsen nagt und in dem die Schreie der verlorenen Seelen gefangen sind. Schon Ende des Sommers, wenn die Sonne noch hell scheint und die Luft noch warm ist, beklagt der Wind das Sterben einer weiteren Jahreszeit.

Dieser Wind brachte nochmals ein schalenförmiges Boot, darin drei Schwestern, so alt und welk – man konnte kaum glauben, dass dies Frauen waren. Die Alten hatten ihr von einer auserwählten jungen Schwester erzählt, die in Not sei, und sie waren gekommen, um ihr das zu geben, was nur sie ihr geben konnten: die in ihren Köpfen verschlossenen Geheimnisse.

Sie pflegte die Frauen, hielt sie warm und ernährte sie. Die jahrelange Einsamkeit brach in einer hellen Glut der Liebe aus ihr hervor, welche die alten Frauen auch dann noch am Leben erhielt, als sie eigentlich schon tot sein mussten. Sie sprachen zu ihr und lehrten sie die Geheimnisse und Mysterien in einer Geschwindigkeit, wie sie die Tradition noch nie gekannt hatte. Was sonst ein halbes Leben brauchte, stürzte in wenigen Monaten auf sie ein, ohne Zeremonie oder Ritual, und sie, die so nach menschlichen Stimmen gedürstet hatte, saugte jedes einzelne Wort in sich auf.

Der kalte Winter forderte die erste der alten Schwestern; sie hatte den Kelch ihrer Weisheit und ihrer Lehren geleert. Nur die Liebe hielt ihre trockene Hülle noch am Leben, und darum sagte sie der jungen kupferhäutigen Frau, sie wolle ihr Fleisch und ihre Knochen hinter sich lassen, um zu den Alten zu gehen. Die junge Frau weinte, sie baute den Scheiterhaufen, und gemeinsam mit den zwei verbliebenen alten Schwestern zeichnete sie die Runen, sprach die Worte und sandte die gebrechliche Hülle in einem Funkenregen fort. Sogar der Winterwind schämte sich, er hörte mit seinem Geschrei auf, und der Rauch und die Funken konnten geradewegs zum Himmel aufsteigen.

Die junge Frau erzählte den zwei verbliebenen Schwestern von ihren Ängsten und ihrer Einsamkeit, und sie sagten ihr, alle Schwestern müssten ins Ödland eintreten. Die Art und Weise sei nicht für alle gleich, aber das Ödland sei immer, was es sei. Manche durchqueren es nie, deshalb lernen sie die Wahrheiten nie kennen; manche durchqueren es nur teilweise, verirren sich und vergessen das Gelernte. Eine Anzahl Auserwählter gelangt dank eigener Anstrengungen und Entschlossenheit durch das Ödland, und diesen werden die Geheimnisse gegeben. Und da die junge Frau so gut durchgehalten hatte, hatten sie die alten Frauen aufgesucht.

Sie erfuhr, dass sie schon bei der Geburt *erkannt* worden war, ihre Augen verrieten ihre Bestimmung. Sie waren so grün wie das Meer, das Zeichen des *Besonderen,* grün wie die Bäume, das Gras und die Blätter. Als sie darauf hinwies, dass nicht alle Schwestern grüne Augen haben, lachten die alten Frauen. Ihr Lachen tönte wie das Rascheln von trockenem Gras. Sie sagten ihr, es würden viele geboren, aber wenige seien auserwählt, und noch weniger seien *besonders*. Die grünen Augen seien das Zeichen für eine wiedergeborene alte Seele. Nur die *Besonderen* würden bei der Geburt auserwählt, die anderen würden aufgrund ihrer Haltung und Geschicklichkeit gefunden, wenn die Zeit dafür gekommen sei, manchmal sogar durch Zufall.

Dann verschied die blauäugige Schwester, auch sie wurde mit den Funken und den Runen, den Gebeten und den Tränen weggesandt. Die kupferhäutige junge Frau mit den grünen Augen weinte bitter, denn sie wusste, dass die letzte der Schwestern nur noch einige kostbare Stunden zu leben hatte, dann würde sie wieder allein sein, allein mit einem Körper, der nur Fruchtloses trug, allein mit dem Meer, den Bergen, den Bäumen und ihrem Selbst.

Die alte Frau schaute sie während einiger langer Augenblicke an, dann raffte sie sich mit einem Ausbruch der Liebe auf, obwohl ihre Lebensflamme nur noch flackerte. Sie vertraute der Kupferfrau das größte aller Geheimnisse an, sie zögerte sogar ihr eigenes Hinscheiden hinaus, um ihr das endgültige

Geheimnis mitzuteilen. Vielleicht geschah es deshalb, dass ein Teil ihres Geistes im Körper der jungen Kupferfrau zurückblieb, als sie verschied – wiedergeboren und wieder belebt im Körper der Auserwählten.

Zum vierten Mal wurden der Scheiterhaufen gebaut und die Runen gezeichnet. Zum vierten Mal wurden die Worte gesprochen, und zum vierten Mal stieg der Rauch zum Himmel empor. Durch die Vollendung der magischen Vier wurde der Ort für immer geheiligt, fortan würde er nie mehr ein gewöhnlicher Strand sein. Für immer und ewig war er zum Versammlungsort der Geister und derjenigen außerhalb unseres Gesichtskreises geworden. Jene, die mit der Wahrheit der Zeit vertraut sind, werden wissen, wann sie an diesem Ort angekommen sind, sie wissen es aufgrund ihrer Gefühle und der Strukturen und der Verständigung mit den Geistern, auch wenn ihnen nie jemand verrät, welche Bucht oder welcher Strand der *Eine* ist. Und mit dem Erkennen kommt immer das Vertrauen, dass zu einer bestimmten Zeit – zu *einer* bestimmten Zeit – ein früherer Körper hier einen Besuch gemacht hatte, denn darin besteht die Stetigkeit der spirituellen Überlieferung.

Kupferfrau

In den Tagen vor der Ankunft der Menschen war die Küste fast leer. Nur Kupferfrau lebte dort, allein mit ihren Geheimnissen, Mysterien und ihrem Selbst. Kupferfrau lebte. Aber sie lebte nicht gut, denn ihre Geheimnisse waren unvollständig, ihr Kreis war nicht geschlossen, und ihre Welt war noch keine Ganzheit. Allein kam sie aus dem Inneren des Gebirges, um am Küstenrand ein kleines Holzhaus zu bauen. Allein lernte sie, Tutsup, den Seeigel, Ya-is, die Butter-Venusmuschel,

Hetchen, die Venusmuschel mit dem kleinen Hals, Ahsam, die Krabbe, Um-echt, die Pferdemuschel, und So-ha, den Lachs, zu ernten und zu fangen. Sie lernte, das Fleisch von Kich-tlatz, der Fellrobbe, zu essen und aus ihr Kleider zu machen. Allein lernte sie, dass man sich Tut-lukh, dem Seelöwen, nicht unbedacht nähern darf. Dennoch lebte sie mehr schlecht als recht.

In der Zeit der ersten Herbststürme kam ein Fahrzeug mit göttlichen Gestalten; sie brachten Kupferfrau das Wissen bei, mit dem sie auf einer höheren Stufe überleben konnte. Sie kamen aus der untergehenden Sonne hervor und ritten auf dem goldenen Band, das über dem Wasser liegt, bevor die Nacht ihre Decke ausbreitet. Sie kamen, um sie das Wissen zu lehren, das die ganze Menschheit für ein erfüllteres Leben braucht. Aber dies war weder die Zeit noch der Ort für die magischen Wesen, und als sie zu ihrem Ort zurückkehrten, begann Kupferfrau zu weinen. Sie weinte bitterlich, denn die Einsamkeit ist eine bittere Sache, sie erzeugt einen herben Geschmack in unserem Mund. Sie wird noch bitterer, wenn man meint, davon befreit worden zu sein, und feststellen muss, dass sie zurückgekehrt ist. Sie weinte so stark, dass ihr ganzer Kopf entwässert wurde, aus ihren Augen liefen Tränen und aus ihrer Nase dicker Schleim. Aus dem Mund lief Speichel, und ihr Gesicht schwoll an, während sich die Wasser der Einsamkeit ergossen. Aus ihrer Nase lief ein riesiger Schleimstrang auf den Sand. Er war so groß, dass ihn Kupferfrau trotz ihrer Ergriffenheit bemerkte, und sie schämte sich. Sie versuchte, ihr Gejammer zu ersticken, sie versuchte, den Schlamassel mit Sand zu bedecken, ihn zu begraben, zu verstecken, ihn der Erde zurückzugeben. Die magischen Frauen hatten ihr beigebracht, sich nicht zu schämen, den Rotz nicht zu vergraben, sondern aufzuheben und sogar zu achten. Sobald sie gelernt hätte, diesen derben Beweis ihrer eigenen Sterblichkeit zu akzeptieren, würden daraus die Mittel kommen, die ihrem Alleinsein und ihrer Einsamkeit ein Ende bereiten würden. Die Zeiten, in denen die Körperflüssigkeiten flössen, in denen eine Frau dem Ruf des Mondes antworte, seien heilige Zeiten, Zeiten des Gebets und der Meditation.

Kupferfrau tat, wie ihr geheißen wurde. Ohne zu verstehen, aber voll Vertrauen schaufelte sie den Schlamassel in eine Muschelschale und legte diese zu ihren magischen Sachen. Einige Tage danach bemerkte sie, dass sich der Sand in der Muschel bewegte. Sie schaute genau hin und sah, wie sich ein kleines, unfertiges Ding mühsam in der kleinen Muschel wand. Kupferfrau nahm das Ding aus der Muschel und legte es vorsichtig in eine größere Muschelschale, eine Schale von Um-echt, der Pferdemuschel. Sie beobachtete es jeden Tag und bemerkte, dass an dem unfertigen, lebendigen Ding etwas wuchs. Es sah aus wie der verkleinerte Nacken der Pferdemuschel. Bald war das kleine Etwas so groß, dass es ihm in der Muschel von Um-echt ungemütlich wurde, deshalb legte sie es in eine Schale von Tutsup, dem Seeigel. Aber schon nach ein, zwei Tagen bettete sie es erneut um, weil unter dem, was aussah wie der Hals von Um-echt, kleine Formen von Tutsup wuchsen, und Kupferfrau wollte nicht, dass zwischen den Beinen ihres kleinen Freundes das Rückgrat des Seeigels wuchs, denn wie hätte er da gehen können? Also legte sie ihn in die Schale von Ah-sam, der Krabbe, und dort war er einige Wochen lang glücklich, obwohl er mit seinen Händen gleich wie Ah-sam nach ihr grapschte und sie nicht mehr loslassen wollte. Kupferfrau legte ihren Knirps in ein Bett aus dem Fell von Tut-lukh, dem Seelöwen, und er war ganz glücklich, obwohl auf seinem Gesicht die Schnurrhaare von Tut-lukh wuchsen, und auf Teilen seiner Brust und seines Bauches wuchs das weiche Fell des großen Tieres. Seine Stimme wurde tief, und wenn Kupferfrau sich zu lange um etwas anderes kümmerte, brüllte er vor Eifersucht.

Eines Nachts verließ der Rotzbube das Fellbett von Tut-lukh

und kroch ins Bett von Kupferfrau. Er presste seinen Mund, der dem von Ah-sam glich, auf den ihren, und seine Hände, die grapschten wie die Scheren von Ah-sam, griffen nach ihren Brüsten. Kupferfrau wusste, dass sie mit dem aufdringlichen Rotzbuben kurzen Prozess machen könnte. Gleichzeitig fühlte sie sich aber für ihn verantwortlich, und sie hatte Mitleid mit ihm, weil er aus einer so unvollkommenen Kombination verschiedenster Meerestiere bestand. Hatte nicht das Meer sie gerettet? Waren die Götterfrauen nicht übers Meer gekommen, um ihr zu sagen, dieses merkwürdige Ding werde ihr dazu verhelfen, nie mehr allein zu sein? Abgesehen davon war es angenehm, seinen Mund auf dem ihren zu spüren, und seine verlangenden Hände taten ihr nicht weh, sie ließen in ihrem Bauch eine Wärme entstehen, die anstieg, bis der Teil, der von Um-echts Hals stammte und die Teile, die Tutsup glichen, lebendig wurden und wuchsen, und sie begrüßte Umecht in ihrem Körper, sie drückte den Rotzbuben nahe an sich, noch näher, bis das einsame Gefühl fast – aber nicht ganz – verschwunden war. Ihr Körper schwoll an, sie fühlte sich, als ob sie vom Mond erfüllt wäre.

Der Rotzbube schrie auf, aber nicht mit der tiefen Stimme Tut-lukhs; der Schrei glich viel eher demjenigen von Qui-na, der Möwe. Dann klammerte sich der Knirps an sie und schüttelte sich, als ob die herbstlichen Sturmfluten in ihn gefahren wären. Kupferfrau beruhigte ihn und hielt ihn fest. Sie fragte sich, ob die Einsamkeit je ganz verschwinden würde. Danach drückte sie den Rotzbuben noch viele Male an sich und presste ihren Mund auf den seinen, brauchte die Magie ihrer Hände, um die zwei kleinen Tutsup zu wecken, und sobald sie erwacht waren, drang der Teil von Um-echt in sie ein, suchend, erforschend, und entriss sie beinahe, beinahe – aber nie ganz – der Einsamkeit.

Mowita

Kupferfrau lebte mit Rotzbube, dem unvollkommenen Knirps, an dem Ort, wo ihr die Götterfrauen das Wissen gebracht hatten. Sie unterrichtete die seltsame kleine Kreatur, so gut sie konnte, aber er schien nie richtig zu begreifen. Wenn er eine Fischreuse machte, war sie immer irgendwo fehlerhaft, und viele Fische konnten entkommen. Wenn er ein Feuer machte, war es entweder zu heiß oder zu wenig heiß, und oft verbrannte er sich. Wenn er etwas nicht mehr brauchte, ließ er es liegen. Er dachte nie daran, es dahin zu tun, wo er es wiederfinden konnte. Manchmal vergaß er, zum Essen nach Hause zu kommen, und beklagte sich dann bitterlich, wenn das Essen verkocht oder kalt war. Kupferfrau neckte ihn, damit er seine schlechte Laune vergaß, sie lachte mit ihm, und oft sang sie ihm vor, denn mit ihm war sie weniger einsam als damals, als sie allein lebte.

Ihre Brüste wurden groß und zart, und ihr Bauch füllte sich, bis er aussah, als ob der Mond persönlich darin gefangen wäre. Eines Tages fühlte sie, wie sich in ihr etwas regte. Sie merkte, dass sie mehr als nur eine Person war, sie trug ein anderes Lebewesen in ihrem Körper. Kupferfrau betete jeden Tag dafür, dass dieses andere nicht so unvollkommen würde wie der Rotzbube, sondern eine ganze Person, verantwortungsbewusst und aufmerksam. Oft hatte sie Angst und wunderte sich über die eigene Fähigkeit, für diese neue Person zu sorgen. Sie war aufgebracht und meinte, sie könne nicht mehr sie selbst sein und müsse ständig für jemand anderes denken.

Unter Schmerzen und mit viel Blut brachte sie eines Nachts eine kleine Ausgabe ihrer selbst zur Welt. Aber die sah doch anders aus. Die Kupferhaut war dunkler, das Haar war schwarz, schwärzer noch als das von Ku-ka-was, der Fellrobbe. Die Augen waren schräger als die ihren, fast wie die der

Kormorane, die bis anhin keinen anderen Namen hatten und erst einen bekamen, als die Blindheit von ihnen genommen wurde. Kupferfrau betrachtete ihre Tochter, und sie fühlte, wie die Einsamkeit nachließ, bis sie nicht mehr größer war als ein kleiner, runder Kieselstein am Strand. Sie fühlte einen Schmerz in den Brüsten, der an- und abschwoll wie die Wellen am Strand, und als sie das Blut von ihrer Tochter gewaschen und den Schleim aus ihrer kleinen Nase und dem Mund geputzt hatte, weinte sie aus Dankbarkeit für die geheime Magie, die sie von den Alten bekommen hatte.

Sie weinte dafür, dass sie das Geheimnis kannte, ihr Kind reinlecken zu können, ohne Ekel zu empfinden. Stattdessen spürte sie, wie sie ihrem Selbst auf eine andere Art wieder neues Leben gab. Als sie das Kind in die Arme nahm, um es zu wärmen und zu begrüßen, drehte sich der kleine Kopf herum, und der kleine Mund schloss sich um die geschwollene, dunkle Brustwarze. Der kleine Kieselstein der Einsamkeit verschwand, und Kupferfrau wurde von einem Gefühl erfasst, das noch stärker war als das, welches Rotzbube in ihr ausgelöst hatte, bis sie meinte, die magischen Frauen seien in sie gefahren, durch sie hindurch bis zu ihrer Milch und von der Milch zum Kind. Deshalb nannte sie das Kind Mowita, denn sie wusste, dass sie eines Tages eine Matriarchin sein würde.

Rotzbube schenkte Mowita nicht viel Aufmerksamkeit. Manchmal spielte er mit ihr, manchmal hielt er sie sogar in den Armen und sprach mit sanfter Stimme zu ihr, aber meistens kümmerte er sich um seine eigenen Angelegenheiten. Unvollkommen wie er war, konnte er zwar Fische fangen, aber nur Kupferfrau und später auch Mowita wussten, wie man sie räuchert und einlegt. Immer wieder zeigten sie Rotzbube, wie man es macht, aber der grinste nur und sagte, er habe keine Zeit für solch lästige Einzelheiten, und machte sich lachend davon. Er konnte Mowitch, den Hirsch, fangen, aber zum

Trocknen des Fells oder zum Zubereiten des Fleisches war er nicht fähig.

Als Mowita gehen konnte, lachte und die ersten Worte sprach, schenkte Kupferfrau einem Sohn das Leben. Er war wie Rotzbube, nur vollkommener, aber er war nicht so vollkommen wie Mowita. Als dieses Kind gehen konnte, kam ein anderes, es war wieder ein Mädchen. Kupferfrau lehrte ihre Töchter die Geheimnisse, und den Söhnen versuchte sie mehr beizubringen, als Rotzbube je verstehen konnte. Kupferfrau hatte viele Kinder, und ihr Lachen klang hell, es ritt auf dem Wind und stieg wie der Rauch eines Feuers zum Himmel empor, und sie hatten ein freudiges Leben.

Goldrausch am Klondike River

Robert Kroetsch

Das Pfeifsignal eines Dampfschiffs hätte uns fast aus dem Boot purzeln lassen. Nicht die Lautstärke war es, die uns aufschreckte, sondern der tieftraurige Klang. Jenes Dampfschiff gab ein lang gezogenes Wehgeheul von sich, das einem das Herz brechen konnte. Und dann antworteten tausend Hunde im Chor, sie bellten und winselten und heulten. Die Hunde sahen wir nicht, wohl aber das Dampfschiff.

Vor uns erblickten wir einen mächtigen Kieshang. »The Moosehide«, das Elchfell, so hieß er bei uns. Wer »The Moosehide« passierte, war am Ziel vorbeigeschossen. Wir hatten schon seit Sonnenaufgang danach Ausschau gehalten, uns schwimmen und treiben lassen, versucht zu segeln, mitunter sogar gerudert. Heute frage ich mich manchmal, warum wir es eigentlich so eilig hatten. Wir glaubten zu wissen, welcher Anblick uns bevorstand. Und doch traf er uns unvorbereitet. Mit einem Mal war er da. Oben an einem Berghang. Der Überrest eines Felsrutsches, der vor Jahrtausenden stattgefunden haben mochte. Eine Reklametafel ohne Inschrift. Kein einziges Wort.

Wenigstens »Willkommen« hätte darauf stehen können. Oder etwas Simples wie »Achtung«. Doch da war es, sprang uns nicht an, sondern nahm uns schlicht nicht zur Kenntnis.

»Schaut euch das an!«, sagte Ben. Er hatte das Ruder fahren

lassen und bedeckte beide Ohren mit den Händen. »Wie ein Teppich, auf den eine Katze gepisst hat«, sagte Lou. »Das hatte ich mir anders vorgestellt.«

»Lou«, sagte ich. »Also wirklich.« Ich wollte nur nachmachen, wie sie mich immer tadelte. Aber vergebens. Sie bekam es nicht mit.

Ben nahm die Hände von den Ohren und griff wieder zum Ruder.

Zu diesem Zeitpunkt stand ich, meiner Hosen ledig, im Boot auf der gleichen Seite wie Lou, an Steuerbord. Auf der Dawson-City-Seite. Keine zwanzig Minuten und wir würden da sein. Bei dem Gedanken stockte mir der Atem.

Lou war wieder ganz ihr kühles, gelassenes Selbst. Zumindest für den Augenblick. Sie deutete auf etwas und lieferte ihren üblichen trockenen Kommentar dazu. »Das muss der Klondike sein.«

Da war sie, vor unseren Augen. Die Mündung des Klondike River in den Yukon. Vermutlich hatte Lou erwartet, der Fluss würde goldfarben sein, nachdem er von mehr goldhaltigen Bächen gespeist wurde, als man überhaupt zählen konnte. Das Wasser des Klondike war morastig schwarz.

Wir hätten eigentlich alle drei wie wild herumhüpfen müssen. Ich versuchte, mittels Grunzen und ein, zwei Schnaufern ein bisschen Begeisterung zu äußern.

An der stromaufwärts gelegenen Seite der Klondikemündung machten ein paar windige Hütten den Versuch, sich gegenseitig aufrechtzuhalten. Zwischen Trockengestellen für Fische verteilten sich ein Dutzend Zelte. Fische gab es allerdings keine. Ein Dutzend Kanus lagen kieloben zwischen den Trockengestellen und den Zelten. Menschen waren nirgendwo zu sehen.

Die Pfeife ließ wieder ihren Klageruf ertönen. Da erst bemerkte ich die Dampfschiffe. Nicht nur eines. Sechs. Mindestens sechs. Unterhalb der Mündung des Klondike, auf der flussabwärts gelegenen Seite. Wir trieben rasch auf sie zu. Sechs große weiße Dampfschiffe lagen am Ufer vertäut. Ich zählte sie, aber es war schwer zu sagen, da so viele Boote, Schuten und Kähne sich um sie scharten.

»Was meinst du, Lou?«, fragte Ben. Mich überging er komplett.

Lou gab keine Antwort. Sie biss einen Faden durch und schaute auf. Sie flickte gerade einen Riss in meiner einzigen Hose. »Da, zieh sie wieder an.« Sie gab mir die Hose. Als ob mir etwas anderes übrig geblieben wäre.

Ich gehorchte, zog die Hosenträger über die Schultern, tauchte gebückt meine linke Hand in den Fluss und versuchte, mir das Haar mit Wasser glatt zu streichen. Mein ganzes Leben lang habe ich einen wilden Schopf gehabt.

Wir hörten Hämmern. Und sichteten sogar ein paar Hunde. Der Zusammenklang von Hämmern und Geheul war höchst ungewohnt.

»Das ist es wohl«, sagte Ben. Er manövrierte uns mithilfe des Ruders Richtung Ufer. Außerdem versuchte er, Lou zum Sprechen zu bewegen.

»Nun verpass es nicht noch«, sagte ich.

»Zack«, sagte Ben, »nimm dein Ruder und sieh zu, dass du uns ein paar Schläge näher zum Hafen bringst.«

Also war ich jetzt mit Rudern dran. Ich hüpfte über ein paar Kisten und schnappte mir mein Paddel. Lou half ein bisschen mit, indem sie steuerbords mit ihrem Ruder unser Tempo drosselte. Wie wir so ruderten, blickten wir beide zurück, flussaufwärts statt nach vorn. Ich hielt es nicht aus. Ich verdrehte mir fast den Hals, während ich aus Leibeskräften ruderte.

Zwei der Dampfschiffe präsentierten sich mit jeweils zwei Schornsteinen, die hinter den Ruderhäusern emporragten. Sie waren echte Prachtstücke. Die anderen vier Schiffe hatten je einen Schornstein. Die Ruderhäuser erstrahlten blendend weiß dort vor uns in der Morgensonne. Eins der Boote stieß schwarzen Rauch aus, während es vor einer Menschenmenge anlegte. Wir sahen Aberhunderte von Männern, die nichts weiter zu tun zu haben schienen, als mit den Händen in den Hosentaschen herumzustehen. Dann konnten wir einige Namen der Dampfschiffe entziffern, die in kühnen goldenen Lettern vorn auf den Ruderhäusern geschrieben standen. *May West. Victoria. Bella. Portus B. Weare.*

Sie lagen tief im Wasser, jene Dampfschiffe, bis zum Rand beladen mit Tonnen von Frachtgut. Sie waren den Yukon hinaufgefahren, zweitausend Meilen, die ganze Strecke von der Flussmündung bis hierher. Hafenarbeiter rollten Lasten über Gangways hinab. Oder trugen sie auf dem Rücken.

Ich ruderte nach Kräften, war ganz Herr der Lage. Ich sagte zu Lou, sie könne ihr Ruder einlegen, derweil ich uns an Land brächte.

Sie ließ ihr Ruder im Wasser treiben, stand auf und schaute sich um.

»Siehst du das?«, fragte sie.

Ich sah, wie sie zu dem prächtigen Dampfschiff hinschaute, das gerade einen Platz zum Anlegen suchte. Die *Susie*. Sie schüttelte den Kopf und drohte mit dem Finger. »Keine Elchpisse in ihrem Trinkwasser.«

Sie zeigte zum Passagierdeck hinauf. Eine Reihe von Männern in Anzug und Krawatte sowie zwei oder drei Damen blickten auf den Tumult hinunter. »Ganz hohe Tiere«, sagte sie. »Haben sich aus ihrem Salon hinausbequemt, um sich mal schnell umzusehen. Einzelkabinen. Champagner zum Frühstück. Porzellanteller. Geschliffene Gläser. Silberbesteck.«

All das ließ mich an das Pfandhaus denken, in dem Lou gearbeitet hatte. Doch ich versuchte, sie aufzuheitern. »Schön für sie«, sagte ich.

»Schön«, sagte sie, »für die Leute, die mit Geld in den Taschen unterwegs sind.«

Irgendwie musste sie ihrem Schmerz Ausdruck verleihen. Sie litt Höllenqualen. Eigentlich hätte sie mit Ben sprechen sollen und konnte es doch nicht, also ließ sie es an mir aus. »Die da sind nicht hier, um in Dreck und ewigem Eis herumzubuddeln. Die nicht. Sie sind hier, um uns auszurauben.«

»Was wollen sie denn da rauben?«, fragte ich.

Lou hatte ihre Schweigsamkeit ein wenig abgelegt. Ich erinnerte mich, wie sie an manchen Abenden gewesen war, wenn sie von zwölf Stunden Arbeit im Pfandhaus heimkam. So war sie auch jetzt. »Warts nur ab. Schicke Kleidergeschäfte.« Sie legte den Kopf schräg und warf einen Blick auf meine Hosen. »Anwaltskanzleien. Arztpraxen. Schönheitssalons und piekfeine Hotels. Wahre Goldgruben, allerdings.«

Sie behielt weiterhin mich im Blick und nicht Ben. Sie brachte es nicht fertig, in seine Richtung zu schauen. Er war emsig mit der Ruderpinne beschäftigt, als müsse er ganz auf sich gestellt ein Dampfschiff ans Ufer bringen.

»Wenn die Leute Gold in der Tasche haben«, sagte ich, »dann muss es doch auch Plätze geben, wo sie es loswerden können.«

Meine Bemerkung ließ Lou völlig unbeeindruckt. »Wirst schon sehen, was passiert. Warts ab, was mit Leuten wie uns passiert.«

»Festhalten«, schrie Ben.

Wir stießen ans Ufer. Unsere Landung verlief unbemerkt, weil gleichzeitig eine große Schute mit acht oder zehn Goldsuchern und vier Pferden an Bord sich zu spät quer zur Strömung gelegt hatte und nun flussabwärts davontrieb, glatt an Dawson vorbei. Niemand nahm uns zur Kenntnis. Wir krachten halb auf das schlammige Ufer, woraufhin Lou heraussprang und ein Tau um einen Baumstumpf als behelfsmäßigen Poller schlang. Sie hielt das Tau zu straff und brachte die Trump mitsamt Ben und mir beinahe zum Kentern, als wir scharf herumschwangen und gegen das Ufer knallten. Dann ließ sie etwas lockerer, sodass Ben, ebenfalls ein Tau in der Hand, vom Heck an Land springen konnte.

»Perfekte Landung«, sagte ich und rappelte mich aus der Dreckbrühe am Boden des Bootes auf. Ich prüfte nach, ob alle meine Knochen heil geblieben waren.

Ben und Lou hüpften wieder ins Boot, wobei jeder dem anderen zu helfen versuchte. Wir saßen einfach bloß da, wir drei. Man konnte kaum einen klaren Gedanken fassen bei dem Getöse; weitere Boote kamen stromabwärts und legten an, Hunde begrüßten sie, Männer fluchten, um nicht aus der Übung zu kommen, und die Hämmer taten das Ihre dazu. Während ich noch nach Worten suchte, da es sowohl Lou als auch Ben die Sprache verschlagen zu haben schien, entdeckte ich einen Bekannten. Whipsaw. Ich hatte kurze Zeit mit ihm zusammen in Gussie Meadows Eisenwarenladen gearbeitet.

»Whipsaw!«, rief ich ihm über ein anderes Boot hinweg zu, während er auf einem Floß stand und gerade Wäsche aufhängte. Er spähte über ein nasses Hemd und schenkte mir ein breites Grinsen. »He, Zack, du Schlingel. Hätte gedacht, du wärst längst abgesoffen.«

Wir verständigten uns durch Zurufe. Whipsaw bewachte das Floß, während seine Partner an Land die Gegend erkundeten. Aus einer plötzlichen Regung heraus fragte ich ihn, ob er wohl unser Boot mitbewachen würde, derweil wir uns ebenfalls auf eine Erkundungstour begaben.

»Mit dem größten Vergnügen«, sagte er. »Wenn ihr nicht zurückkommt, gehe ich davon aus, dass ihr zu viele Nuggets aufgelesen habt, um noch laufen zu können.«

Wir machten uns emsig ans Werk, wobei Ben und Lou das meiste erledigten, während ich mich unterhielt. Wir machten unser Boot neben dem Floß fest. Die sechs Männer auf dem Floß, so erzählte er uns, hatten alle Dünnpfiff bekommen und den Großteil der dreizehn Tage mit dem Versuch zugebracht, über dem Rand des Floßes balancierend zu scheißen, ohne in den Fluss zu fallen. Das war ihr größtes Abenteuer unterwegs gewesen. In Five Finger Rapids hatten sie ihren gesamten Speck an einen Bären verloren. Sie hatten vor, das Floß in die Mündung des Klondike, gleich oberhalb von Dawson, zu ziehen und es direkt vom Floß aus mit der Goldwäsche zu probieren. »Man weiß nie«, sagte Whipsaw, »wo man auf Gold stößt.«

Ben hörte der ganzen Unterhaltung kaum zu. Wohl dreimal lief er über das Floß und ging an Land. Jedes Mal, wenn er das Ufer betrat, zögerte er. Man hätte meinen können, der Schlamm würde ihm unter den Füßen brennen. Statt sich in den Ort zu begeben, machte er jedes Mal kehrt, lief die schmale Gangway hinauf, quer über das Floß und zu unserem Boot zurück.

Es war Lou, die uns in Gang setzte. Sie unterhielt sich gerade mit Whipsaw. Mitten in ihrer Beschreibung, wie der Miles Canyon am besten zu bewältigen sei – als hätte man irgendeine Wahl, sobald man einmal losgefahren war –, drehte sie sich um und blickte über das Floß auf das Menschengewirr dort am schlammigen Ufer.

»Brechen wir auf«, sagte sie. An niemand im Besonderen gerichtet.

Ben und ich folgten ihr.

Hunderte von Männern versuchten, ausfindig zu machen, was als Nächstes anstand. Sie hatten ihre Boote zerlegt und das Holz an Ort und Stelle gegen Bares verkauft, saßen also in gewisser Weise fest. Zelte schossen so schnell in die Höhe, wie die Boote in ihre Einzelteile zerfielen, und wurden dann durch feste Gebäude ersetzt. Nicht einfach bloß Hütten. Einstöckige Gebäude, mit richtigen vorgesetzten Fassaden. Eins war sogar gestrichen. In einer unbestimmbaren Farbe zwischen Orange und Braun.

Ben, Lou und ich grüßten nach allen Seiten. Wie sich herausstellte, kannten wir mittlerweile nach all den Fahrten eine ganze Reihe von Leuten. Zumindest gut genug, um sie zu grüßen.

Wir gesellten uns zu der Menge vor den Dampfschiffen. Ben sagte, sie erinnerten ihn an zu Hause. Wir sahen zu, wie die Frachtdecks abgeladen wurden. Dort gab es alles, was das Herz begehrte. Nicht bloß das Zeug, das Träger und Packpferde befördern konnten. Jene Schiffe bargen gusseiserne Badewannen und riesige Eichentische und Sofas mit Satinbezug, die halb so groß waren wie die Trump. Ein Gespann von vier Pferden zog einen heubeladenen Planwagen von einem Dampfschiff. Lou deutete auf zwei Kisten mit Kristalllüstern.

Wir wurden mehr oder weniger in den Ort bugsiert. Einfach mitgeschwemmt. Angesichts all der Menschen rings umher hatte ich das Gefühl zu ersticken. Es waren nicht Hunderte, sondern Tausende. Wildfremde Leute erzählten uns, sie suchten nach einem Hotel, in dem sie für eine Nacht auf einer echten Sprungfedermatratze schlafen konnten, bevor sie sich zu den Goldbächen aufmachten. Andere waren auf der Suche nach Restaurants, wo man auf Stühlen sitzen und an Tischen essen konnte. Sie kannten die Preise noch nicht.

Ich war so ziemlich der Jüngste in dieser Menge. Das kam mir seltsam vor. Lou ging es ähnlich. Sie grüßte jede Frau, die ihr in dem Gewühl begegnete.

Die Hauptstraße war schlammig und staubig zugleich. Wir sahen ein Gespann auf trockenem Grund, das versuchte, einen Planwagen aus einem Schlammloch zu ziehen. Man bekam Dreckkrusten an den Beinen und Staub in die Augen, zum Teil deshalb, weil die hölzernen Gehsteige schlicht zu eng für all jene waren, die es offensichtlich so eilig hatten.

Ich wollte alles auf einmal sehen, die nagelneuen Ladenfassaden und die Schilder, auf denen beispielsweise stand: »Feine Zigarren und Tabak« und »Ankauf von Gold« und »Wiener Backwaren, Waffeln und Kaffee«. Ich bestand nur noch aus Augen, und Ben und Lou folgten mir willig. Im Nu verfiel Lou in blinden Optimismus. Sie begann im Schlamm nach Goldnuggets Ausschau zu halten. Wenn man ihr Glauben schenken wollte, waren wir bis zum Einbruch der Nacht reich und konnten den Ort mit dem nächsten Dampfer wieder verlassen.

Es war so vieles im Bau, dass die Straßen alle Augenblicke einen neuen Anblick boten, derweil man von einem Block zum nächsten wanderte. Auf meinen Vorschlag hin betraten wir einen Zigarrenladen, um nach Dan McGrew zu fragen. Wie sich herausstellte, diente der Laden zugleich als Freudenhaus. Man erkannte es an den hübschen Bildchen und den Vorhängen vor den Türen zu ein paar Hinterzimmern. Aber es wurden auch Zigarren verkauft.

Der Mann hinter der Theke meinte schlicht: »Dieser Schweinehund. Wenn er seine Stumpen mal so fix bezahlen wollte, wie er hier reinkommt und eine ganze Kiste auf Kredit kauft.«

Ben sagte, er sei ein Freund von Dan.

Der Zigarrenverkäufer ließ ein Grunzen hören. »Pech muss man haben.« Dann fügte er an: »Wollt ihr nun was kaufen oder mir bloß die Zeit stehlen?« Doch während er noch sprach, bot er mir aus einer offenen Kiste über die Theke hinweg eine Zigarre an.

Ben blickte auf den Preis, während ich dastand und tief ein- und ausatmete. »Nein, danke«, sagte er. Offenbar in meinem Namen. Lou drängte uns eilig zur Tür.

»Straßenräuberei«, sagte Ben, als wir wieder auf dem Gehsteig standen. »Fünfzig Cent pro Stück. Das sind bestenfalls Zigarren für einen Nickel, und selbst das ist noch überzogen.«

Lou blickte schon wieder nachdenklich drein. »Komisch«, sagte sie, »dass dein Freund seine Zigarren auf Pump kauft. In einem Freudenhaus.«

»Freudenhaus?«, fragte Ben.

Lou und ich versuchten es mit Erklärungen, doch er meinte, wir bildeten uns das nur ein.

Ich schwöre, die Straße sah schon wieder anders aus, nachdem wir den Zigarrenladen verlassen hatten. Jemand brachte ein Schild für eine Zahnarztpraxis an. Ein Glasfenster prangte dort, wo vor fünf Minuten in einer Wand an der anderen Straßenseite noch ein Loch gegähnt hatte, und hinter dem Fenster war eine komplette Auslage frischer Eier mitsamt einem lebendigen Huhn aufgebaut.

»Das wär doch was«, sagte Lou. Sie meinte die frischen Eier.

Ich kämpfte mich über die Straße, um mir die Sache genauer anzusehen.

»Was verlangen sie dafür?«, rief Lou.

Ich las das Schild. »Einen Dollar.«

»Einen Dollar für ein Dutzend?« Lou wäre fast explodiert. »Diebe und Gauner, elende. Was habe ich dir gesagt?«

Ich schaute noch mal hin. »Hoppla«, sagte ich. »Diese Eier hier kosten einen Dollar pro Stück«

»So alt und kannst immer noch nicht lesen.« Lou stampfte durch den Matsch, um selbst nachzusehen. Verdattert kniff sie die Augen zusammen. »Der volle Lohn für einen Tag Arbeit, in Seattle. Ein Ei. Und das war kein schlechter Lohn.« Sie hielt mir den Finger vor die Nase. »Denk bloß, was die Leute verdienen müssen, um solche Preise zu bezahlen.«

Es wehte ein anderer Wind hier, das merkte ich. Mir kam

der Gedanke, dass ich mich vielleicht nach einer neuen Hose umtun sollte. Ich wusste wohl, dass ein etwas adretterer Aufzug als der gegenwärtige von Vorteil sein würde.

Ben blieb vor einer nagelneuen Bank stehen, die laut dem Spruchband über dem Eingang vor einer Woche eröffnet worden war. Im Schaufenster stand eine Pyramide aus zehn Goldbarren, vier unten, drei darüber, darauf zwei und ganz oben einer.

»Diese Imitate sind so gut«, sagte Ben, »beinahe wäre ich drauf reingefallen.« Er sprach, als sei er ein Kenner, was echtes Gold betraf.

Ich musste in die Bank hinein und selbst nachschauen. Ben und Lou wären lieber weitergegangen, folgten mir aber. Ich ging zu einem Schalterbeamten und fragte ihn, ob das Gold dort echt sei. Er bedachte mich mit einem Blick, der spöttisch, gönnerhaft und mitleidig zugleich war. Der Junge war vielleicht ein Jahr älter als ich. »Schon lange hier?«, wollte er wissen.

»Lange genug«, gab ich zur Antwort.

Lou kam mir zuhilfe. »Wir haben uns nur gefragt – ob das echtes Gold ist oder was, da im Schaufenster?«

»Heben Sie es doch einmal hoch, Maam«, sagte das Bürschchen höflich.

Lou ging zu der Auslage im Schaufenster. Behutsam, als müsse irgendwo ein Trick an der Sache sein, streckte sie die Hand aus und hob den obersten Goldbarren an. Oder versuchte es zumindest. Der Goldbarren rührte sich nicht vom Fleck.

»So wahr ich lebe und atme«, sagte sie. »Ben. Komm, schau dir das an.«

»Nur zu«, ermunterte sie der Bankbeamte. »Stemmen Sie ihn hoch.«

Beim zweiten Versuch gelang es ihr, ein Ende anzuheben. »Das wiegt ja eine Tonne. Versuch du es, Zack.«

Ich zuckte leicht mit den Achseln. Dann sagte ich: »Okay.« Schließlich konnte ich es an Höflichkeit mit jedem hergelaufenen Bankbeamten aufnehmen.

Ich hob den obersten Barren ganz leicht an. »Gold ist schwer«, sagte ich.

Der Angestellte nickte mir andeutungsweise zu. Goldbarren interessierten ihn nicht sonderlich, und das wollte er mich spüren lassen. »Vierzehnmal schwerer als Wasser. Deswegen brauchen sie so viel Wasser, beim Auswaschen. Das Wasser spült Kies und Sand weg und lässt nur das Gold übrig.« Er tat, als müsse er ein Gähnen unterdrücken.

»Zeit für eine kleine Erfrischung«, sagte Ben und deutete auf eine Bierschänke. Er war ziemlich aus dem Lot und musste sich erst einmal hinsetzen. »Die haben wir uns redlich verdient.«

Wir setzten uns an einen weißen Metalltisch auf weiße Metallstühle, bestellten jeder ein Glas Ingwerbier und tranken es dummerweise bis auf den letzten Tropfen aus, bevor Ben nach dem Preis fragte.

»Das macht eins fünfzig.« Der Besitzer baute sich drohend an unserem Tisch auf. Andere warteten schon auf einen freien Sitzplatz. Er deutete zu der Goldwaage, die auf dem Schanktisch stand. »Staub oder bar?«

Es kostete Ben einige Überwindung, zu gestehen, dass er bar bezahlte.

Der Besitzer nahm die Münzen entgegen und machte sich nicht einmal die Mühe, sie nachzuzählen. »Ich scheffle Geld hier«, sagte er. »Kam auf der Bella hierher. Bin erst seit fünf Tagen da. Nichts zu machen. Das Geld strömt nur so rein.«

Wo man auch hinschaute, machten sich Männer auf den Weg. Sie hatten die neuesten Landkarten in Händen und trugen Unmengen von Gepäck auf dem Rücken, Kisten und Säcke und zusammengerolltes Bettzeug, dazu Spitzhacken,

Schaufeln, Pfannen und Äxte, festgebunden an allen nur erdenklichen Stellen. Manche konnten kaum noch laufen. Ihre Gesichter waren frisch rasiert, ihre Hände glatt und sauber. Sie schienen zu wissen, dass sie sich schämen sollten, statt sich aufzuspielen, aber sie versuchten es dennoch. Groß aufspielen konnte man sich beispielsweise, indem man polternd und überall anrempelnd in eine Bar stampfte und so durchblicken ließ, dass noch ein letzter Drink fällig war, bevor man sich weiter der schweren Aufgabe widmete, Reichtümer zu horten. Die Bars hatten extra breite Eingänge, damit Goldsucher – oder *cheechakos,* wenn jemandem der Ausdruck besser gefällt – nicht abladen mussten.

Ben, Lou und ich liefen eine Straße hinauf und die nächste wieder hinunter. Alles ging mit einer solchen Geschwindigkeit vor sich, dass man nicht sagen konnte, ob man auf einer neuen Straße war oder auf einer, die in den vergangenen zwanzig Minuten ihr Gesicht gewechselt hatte. Nach einer Weile meinte Lou, das Ingwerbier sei ihr nicht gut bekommen, ihr wäre etwas übel.

»Wir könnten zu unserem Boot zurückgehen«, schlug Ben vor.

Das war nun so ziemlich das Letzte, was ich wollte. Es gab noch viel für mich zu sehen. »Lassen wirs gut sein für heute«, sagte Lou. »Machen wir uns einen schönen Tag. Ganz für uns.« Sie blickte umher, als versetzte sie alles in Erstaunen – der Lärm, die Planwagen und Pferdegespanne, die rempelnden, drängelnden Männer, die Schaufenster voller Zubehör für Goldsucher, die Tragtierkolonnen, in denen jedes Pferd, jedes Maultier mit Ausrüstungsgegenständen, Proviant oder gar einem Herd oder Tisch beladen war. »Wir sind wirklich da«, sagte sie, »nicht wahr?«

»Darauf stoße ich an«, sagte Ben und versuchte, frohgemut zu klingen.

In dem Moment zeigte ich auf die Schwingtüren, an denen wir gerade vorbeigingen. Auf der linken Hälfte stand »Sal« und auf der rechten »oon«. Lou und Ben betrachteten die Türen, als ob sie das halbierte Wort nicht wieder zusammensetzen könnten.

Schließlich fragte Lou: »Können wir uns das leisten, Ben?«

Ben würdigte sie keiner Antwort. Er war entschlossen, sich zu amüsieren. Also führte er uns durch die Schwingtüren und zu einem langen Schanktisch, der sich irgendwo im hinteren Teil des weitläufigen Raums im Dunkel zu verlieren schien. In dem Licht, das von der Tür hereinfiel, konnte ich ein paar Crap-Tische und einen Black-Jack-Tisch erkennen. Ich war gehörig aufgeregt, ließ es mir aber nicht anmerken. Weiter machte ich zwei Pharao-Tische und, dahinter, ein Roulettespiel aus. Ich konnte wahrhaftig den kleinen Ball in dem sich drehenden Rad herumkreiseln hören. Es gefiel mir, wie die Farben verschwammen, das Rot und das Schwarz, wenn das Rad sich drehte.

Mein Gefühl sagte mir, dass ich mich an einem gefährlichen Ort befand. Aber ich hatte nicht die Spur von Angst.

Der Schanktisch war aus poliertem Eichenholz, in die Seiten waren kunstvoll Weinlaubmuster und Ähnliches geschnitzt, während die Oberfläche in dem warmen Licht geradezu verboten blitzblank und glatt erschien. Ich zählte fünf Kerosinlampen, die mit weitem Abstand voneinander in einer Reihe auf dem Schanktisch standen und mitten am Tag ihr Licht verströmten. Ein Barmann stellte drei Gläser hin, bevor wir noch guten Tag gesagt hatten, und goss sie randvoll mit Whisky, ohne überhaupt zu fragen, was wir wünschten.

Ben hob sein Glas und studierte die Farbe des Whiskys. Er heftete seinen Blick erst auf mich, dann auf Lou und schließlich wieder auf den Whisky.

Lou hob Ben ihr Glas entgegen, wobei sie tat, als sähe sie

nicht, dass ich ihrem Beispiel folgte. Es erstaunte mich, dass sie kein Wort darüber verlor.

Ben kippte den Drink hinunter und schnitt eine Grimasse.

»Zu stark?«, fragte ich.

»Zu viel Wasser«, sagte er. »Der Whisky da ist verwässert.«

Der Barmann ignorierte seinen Kommentar. »Noch einen?«

Ben nickte.

Der Barmann hatte die Flasche neben einer Goldwaage abgestellt. Einer Waage zum Abwiegen von Gold. Nuggets, Körnchen oder Staub. Die beiden Waagschalen bestanden aus solidem Messing. Für mich sahen sie aus wie irgendein verrückter, riesiger goldener Schmetterling. Ich trank praktisch auf nüchternen Magen. Die Waagschalen, so schien es mir, konnten mich jede Sekunde anspringen, sich auf mich stürzen, auseinanderstieben, mich blindlings attackieren oder gar einen grausigen Paarungsruf ertönen lassen. Ich fühlte mich zittrig und erregt zugleich angesichts all dieser Vorstellungen. Statt meinen Whisky hinunterzustürzen, genoss ich ihn in kleinen Schlucken.

Der Barmann hielt die halb leere Flasche schräg und goss Ben einen neuen Whisky ein.

»Was verlangt ihr für dieses Spülwasser?«, fragte Ben.

Ich nippte erneut an meinem Whisky. Mir schmeckte er eigentlich ganz gut.

»Einen halben Dollar«, sagte der Barmann.

»Das sind ungefähr vierzig Cents zu viel.«

Der Barmann warf Ben einen herablassenden Blick zu. »Sie hätten mal vor einer Woche hier sein sollen. Bevor die Dampfschiffe kamen. Da haben wir Gold und Whisky Unze gegen Unze aufgerechnet.«

Ben und Lou tauschten Blicke aus, in denen es von Zahlen nur so wimmelte. Drei Fässer. Letzte Woche noch hätten sie damit den Proviant in der Tasche gehabt. Gold zu siebzehn

Dollar die Unze. Whisky zu siebzehn Dollar die Unze. Fairer Handel, keine großen Fragen, rück deinen Goldbarren heraus, trink aus.

»Wir hätten letzte Woche hier sein sollen«, sagte Ben. »Tja, wenn Weihnachten und Ostern auf einen Tag gefallen wären«, gab Lou zurück. Sie nahm einen herzhaften Schluck.

Ich tat es ihr ein weiteres Mal nach und fragte mich, woher Ben wohl wusste, dass der Whisky verdünnt war. Ich dachte an die beiden Fässer, die ich in den Whitehorse Rapids über Bord geworfen hatte. Whisky zu siebzehn Dollar die Unze. In Seattle wäre das ein Monatslohn gewesen.

Wir wussten, dass wir das Geld zu schnell verjubelten. Aber wir waren in Feierlaune. Genehmigten uns einen freien Tag. Verkündeten allen, dass wir da waren. »Wir haben es geschafft«, sagte Ben.

Ich machte mich auf den Weg. Die Goldbäche lagen nur zwölf bis fünfzehn Meilen von Dawson entfernt, je nachdem, welchem Pfad man folgte. Es war ein sonniger, klarer Tag.

Man bot mir an, in Planwagen mitzufahren. Einer fragte, ob ich auf einem Packpferd reiten wolle, das mit schätzungsweise vierzig nagelneuen Spitzhacken beladen war. Doch an jenem Tag zog ich es vor, allein zu bleiben, und hielt mich daher abseits der Hauptwege, die allerdings auch im besten Fall nichts weiter waren als Trampelpfade.

Ich kämpfte mich durch das unwegsame Gelände, von dessen Baumbewuchs nach diesem Winter nur noch Stümpfe übrig waren. Ein paar Männer hackten an den verbliebenen Resten weiter herum. Es war ein böser Winter gewesen, zumindest für den Wald. Die Goldgräber brauchten Holz, um die dauerhaft gefrorene Erde aufzutauen, durch die sie sich auf die Kiesschicht zugruben, in der Spuren von Waschgold verborgen sein mochten oder auch nicht. Sie brauchten Baumstämme, um damit ihre Stollen und Tunnel abzustützen. Sie brauchten Baumstämme zum Hüttenbauen. Sie brauchten jedes Fitzelchen Holz, das sie finden konnten, um sich vor dem Erfrieren zu bewahren. Und nun brauchten sie immer noch mehr Holz. Zum Kochen. Zum Bau von Wasserrinnen, die das kühle Nass in die Waschbehälter und zu den Schwingtrögen leiteten.

Die Männer ringsum, die in dem einstigen Wald schufteten, waren von Kopf bis Fuß verschmiert mit Schlamm und dem Ruß früherer Feuer. Sie bewegten sich um mich herum wie verkohlte alte Bäume, die laufen gelernt hatten.

Ich kam zu den ersten Grabplätzen. Der Anblick ließ vermuten, hier hätten rund viertausend Männer allesamt und auf einen Schlag den Verstand verloren. Die Grabplätze erstreckten sich über fünfundachtzig Meilen entlang der Goldbäche. Das Tal des Bonanza Creek war besonders bevölkert. Zahllose Männer gruben sich durch gewaltige, riesenhafte Haufen Kies und Schlamm, als habe es einen Erdrutsch gegeben, unter dem jemand verschüttet lag. Den ganzen Winter lang hatten diese Männer in Löchern unter der Erde gearbeitet, den Dauerfrost mit Schwelfeuern aufgetaut, Schlamm, Kies und schließlich die erzhaltige Erde in Eimer geschaufelt, die Eimer von Hand ans Tageslicht hochgewunden und die möglicherweise verheißungsvolle Erdschicht bis zum Anbruch des Frühjahrs aufgehäuft. Bis es wieder genügend Wasser gab.

Es war Erntezeit an den Bächen. Die Glücksritter wuschen das Gold aus ihren Dreckhaufen. Anders waren sie nicht zu nennen, jene Berge aus Schlamm, Kies und Sand. Und vielleicht einem Quäntchen Gold. Wenn man Glück hatte. Der Juni war gekommen und mit ihm Schmelzwasser, das Flüsse, Bäche und Quellen füllte. Ohne fließendes Wasser kein Gold. Keine Hoffnung auf Gold. Endlich hatten die Goldgräber fließendes Wasser. Die hölzernen Rinnen schlängelten sich über die kahl geschlagenen Hügel hinab, klebten an nackten Hängen und führten lang gestreckt und lärmtosend bis hinunter zu jenen Schlammhaufen, die kostbares Metall enthalten mochten.

Hier und da sah ich einen Kopf aus dem Boden auftauchen. Einen menschlichen Kopf, der rasch wieder eingezogen wurde, als hätte ich ihn verschreckt. Doch die meisten Männer in meinem Blickfeld schaufelten schlammige Erde in Schwingtröge, ließen Wasser zufließen und schüttelten das Ganze, als litten sie unter schweren Zuckungen. Oder sie öffneten die Zuleitungen zu den Riefelungen ihrer Waschrinnen. Und spähten gierig unter deren Durchlässe.

Hin und wieder ertönte ein Schrei, ob aus Freude oder äußerster Verzweiflung vermochte ich nicht zu sagen. Andere Männer eilten hinzu, und alle hielten für einen Moment inne, als wollten sie zwei Schweigeminuten einlegen. Dann stürmten sie in fliegender Hast zurück zu ihren Schubkarren und Schaufeln und Schwingtrögen und Waschrinnen und Zuleitungen und verfielen erneut in Zuckungen.

Ich stand am Discovery Claim.

Eben hier war am 16. August 1896 George Washington Carmack zu einem Bach hinunterspaziert, nahe dem er mit seiner Frau, einer Indianerin vom Stamme der Tagish, und zwei ihrer Verwandten während einer Elchjagd lagerte. Er wollte einen Eimer Wasser holen und pinkeln. Während er sein Geschäft verrichtete, bemerkte er am Kiesufer ein Goldnugget von der Größe seines Daumens. So lautet zumindest eine Version der Geschichte. Eine andere besagt, George habe gerade ein Nickerchen gehalten, als sein Schwager, ein Tagish-Indianer namens Skookum Jim, den die Gier der Weißen nach Gold angesteckt hatte, sich mit einer Goldpfanne zum Bach aufmachte. Und fündig wurde.

Lou hatte, wie nicht anders zu erwarten, eine eigene Version der Geschichte auf Lager. Sie hielt eisern daran fest, Georges Frau Kate habe die Entdeckung gemacht, und zwar, als sie in einer Goldpfanne den Abwasch erledigte. George, Jim und der Tagish Charlie schliefen unterdessen. Sie warf einen Blick in die Pfanne und sah ein Nugget, das sie wie ein goldenes Auge anstarrte.

Damals gab es noch kein Dawson City. Nur Tundra, sonst nichts. Die drei Männer ließen Kate mit dem Abwasch sitzen und paddelten flussab zum Handelsposten in Fortymile, wo sie ihre Claims eintragen ließen, während Kate das Lager abbrach. So jedenfalls erzählte es Lou. Bei der Eintragung seines Claims änderte Carmack den Namen Rabbit Creek in Bonanza um.

Ich wanderte den Bonanza hinauf bis zu der Ansammlung von Hütten, die sich Grand Forks nannte. Dort machte ich auf ein Glas Whisky halt, um schließlich vom Bonanza in die Schlucht des Eldorado Creek abzubiegen.

Bens Hütte lag ein gutes Stück Weg den Eldorado hinauf. Ringsum wucherte dicht das Afterkreuzkraut, hauptsächlich wohl deshalb, weil auf dem Claim seit einem Monat nicht gearbeitet worden war. Als ich Ben entdeckte, saß er regungslos da. Er war der einzige Mann in der ganzen Gegend, der nicht wie ein Verrückter herumwuselte. Es schien, als warte er auf jemanden.

Er sah mich nicht an. »Hallo, Zack«, sagte er. Ich erwiderte seinen Gruß.

Ben zuckte mit den Achseln. Und das von einem Mann, der Leib und Leben riskiert hatte, um zum Klondike zu gelangen und Gold zu finden. Dann deutete er auf eine Winde über einem Loch im Boden.

Ich ging hin und sah mir die Sache an. Das Loch maß etwa eineinviertel mal zwei Meter. Oben. Unten war es zu dunkel für genauere Schätzungen.

»Als Grab ist es zu breit«, rief ich in die Richtung, wo Ben saß. Ich wollte ihm ein Lächeln entlocken.

Neben der Winde lag ein kleiner Erdhügel. Kein Vergleich zu den Riesenhaufen, an denen ich zu Dutzenden vorbeigekommen war.

Ben deutete flussabwärts.

»Siehst du die da unten?« Er zeigte auf vier, fünf Männer, die hin- und herliefen, schaufelten, einander zuwinkten und sich auf die Schenkel schlugen. »Sechshundert Dollar pro Tag. Beim Auswaschen. Vierhundertzweiundzwanzig Dollar in einer Pfanne. Und dann, zwanzig Minuten später, ein Nugget mit einem Gewicht von einem Pfund und drei Unzen. Sie kommen ständig hier heraufgerast und erzählen mir davon.«

»Klingt gut. Hört sich an wie ein Kinderspiel. Worauf warten wir noch?«

Er drehte sich unbeholfen um und deutete flussaufwärts. »Siehst du die Burschen da?«

Es waren sechs Männer, von denen zwei Kies schaufelten, zwei Wasser nachgossen und zwei einen Schwingtrog an seinen Griffen hielten und wie irre zwischen sich rüttelten, hin und her, hin und her. Mir wurde schon vom Zusehen schwindlig. Jene großen hölzernen Kästen ähnelten handbetriebenen Waschmaschinen. Selbst aus dieser Entfernung hörte man das »Swisch, swisch, swisch, swisch« von Wasser und Kies. Und von Verzweiflung.

»Ich höre sie«, sagte ich.

»Bis jetzt haben sie jeder siebzehn Dollar herausgeholt. Der Claim hat sie sechzigtausend gekostet.«

Aufbruch in die Barren Grounds

Elizabeth Hay

Ende April war es schon wieder länger hell. In der Stadt war der gesamte Schnee geschmolzen, und der ganze Müll, der so wirksam darunter versteckt gelegen hatte, war wieder da, aufgeweicht und matschig und in unglaublichen Mengen. Es war die Jahreszeit, in der die üblen Wintergeheimnisse offenbar wurden.

Das Quartett, das den Thelon River hinunterpaddeln wollte, rüstete sich bereits eifrig und ging am frühen Morgen oder abends etliche Kilometer mit einem Rucksack voller Steine auf dem Rücken wandern. Sie trafen sich regelmäßig, um ihre Expedition zu planen: Karten, Ausrüstung, Proviant, gefriergetrocknete Nahrungsmittel, Moskitonetze, neue Zelte, superwarme Schlafsäcke, Schwimmwesten, Extrapaddel. Feuerwaffen angesichts der Wahrscheinlichkeit von Grizzlybären. Allerdings konnte keiner von ihnen schießen, und sie gingen deshalb davon aus, dass eine Waffe sie mehr gefährden würde als ein Grizzly. Sie lasen Handbücher über den Umgang mit Stechpaddel und Kanadier. Ralph hatte als Einziger schon längere Touren unternommen, auf denen es auch Stromschnellen gegeben hatte – er besaß Spezialpaddel für diese Situationen, an denen er sehr hing; sein Lieblingspaddel war von einem Mohawk-Indianer aus einem einzigen Stück Zedernholz geschnitzt worden. Aber alle konnten paddeln,

Harry und Gwen seit ihrer Kindheit, Eleanor hatte mit Anfang zwanzig damit begonnen. Ralph ernannte sich mit der für ihn charakteristischen Begeisterung zum Organisator. Wenn sie förmlich einen Expeditionsleiter ernannt hätten, wenn sie sich je darauf geeinigt hätten, dass das Ralph sein sollte, dann wären vermutlich einige ihrer anfänglichen Schwierigkeiten nie aufgetreten. Sie gingen mit einer gewissen wohlinformierten Naivität an die Sache heran in dem Glauben, dass sie über die körperliche und mentale Kraft verfügten, auf diese Reise zu gehen und wohlbehalten zurückzukehren.

Teresa konnte es sich nicht verkneifen, sie aufzuziehen. »Ihr Weißen«, sagte sie, »ihr geht mit dem Land um, als ob es ein Abenteuerspielplatz wäre. Jeden Tag müsst ihr achtzig Kilometer schaffen mit euren Karten und eurem Kompass. Immer schön die Kilometer zählen. Seid ihr auch ganz sicher, dass ihr keinen Führer braucht?«, lächelte sie. Kinder im Kanu nannte sie die vier. »Nehmt wenigstens ein Gewehr mit. Das meine ich jetzt ganz ernst.«

Sie waren eines Abends im Haus von Harry versammelt, als Ralph Cody verspätet dazustieß. Sie hörten ihn schon, bevor sie ihn sahen, wie er mit seiner vertrauten, humorvollen Stimme laute Selbstgespräche führte, als er die Einfahrt hochkam.

»Ralph!«, rief Gwen ihm von der Tür aus zu.

Er sah sie winken. »Ich fühle mich wie Odysseus«, rief er zurück.

Er kam mit offener Jacke und langen Schritten herein, seine Baskenmütze in der Hand. Er war zum Frame Lake und zurückgelaufen, etliche Kilometer, und am Morgen war er auch noch acht Kilometer gejoggt. Sogar Harry stemmte Gewichte, auch wenn er sich einiges auf seine Kraft einbildete, da er stämmig war und schwere Dinge problemlos heben konnte. Insgeheim hatte er seinen Alkoholkonsum reduziert.

An diesem Abend warf Gwen einen Blick auf Ralphs vorläufige Proviantliste – die dreißig Salamis, die vierzig Tafeln Schokolade, die zweiundvierzig Rollen Toilettenpapier – und hielt ihm vor, das Ganze maßlos zu übertreiben. Wie viel Schnaps er denn mitzubringen gedachte? Eine ganze Kiste?

Ralph nannte sie eine geizige Schottin.

Ihre Antwort war knapp: Eine ihrer Tanten hatte immer alles, was sie haben wollte und sich nicht leisten konnte, auf einen Zettel geschrieben und die Liste dann verbrannt. Das sei sehr wirksam gewesen.

Eleanor pflichtete ihr bei. Sie hatte dieselbe Methode schon zum Abnehmen benutzt: Man schreibt alles, was man gern essen will, auf ein Blatt Papier, dann verbrennt man es.

Ralph beschuldigte beide, brave Missionarinnen zu sein, er hingegen sei ein furchtloser Abenteurer, und Eleanor versprach, nicht »Jesus liebt mich« zu singen, sondern nur daran zu denken.

Gwens nachdenklicher, etwas vorwitziger Blick ruhte auf Eleanor. »Und du glaubst wirklich daran.« Es war fast eine Herausforderung.

Eleanor lächelte nur und sprang nicht auf den Köder an, wie Ralph wohlwollend bemerkte. Harry hatte recht. Eleanor hatte das für eine Unternehmung wie diese notwendige Temperament. Mit beiden Füßen fest auf der Erde, ausgeglichen, ruhig.

Als die beiden Frauen unter sich waren, hatten sie darüber gesprochen, was es bedeuten würde, sechs Wochen mit Ralph und Harry zu verbringen. Gwen hatte sich laut gefragt, ob Ralph wohl gut im Bett sei, und Eleanor hatte sie mit ihrer Einschätzung überrascht, dass sie vermutete, er sei wahrscheinlich gar nicht schlecht.

»Aber er isst so schnell«, wandte Gwen nachdenklich ein. »Das ist kein gutes Zeichen.«

»Den Sex würde er genießen.«

»Ja, aber ich auch?«

Eleanor lächelte. »Was ist mit Harry?«

Ein Schatten legte sich über Gwens Gesicht. »Schnell und wild und betrunken«, riet sie.

»Da hat Dido aber etwas anderes berichtet«, sagte Eleanor.

Am Morgen des 17. Juni luden sie ihre Kanadierboote und Packtaschen in ein Wasserflugzeug, das auf der Yellowknife Bay startete. Der Pilot flog sie an den unbesiedelten östlichen Ausläufer des Großen Sklavensees. Dort wollten sie zwei Tage lang an der Charlton Bay zelten und sich langsam eingewöhnen. Danach würden sie Hornbys Schritten folgen und die klassische Route über Pikes Portage an den Artillery Lake und von dort weiter zum Thelon River nehmen.

Am Nachmittag waren sie auf einer felsigen, sonnenbeschienenen Landzunge in der Charlton Bay und bauten ihre Zelte auf. An der Dicke von Moos und Flechten lasen sie ab, welche Stellen am wärmsten und besten geschützt waren. Sie waren jetzt allein. Zirka fünfhundert Kilometer südlich des Polarkreises in praktisch ununterbrochenem Tageslicht standen ihnen sechs Wochen in der Wildnis bevor.

Eisstücke trieben vorbei. Lange, vertikale Eiskristalle, die sich bilden, wenn sich Schmelzwasser auf einem zugefrorenen See tropfend einen Weg zum Wasser darunter bahnt, hatten sich am Ufer angesammelt. Die Eiskristalle klingelten wie Glöckchen, was Gwen sofort mit dem Kassettenrecorder aufzeichnete. Ralph konnte es nicht abwarten, seine Muskeln zu testen und die ersten Fotos zu machen, und fuhr mit dem Kanu los. Harry sammelte Holz für ein Feuer, und Eleanor verzeichnete die beobachteten Vogelarten in ihrem Tagebuch. Die Spornammern, die bereits zwei Wochen zuvor aus Yellowknife verschwunden waren, waren hier, wo es kälter war, wieder bei ihnen. Die kleinen Vögel ließen es zu, dass Eleanor laut knirschend über die Kiesel bis auf weniger als einen Meter an sie herankam, bevor sie davonhüpften. Zweimal hatte Hornby ganz in der Nähe überwintert und war beide Male in seinem selbst gebauten Unterschlupf fast umgekommen.

Auch wenn es schien, als ob sie alle Zeit und allen Platz der Welt hätten, steuerten sie doch ein festgelegtes Ziel an: Die Twin Otter würde am 27. Juli zum Beverly Lake kommen und sie abholen, achthundert Kilometer entfernt von hier. Und so befanden sich Zeit und Raum im potenziellen Konflikt miteinander.

Am nächsten Tag, ihrem ersten ganzen Tag, ließen sie es bewusst langsam angehen. Sie besichtigten die Stelle an der Mündung des Lockhart River, an der früher einmal das alte Fort Reliance gestanden hatte. Nach dem Frühstück paddelten sie zu den Ruinen und entdeckten einen Ort von großer Schönheit. Das Gelände wirkte wie eine liebliche Parklandschaft aus weißen und grünen Moosen und Flechten, aus denen perfekt arrangiert die Fichten ragten, als hätte sie jemand dorthin gepflanzt. Sie folgten einem Pfad, der sich verbreiterte und dann fast wie eine Auffahrt zu diesem natürlichen Park wirkte. Die Knospen an den Bäumen waren noch winzig. Ihnen wurde klar, dass sie sich rückwärts bewegten, zurück in einen viel späteren Frühling mit lang anhaltendem Eis und morgendlichem Neuschnee an den Hängen, der mittags wegschmolz. Eleanor sagte, sie könne sich richtig vorstellen, wie Jane Austen hier lustwandelte, so zivilisiert und gepflegt wirke alles. Sie fanden drei vollkommen gerade gewachsene Birken und zwei mit verwitterten Holzbrettern eingefasste Gräber, das eine winzig, das Grab eines Kindes oder Säuglings, das andere größer.

»Die Vergangenheit ist so nah«, sagte Eleanor zu Ralph, »wie ich dir.«

Ralph, ein Mann der Bücher und Taschen und von Büchern

ausgebeulten Taschen, klappte George Whalley auf und las das Zitat J. W. Tyrrells vor, des Landvermessers und Kartografen, der 1900 an dieser Stelle gestanden und ein Loblied auf sie gesungen hatte. »*Heute bleiben nur noch fünf gemauerte Schornsteine von dem, was vor sechsundsechzig Jahren drei ansehnliche Gebäude waren … Sie standen auf einer flachen, lieblichen grünen Terrasse oberhalb des Hafens, sechzig Meter vom Ufer entfernt.*« Backs Chimneys hießen die Schornsteine, nach Captain George Back, der 1833 hier im Fort sein Winterquartier aufgeschlagen hatte. Er und seine Männer waren eine Rettungsexpedition auf der Suche nach Sir John Ross gewesen, der auf der Suche nach der Nordwestpassage war *(Schnee und Eis seit Ewigkeiten, und in alle Ewigkeit nichts als Schnee und Eis)*, auch wenn Ross am Ende, im Gegensatz zu so vielen anderen, nicht gerettet zu werden brauchte.

An diesem Nachmittag zog Ralph Gwen lachend den Sandstrand hinauf, und wenige Minuten später beschuldigte Harry ihn, er habe ihm seine Tasse weggenommen.

»Das ist meine Tasse, aus der du da trinkst.«

»Nein. Das ist meine.« Ralphs Stimme war gleichmütig. »Stimmt nicht«, kam es knurrend zurück.

»Ich habe sie aus dem Kanu mitgebracht.«

»Nein.« Und Harry hätte sicher noch weitergestritten, wenn er nicht seine Tasse wenige Zentimeter entfernt im Moos hätte stehen sehen. Er streckte den Arm danach aus und versuchte zu lachen. Als er sich umdrehte, sah er, wie Eleanor ihn prüfend beäugte.

Sie fragte. »Hast du sie vielleicht nicht mehr alle auf dem Christbaum?«

Hinterher bat er sie, den Ausdruck zu wiederholen, mit dem sie ihn gescholten hatte.

Nicht mehr alle auf dem Christbaum haben. »Der arme Ralph hat ganz friedlich dagesessen. Ich wusste genau, dass es seine Tasse war, weil ich selbst gesehen habe, wie er sie aus dem Kanu mitgebracht hat.«

»Ich bin aber gar nicht so übel gelaunt, wie ich vielleicht klinge.« Er rang sich ein entschuldigendes Lächeln ab.

»Jedenfalls ist es gut, dass du jetzt darüber lachen kannst.«

Er fühlte sich ausgeschimpft wie ein kleines Kind, und er lachte nicht. Die Stechmücken waren schnell. Entweder waren sie noch hungriger, oder es war besonders früh im Jahr; jedenfalls entkamen sie, bevor er nach ihnen schlagen konnte.

Pikes Portage war vierzig Kilometer lang, eine Abfolge kleiner Seen und Trampelpfade, die zum Artillery Lake führten, der selbst achtzig Kilometer lang war. Ein seit uralten Zeiten bekannter Indianerpfad. Der erste Abschnitt (ausgerechnet zum Harry Lake) war brutal, wie sie aus den Reiseberichten anderer Kanuten wussten, fünf Kilometer lang mit einhundertachtzig Metern Steigung, voller Felsen und Wurzeln, und das zu einem Zeitpunkt, zu dem die Rucksäcke am schwersten und sie am wenigsten in Form waren.

Als Harry am Ziel ankam, zu Boden sank und sich von den siebzig Pfund Folter auf seinem Rücken befreien konnte, war ihm, als ob ihm Flügel wüchsen und er zum Himmel entschweben würde. Doch die Anstrengung musste dreimal hintereinander bewältigt werden, erst mit dem einen Rucksack, dann mit einem zweiten und dann mit einem dreißig Kilo schweren Kanu auf den Schultern. Er trug das eine Kanu, Ralph das andere. Fünfmal fünf Kilometer, wenn man den Rückweg dazurechnete, und anstrengender als alles, was er je zuvor getan oder sich jemals ausgemalt hatte. Das Einzige, was ihn weitermachen ließ, war dickköpfiger Trotz. Mit herunterhängenden Armen und zu Würsten angeschwollenen Fingern schleppte er sich unter seiner Last voran und lauschte auf Ralph hinter sich, damit er ihm voraus blieb oder zumindest nicht zurückfiel. Er hörte Schritte, und eine Minute später erschien hinter der Kehre Eleanor, auf dem Weg zurück zur nächsten Wiederholung der Tragstrecke. Dann Gwen. Die Frauen mussten über fünfundzwanzig Kilo Gepäck tragen. Er hatte Gwen ihr Bündel auf den Rücken gehoben, unter dem sie geschwankt hatte. Er musste sie festhalten, und dann hatte sie den ersten Schritt gewagt – das zierliche Persönchen mit seinen nicht mal hundertsechzig Zentimetern und fünfundfünfzig Kilo (Hornby war auch nicht größer gewesen, dachte er) – und sich auf den Weg gemacht. Jetzt kam sie zurück zur zweiten Runde. Eleanor war die größere der beiden Frauen, kräftiger, muskulöser, aber beide hatten denselben glasigen Ausdruck erschöpften Durchhaltewillens im Gesicht. Als die Frauen nicht mehr zu sehen waren, blieb er einen Augenblick stehen, bis er das Stampfen von Schritten hörte und ihm klar wurde, dass es das Blut war, das in seinem Schädel pochte. Stechendes Getier war im Überfluss vorhanden. Er spürte etwas auf der Zunge, fühlte mit dem Finger und fand eine ertrunkene Mücke. Am Ende versagten ihm die Beine den Dienst. Als er die kleine Senke betrat und auf Steine tretend den letzten Bachlauf überquerte, merkte er, wie sie zu Gummi wurden, und stolperte mit letzter Kraft zur Zielgeraden des offenen Wassers, wo er das Kanu aus Schulterhöhe in eine Wiege aus Weidenbüschen fallen ließ. Wieder das süße Gefühl der Erleichterung.

Als schließlich alles umgetragen war, badeten sie in der warmen Abendsonne, ihre Leiber leichenblass, kieselweiß am Ufer, wo sie sich schmerzhaft kalten Harry Lake über die Köpfe schöpften.

Am nächsten Tag, dem 20. Juni und vierten Tag ihrer Reise, träumte Harry morgens vor dem Aufwachen von Gwen. Träumte, dass er ihr Haus durch die Hintertür betrat, und sie war im Morgenmantel und hatte ihn gerufen, weil sie seine

Hilfe brauchte. Ein Auto, das nicht mehr ansprang? Sie ging nach oben, um sich umzuziehen, und er folgte ihr wenig später und betrat ihr Schlafzimmer durch die halb offene Tür. Sie saß immer noch unbekleidet auf der Bettkante und trug nichts als eine zerfetzte Unterhose (ihre krasse Unterwäsche sah er, wenn sie zum Trocknen auf die arktischen Weiden gehängt wurde, die Löcher am Taillengummi, den ausgeleierten BH), aber im Traum war da kein Büstenhalter, und ihr Busen war rund und warm, während sie ein Unterhemd nach rechts drehte, den Blick konzentriert auf das Fadenspiel dessen, was mittlerweile ein seidiges Unterkleid geworden war – das Unterhemd hatte sich im Traum verwandelt –, und sie war ganz da, attraktiv, von ihm angezogen, nackt. War er nicht gerade im Begriff gewesen, nach ihren Brüsten zu fassen, und sie, darauf zu reagieren, als er aufwachte?

Harry konnte sich nicht erinnern, jemals von Dido geträumt zu haben, was ihn überraschte. Vielleicht muss sich der schlafende Geist erholen, wenn schon jeder wache Gedanke von jemandem mit Beschlag belegt wird. Er merkte, wie ihn der Traum von Gwen den ganzen anstrengenden Tag lang begleitete.

Doch es war dann Ralph, der das Gesicht in der Tundraheide vergrub und sagte, dass er Tundratweed tragen wolle, einen ganzen Anzug aus Heidekraut mit dessen Palette gedeckter Farben und subtil-rauchigem Geruch, es war der poetische, schwatzhafte Ralph, der punkten sollte.

Sie zogen durch die Wildnis wie eine zerlumpte Truppe Wanderschauspieler, so wollte es Harry scheinen, die einen bunten Haufen Requisiten mit sich führten: Zelte und Kanus und Packtaschen. Ralph, der herzogliche Kavalier. Eleanor, die weise Königin. Gwen, die launische Prinzessin. Und er, der zerstochene, blasenübersäte, übellaunige Hanswurst. Nach nur vier Tagen war er bereits so steif, dass er sich auf die

Seite rollen und mit den schmerzenden Armen hochstemmen musste, wenn er aufstehen wollte. Mit den riesigen Blasen an seinen Fersen ging er zu Eleanor, die sie verarztete. Mit den schmerzenden Schultern zu Gwen, die sie drückte und rieb und knetete; ihr kleiner Körper wirkte vor dem Hintergrund von so viel Unermesslichkeit nicht zerbrechlich, sondern eher ungemein zart, ihre Augenlider wie Blütenblätter, ihre kleinen Ohren erstaunlich.

Am fünften Abend legte er sich eine neue Identität zu, die des stolzen Kochs Rodrigo. »Schweinskotelett Rodrigo« wurde der erste einer Reihe kulinarischer Höhepunkte. »Äsche Rodrigo« und »Forelle Bearnaise« und »Bœuf Ha Ha Ha« wurden sämtlichst mit theatralischen Ausbrüchen übler Laune serviert. »Ein Himmelreich für eine Knoblauchpresse!«, knurrte er. Oder mit einem Fingerschnipsen: »Curry, der große Rodrigo braucht Curry!« Und er durchwühlte seinen Sack und zog das unerwartete Gewürz hervor, was ihm lobenden Applaus für seine Vorausplanung einbrachte.

Gwen verbrannte sich den Mund am Kakao, den Harry ihr zur Schlafenszeit servierte. »Kakao muss so sein«, sagte er zu ihr. »Ich habe die Hälfte meiner Geschmacksknospen eingebüßt!«, jammerte sie. »Du hast sowieso viel zu viele Geschmacksknospen«, erwiderte er.

Ralph hatte Farley Mowats *Tundra* mitgebracht, eine erstklassige Sammlung kurzer Auszüge aus den Reiseberichten von Polarforschern, und an diesem Abend gab er das Buch an Harry weiter mit der Bitte, ihnen zum Einschlafen etwas vorzulesen. Harry las die Abenteuer des Samuel Hearne vor (von dem der Name *The Barren Grounds* für die weite, baumlose Ebene der Subarktis stammte, durch die er sich zwischen 1769 und 1772 vorankämpfte), und seine Stimme drang vom Zelt der Männer durch die Tundra hinüber zu den Frauen.

Am sechsten Tag erreichten sie Artillery Lake, nur um dort den ersten einer Reihe von Schrecken zu erleben, die in etwas viel Schlimmerem enden sollten. Wie sich herausstellte, war der achtzig Kilometer lange See mit Eis bedeckt.

Sie befanden sich am südlichen Ende, einem schmalen Fjord mit offenem Wasser, das sich in naher Entfernung in bedrohliches Weiß verwandelte. Ralph stieg mit dem Fernglas auf einen Kamm hinauf und kehrte eine ganze Weile lang nicht zurück. Als er zurückkam, wirkte er bedrückt und murmelte nur: »'ne Menge Eis.«

Sie waren noch weiter in der Zeit zurückgereist, zu den noch unbelaubten Krüppelweiden mit ihren Kätzchen und roten Knospen und zum ersten Hauch von Grün an den Zwergbirken und -erlen. Dabei war es der 22. Juni.

Um halb zehn zog Harry sich in sein Zelt zurück, weg von Ungeziefer und Licht und Bewusstsein, weg von Menschen und Dingen, die erledigt werden mussten, weg von Ralphs nie nachlassendem Elan. Jetzt schon lagen sie sich über die Frage, wie früh morgens aufzustehen war und wann abends Schluss gemacht wurde, in den Haaren. In der Ferne hörte er Vögel und einen Bach. Dann Gwen, die mit dem Nachtisch prahlte, den sie zubereitete. »Komm, das musst du sehen.« Er rührte sich nicht. Er wollte etwas zu trinken, keinen verdammten Nachtisch. Aber seine Flasche Scotch, die sorgfältig in einen Pullover gewickelt war und schlückchenweise in seinen Flachmann umgefüllt wurde, musste die ganze Reise über reichen. Er hielt sich zurück.

Mit geradezu teuflischer Energie hatte Gwen eine Spielart einer Erdbeer-Biskuittorte hergestellt: süße Bannockbrötchen, die sie mit gefriergetrockneten, mit Zucker aufgekochten und mit Stärke verdickten Erdbeeren dekoriert hatte, auf die wiederum eine dicke Sahneschicht aus der Dose kam. Sie brachte ihm seine Portion auf einem Teller, und er musste zugeben, dass es gar nicht so schlecht schmeckte. Er lag in seiner Ecke des Zelts, allein, in sicherer Entfernung von allem, und leckte sich die Finger.

Gwens Meisterwerk stellte natürlich eine direkte Herausforderung Rodrigos des Großen dar, weswegen er seine Anstrengungen verdoppelte und am Morgen einen luxuriösen Haferbrei zauberte, um sie, die erklärte Haferbreihasserin, zu verführen. Eine Schale in Wasser gekochter Haferflocken garniert mit gefriergetrockneten Pfirsichen, braunem Zucker, einem Butterflöckchen und seiner selbst kreierten Spezialsahne aus Milchpulver und Kaffeeweißer, darüber ein wenig Zimt gestäubt. Sie aß sein »Porridge à la crème pêche« zum Zeichen ihres guten Willens, ließ sich aber kein zweites Mal dazu überreden.

Den nächsten Tag, ihren siebten Tag unterwegs, erklärten sie zum Ruhetag, an dem sie sich umschauten und fotografierten, schliefen und lasen. Eleanor saß regungslos da und wartete darauf, dass sich Tiere zeigten, befingerte ihren Christophorus-Anhänger, der sich kühl anfühlte, und schüttelte sich hin und wieder, um die Fliegen zu vertreiben, wie eine Kuh auf einer Weide aus Isländisch Moos, dachte sie. Sie und Gwen hatten ihr Zelt auf einem ebenen Bett aus Strauchflechten aufgebaut. Als sie hineinkroch, knisterte der Zeltboden wie Einwickelpapier. Sie lag auf ihrer dünnen Isoliermatte, weg von den lästigen Mücken, und lauschte. Harry und Gwen tranken Kaffee am Feuer, wuschen Geschirr und unterhielten sich. Aus dem Geplauder war Vertrautheit herauszuhören, und sie sah die Landschaft, auf die sie seit Tagen schauten, sogar im Zelt vor sich, ohne die Augen zu schließen: Felshänge, die mit allen nur denkbaren Arten von Flechten bedeckt waren, silbergrau, senfgelb, limettengrün, hellgrün; die bezaubernde Balance runder Felsblöcke, die seit Jahrtausenden wie kurz vor dem Wegrollen wirkten; winzige Blättchen, golden und rot, und rosa Blüten in vereinzelten Kissen, dazwischen Geweihe, die am Berghang in der Sonne bleichten, und Tierlosung. Luft voller Wärme.

Gestern war sie fürchterlich müde gewesen, besonders kurz vor dem Abendessen, als sie versuchten, die Heringe tief genug in den Boden einzuschlagen – es hatte ziemlich geweht. Jetzt war es völlig windstill, und sie merkte, wie sie innerlich neuen Auftrieb bekam. Auf dem Boden zu liegen, von ihm umgeformt zu werden, war, als läge sie wach neben einem neuen Ehemann. Im orangefarbenen Zelt herrschte ewiger Sonnenschein, unabhängig von der Uhrzeit, und ihre verbrannten Hände und Wangen strahlten Hitzewellen ab. Sie schloss die Augen. Rosa Blüten zwischen Flechten blitzten vor ihr auf, und es war fast zu viel Gefühl, zu viel Erregung; wieder das Brautbett.

Jungen und Mädchen

Alice Munro

Mein Vater war Fuchsfarmer. Das heißt, er züchtete Silberfüchse, in Verschlägen; im Herbst und im frühen Winter, wenn ihr Pelz am dichtesten war, tötete er sie, häutete sie und verkaufte ihre Felle an die Hudson Bay Company oder die Montreal Fur Traders. Diese Firmen versorgten uns mit heroischen Wandkalendern, die auf beiden Seiten der Küchentür hingen. Vor einem Hintergrund aus kaltem blauen Himmel, schwarzen Nadelwäldern und heimtückischen nördlichen Flüssen pflanzten federgeschmückte Abenteurer die Flagge Englands oder Frankreichs auf; ebenmäßige Wilde beugten den Rücken unter Lasten.

In den Wochen vor Weihnachten arbeitete mein Vater im Keller unseres Hauses. Der Keller war weiß getüncht und wurde von einer Hundert-Watt-Birne über dem Arbeitstisch erhellt. Mein Bruder Laird und ich saßen oben auf der Kellertreppe und sahen ihm zu. Mein Vater zog die Haut von innen nach außen ab, und der Fuchs sah ohne seinen arroganten, gewichtigen Pelz überraschend klein und kümmerlich aus, fast wie eine Ratte. Die nackten, glitschigen Körper wurden in einen Sack gesteckt und in der Müllecke verbuddelt. Einmal hatte Henry Bailey, unser Tagelöhner, mit diesem Sack nach mir geschlagen und dazu gesagt: »Weihnachtsgeschenk!« Meine Mutter fand das nicht komisch. Sie hatte eine regelrechte Abneigung gegen das ganze Pelzen – so hieß das

Töten, das Abhäuten und Zurichten der Felle – und war gar nicht davon angetan, dass es im Haus stattfinden musste. Da war der Geruch. Nachdem das Fell mit der Innenseite nach außen auf ein langes Brett gespannt worden war, schabte mein Vater es behutsam ab, entfernte die kleinen geronnenen Netze der Blutgefäße und die Fettklümpchen; der Geruch nach Blut und Tierfett, dazu der starke, primitive Eigengeruch des Fuchses durchdrangen das ganze Haus. Für mich waren sie eine beruhigende Bestätigung der Jahreszeit, wie der Duft von Apfelsinen und Tannennadeln.

Henry Bailey litt an bronchialen Beschwerden. Oft hustete er und hustete, bis sein schmales Gesicht scharlachrot anlief und seine hellblauen, spöttischen Augen sich mit Tränen füllten; dann nahm er die Platte vom Herd, trat zurück und spie einen großen Klumpen Schleim – hsss – direkt ins Herz der Flammen. Wir bewunderten ihn für dieses Kunststück, auch dafür, dass er seinen Magen auf Befehl knurren lassen konnte, und für sein Lachen, das voll hoher Pfeiftöne und Gurgelgeräusche war und an dem sein gesamter defekter Atmungsapparat beteiligt war. Manchmal ließ sich schwer sagen, worüber er lachte, und es konnte jederzeit sein, dass er über uns lachte.

Nachdem wir zu Bett geschickt worden waren, konnten wir immer noch die Füchse riechen und Henrys Gelächter hören, aber diese Dinge aus der warmen, sicheren, hell erleuchteten unteren Welt wirkten verloren und geschwächt, wenn sie in der muffigen kalten Luft oben schwebten. Wir hatten nachts im Winter Angst. Wir hatten nicht vor dem Draußen Angst, obwohl das die Jahreszeit war, in der sich Schneewehen wie schlafende Wale um das Haus legten und der Wind, der von den begrabenen Feldern, dem gefrorenen Sumpf mit seinem Schreckgespenstgeheul von Gefahren und Elend kam, uns die ganze Nacht lang plagte. Wir hatten Angst vor dem

Drinnen, dem Raum, in dem wir schliefen. Damals war das Obergeschoss in unserem Haus noch nicht fertig. Ein gemauerter Schornstein ging an einer Wand hoch. In der Mitte des Fußbodens war ein quadratisches Loch mit einem hölzernen Geländer darum herum; dort kam die Treppe an. Auf der anderen Seite des Treppenschachtes befanden sich die Dinge, die niemand mehr gebrauchen konnte – eine soldatisch aufrecht stehende Linoleumrolle, ein Kinderwagen aus Korbgeflecht, eine Farnampel, Porzellankrüge und -schüsseln, die einen Sprung hatten, ein Bild der Schlacht von Balaklawa, das sehr traurig anzusehen war. Ich hatte Laird, sobald er alt genug war, um derlei zu verstehen, erzählt, dass da drüben Fledermäuse und Skelette hausten; jedes Mal, wenn ein Häftling aus dem zwanzig Meilen entfernten Bezirksgefängnis entflohen war, stellte ich mir vor, dass er irgendwie durchs Fenster eingedrungen war und sich hinter dem Linoleum versteckte. Aber wir hatten Regeln zu unserer Sicherheit. Wenn das Licht an war, waren wir sicher, solange wir nicht den abgetretenen Teppich verließen, der unser Schlafzimmer begrenzte; wenn das Licht aus war, war es nirgendwo sicher außer in den Betten. Ich musste mich zum Lichtausmachen ans Ende meines Bettes knien und die Hand so weit wie möglich ausstrecken, um an die Schnur zu gelangen.

Im Dunkeln lagen wir in unseren Betten, unseren schmalen Rettungsflößen, hefteten unsere Blicke an das schwache Licht aus dem Treppenschacht und sangen Lieder. Laird sang immer *Jingle Bells*, ganz egal, ob Weihnachten war oder nicht, und ich sang *Danny Boy*. Ich mochte den Klang meiner eigenen Stimme, die zart und flehend im Dunkeln aufstieg. Wir konnten jetzt die hohen, überfrorenen Fenster erkennen, düster-weiße Gestalten. An der Stelle *Wenn ich dann tot bin, lange noch vor dir …* brachte ein Schauder, ausgelöst nicht von dem kalten Bettzeug, sondern von angenehmen Empfindungen, mich fast zum Schweigen. *So knie dich hin und sprich ein Ave über mir …* Was war ein Ave? Jeden Tag vergaß ich, es herauszufinden.

Laird fiel gleich nach dem Singen in Schlaf. Ich konnte seine langen, zufriedenen, zischelnden Atemzüge hören. Jetzt zog ich für die Zeit, die mir verblieb, die einzige Zeit, in der ich ganz für mich war, und vielleicht die beste Zeit des ganzen Tages, die Decken fest um mich herum und fuhr mit einer der Geschichten fort, die ich mir Abend für Abend erzählte. Diese Geschichten handelten von mir selbst, nur dass ich darin schon ein bisschen größer war; sie fanden in einer Welt statt, die erkennbar die meinige war, jedoch eine, die Gelegenheiten für Mut, Kühnheit und Selbstaufopferung bot, wie die meinige es nie tat. Ich rettete Menschen aus einem zerbombten Haus (es bedrückte mich, dass der wirkliche Krieg sich so weit fort von Jubilee abspielte). Ich erschoss zwei rasende Wölfe, die den Schulhof bedrohten (die Lehrer kauerten schlotternd hinter mir). Ich ritt auf einem feurigen Pferd die Hauptstraße von Jubilee hinunter und nahm den Dank der Bevölkerung für eine Heldentat entgegen, die noch erdacht werden musste (niemand ritt dort auf einem Pferd, nur König Billy in der Parade am Tag der Orange-Männer). In diesen Geschichten wurde immer geritten und geschossen, obwohl ich erst zwei Mal auf einem Pferd gesessen hatte – direkt auf seinem Rücken, denn einen Sattel besaßen wir nicht –, und beim zweiten Mal war ich gleich wieder heruntergerutscht und dem Pferd zwischen die Füße gefallen; es war gelassen über mich hinweggeschritten. Ich lernte tatsächlich schießen, aber ich konnte noch nichts treffen, nicht einmal die Konservendosen auf den Zaunpfählen.

Solange sie noch lebten, bewohnten die Füchse eine Welt, die mein Vater für sie geschaffen hatte. Sie war von einem hohen

Schutzzaun umgeben wie eine mittelalterliche Stadt, mit einem Tor, das abends mit einem Vorhängeschloss gesichert wurde. Entlang der Straßen dieser Stadt reihten sich große, solide Verschläge. Jeder von ihnen hatte eine richtige Tür, durch die ein Mann gehen konnte, eine hölzerne Rampe entlang des Drahts, damit die Füchse rauf- und runterlaufen konnten, und eine Hütte – etwas wie eine Wäschetruhe mit Luftlöchern drin –, in der sie schliefen und im Winter blieben und ihre Jungen bekamen. Futter- und Wassernäpfe waren so am Draht befestigt, dass sie von außen geleert und gesäubert werden konnten. Die Näpfe waren aus alten Konservendosen gemacht, die Rampen und die Hütten aus Resten von Bauholz. Alles war sauber und sinnreich; mein Vater war unermüdlich in seinem Erfindungsreichtum, und sein absolutes Lieblingsbuch war *Robinson Crusoe*. Er hatte eine Blechtonne auf eine Schubkarre montiert, um die Käfige mit Wasser zu versorgen. Das war im Sommer meine Aufgabe, wenn die Füchse zwei Mal am Tag Wasser brauchten. Zwischen neun und zehn Uhr morgens und dann wieder nach dem Abendbrot füllte ich die Tonne an der Pumpe und schob sie über den Hof zu den Verschlägen, wo ich sie abstellte, mit meiner Gießkanne daraus schöpfte und die Straßen entlangging. Laird kam auch dazu, mit seiner kleinen weiß-grünen Blumengießkanne, die zu voll war, gegen seine Beine schlug und überschwappte, sodass seine Leinenschuhe nass wurden. Ich hatte die richtige Gießkanne, die meines Vaters, tragen konnte ich sie allerdings nur, wenn sie höchstens dreiviertel voll war.

Die Füchse hatten alle Namen, die auf Blechschildern neben den Türen standen. Die Namen bekamen sie nicht bei der Geburt, sondern erst, wenn sie das Pelzen des ersten Jahres überlebt hatten und den Zuchttieren zugeteilt wurden. Die von meinem Vater getauften hatten Namen wie Prinz, Bob, Wally und Betty. Die von mir getauften hießen Stern oder Türke oder Maureen oder Diana. Laird nannte einen Maud nach einem Dienstmädchen, das wir hatten, als er klein war, einen anderen Harold nach einem Jungen in der Schule und noch einen Mexiko, warum, sagte er nicht.

Die Namensgebung machte sie nicht zu zahmen Haustieren. Niemand außer meinem Vater ging je in die Verschläge, und er holte sich von ihren Bissen zwei Mal eine Blutvergiftung. Wenn ich ihnen das Wasser brachte, trabten sie hin und her auf den Pfaden, die sie in ihren Verschlägen angelegt hatten, bellten selten – das hoben sie sich für die Nacht auf, dann konnten sie einen großen Chor gemeinschaftlicher Raserei zustande bringen –, beobachteten mich aber unablässig, ihre Augen brannten golden in ihren spitzen, bösartigen Gesichtern. Sie waren schön mit ihren schlanken Beinen, dem schweren, aristokratischen Schwanz und dem hellen Fell, das ihnen den Namen gab und auf dem Rücken dunkel gesprenkelt war, aber besonders schön waren ihre Gesichter mit der wunderbar klar gezeichneten Feindseligkeit und den goldenen Augen.

Außerdem half ich meinem Vater, wenn er das lange Gras mähte, das zusammen mit Gänsefuß und blühendem Moschuskraut zwischen den Verschlägen wuchs. Er schnitt es mit der Sense, und ich harkte es zusammen. Dann nahm er eine Heugabel und verteilte das frisch gemähte Gras auf den Verschlägen, damit es den Füchsen Kühle spendete und ihrem Fell Schatten, das sonst von zu viel Sonne braun wurde. Mein Vater redete nicht mit mir, außer es drehte sich um die Arbeit, die wir taten. Darin war er völlig anders als meine Mutter, die mir, wenn sie fröhlicher Stimmung war, alles Mögliche erzählte – den Namen des Hundes, den sie als kleines Mädchen gehabt hatte, die Namen der Jungen, mit denen sie später ausgegangen war, und wie einige ihrer Kleider ausgesehen hatten, wobei sie sich fragte, wo die wohl abgeblieben sein mochten.

Was mein Vater an Gedanken und Geschichten hatte, das behielt er für sich, und ich war ihm gegenüber schüchtern und stellte ihm nie Fragen. Trotzdem arbeitete ich bereitwillig unter seinen Augen, auch mit einem Gefühl von Stolz. Einmal kam ein Vertreter für Futtermittel zu den Verschlägen, um mit ihm zu reden, und mein Vater sagte: »Möchte Ihnen gern meinen neuen Tagelöhner vorstellen.« Ich wandte mich ab und harkte heftig, rot im Gesicht vor Freude.

»Was Sie nicht sagen«, antwortete der Vertreter. »Ich dachte, es ist bloß ein Mädchen.«

Nachdem das Gras gemäht war, schien die Jahreszeit plötzlich weit fortgeschritten zu sein. Am spürbar früher heraufkommenden Abend ging ich über die Stoppeln, unter dem roten Himmel und in der beginnenden Stille des Herbstes. Wenn ich dann die Wassertonne durchs Tor schob und das Vorhängeschloss zudrückte, war es fast schon dunkel. Eines Abends um diese Zeit sah ich meine Mutter und meinen Vater auf der kleinen Bodenerhebung vor der Scheune stehen, die wir die Gangway nannten, und miteinander reden. Mein Vater war gerade aus dem Schlachthaus gekommen; er hatte seine steife, blutige Schürze um und hielt einen Eimer mit Fleischstücken in der Hand.

Es war ungewöhnlich, meine Mutter dort unten an der Scheune zu sehen. Sie kam nicht oft aus dem Haus, nur wenn sie draußen etwas zu tun hatte – wie Wäsche aufhängen oder Kartoffeln im Garten ausgraben. Sie sah fehl am Platz aus mit ihren bloßen, plumpen, von der Sonne unberührten Beinen und der Schürze, die vom abendlichen Abwasch über dem Bauch feucht war. Ihre Haare waren unter einem Tuch zusammengebunden, aus dem einzelne Strähnen drangen. So band sie ihre Haare jeden Morgen auf, sagte dabei, sie habe keine Zeit, sich richtig zu frisieren, und so blieben sie dann den ganzen Tag lang. Es stimmte; sie hatte wirklich keine Zeit.

Zu dieser Jahreszeit häuften sich auf unserer hinteren Veranda Körbe mit Pfirsichen, Weintrauben und Birnen, in der Stadt gekauft, mit Zwiebeln, Tomaten und Gurken, zu Hause angepflanzt, die alle darauf warteten, zu Gelee, Marmelade, Chilisoße und Eingewecktem zu werden. In der Küche brannte den ganzen Tag lang der Herd, Gläser klirrten in kochendem Wasser, und immer wieder war zwischen zwei Stühlen ein Gazetuch gespannt, durch das aus dunkelblauen Trauben Saft für Gelee geseiht wurde. Ich bekam verschiedene Aufgaben, saß am Tisch und schälte Pfirsiche, die in heißes Wasser getaucht worden waren, oder schnitt mit brennenden und tränenden Augen Zwiebeln klein. Sobald ich fertig war, rannte ich aus dem Haus, außer Hörweite, bevor meiner Mutter einfiel, was ich als Nächstes tun sollte. Im Sommer hasste ich die heiße, dunkle Küche, die grünen Rouleaus und die Fliegenfänger, den alten Wachstuchtisch, den welligen Spiegel und das hubbelige Linoleum. Meine Mutter war zu müde und beschäftigt, um mit mir zu reden, sie hatte keine Lust, vom Abschlussball des Lehrerseminars zu erzählen; Schweiß rann ihr übers Gesicht, und sie zählte ständig im Flüsterton, zeigte dabei auf Gläser oder gab Tassen voll Zucker an etwas. Für mein Gefühl war die Arbeit im Haus endlos, langweilig und außerordentlich deprimierend, die im Freien und im Dienst meines Vaters getane Arbeit hingegen ein Ritual von elementarer Bedeutung.

Ich schob die Wassertonne zur Scheune, in der ihr Platz war, und hörte meine Mutter sagen: »Warte, bis Laird ein bisschen größer ist, dann wird er dir eine richtige Hilfe sein.«

Was mein Vater sagte, konnte ich nicht hören. Mir gefiel die Art, wie er dastand und zuhörte, höflich wie gegenüber einem Vertreter oder einem Fremden, aber mit einem Ausdruck, als wolle er mit seiner richtigen Arbeit weitermachen. Ich fand, meine Mutter hatte hier unten nichts zu suchen, und ich wollte, dass auch er so dachte. Was meinte sie mit dem über Laird? Er war niemandem eine Hilfe. Wo steckte er denn immer? Schaukelte, bis ihm schlecht wurde, rannte im Kreis oder versuchte, Raupen zu fangen. Blieb nie so lange da, bis ich mit allem fertig war.

»Und dann kann ich sie mehr im Haus einsetzen«, hörte ich meine Mutter sagen. Sie hatte eine tonlose, bedauernde Art, über mich zu sprechen, die mich immer beklommen machte. »Ich brauche bloß den Rücken zu kehren, und schon läuft sie fort. Es ist, als hätte ich überhaupt kein Mädchen in der Familie.«

Ich ging und setzte mich auf den Futtersack in der Ecke der Scheune, denn ich mochte mich nicht sehen lassen, solange dieses Gespräch weiterging. Meiner Mutter, hatte ich das Gefühl, konnte man nicht trauen. Sie war sanfter als mein Vater und ließ sich leichter an der Nase herumführen, aber man konnte sich nicht auf sie verlassen, und die wahren Gründe für die Dinge, die sie sagte und tat, blieben ein Geheimnis. Sie liebte mich und saß bis spät in der Nacht auf, um mir für den Schulanfang ein Kleid in der schwierigen Machart, die ich mir wünschte, zu nähen, aber sie war auch meine Feindin. Sie schmiedete ständig Pläne. Jetzt plante sie, mich mehr ans Haus zu binden, obwohl sie wusste, dass ich es hasste (weil sie wusste, dass ich es hasste), und mich davon abzuhalten, für meinen Vater zu arbeiten. Für mein Gefühl tat sie das aus reiner Bosheit und als Machtprobe. Es kam mir nicht in den Sinn, dass sie einsam oder eifersüchtig sein könnte. Kein Erwachsener konnte das je sein, dafür waren sie zu sehr im Glück. Ich saß da und stieß mit den Hacken in monotonem Rhythmus gegen den staubenden Futtersack und ging erst wieder hinaus, als sie fort war.

Jedenfalls nahm ich an, mein Vater würde dem, was sie sagte, keinerlei Beachtung schenken. Wer konnte sich vorstellen, dass Laird meine Arbeit tat – dass Laird immer an das Vorhängeschloss dachte und die Wassernäpfe mit einem Blatt am Ende eines Stockes reinigte oder auch nur die Wassertonne hereinkarrte, ohne sie umzukippen? Das zeigte, wie wenig Ahnung meine Mutter davon hatte, wie alles in Wirklichkeit war.

Ich habe vergessen zu erzählen, womit die Füchse gefüttert wurden. Die blutige Schürze meines Vaters hat mich daran erinnert. Sie wurden mit Pferdefleisch gefüttert. Zu jener Zeit hielten die meisten Farmer noch Pferde, und wenn eins zu alt zum Arbeiten wurde oder sich ein Bein brach oder sich hinlegte und nicht mehr aufstand, wie sie es manchmal taten, dann rief der Besitzer meinen Vater, und der fuhr zusammen mit Henry mit dem Lieferwagen zu der Farm. Meistens erschossen und zerlegten sie das Pferd dort und bezahlten dem Farmer zwischen fünf und zwölf Dollar. Wenn sie schon zu viel Fleisch vorrätig hatten, brachten sie das Pferd lebend an und hielten es ein paar Tage oder Wochen lang in unserem Stall, bis das Fleisch gebraucht wurde. Nach dem Krieg kauften sich die Farmer Traktoren und schafften die Pferde nach und nach völlig ab, und so kam es manchmal vor, dass wir ein gutes, gesundes Pferd im Stall hatten, für das es einfach keine Verwendung mehr gab. Wenn das im Winter geschah, konnte es sein, dass wir das Pferd bis zum Frühjahr in unserem Stall behielten, denn wir hatten genug Heu, und wenn viel Schnee lag – und der Schneepflug unsere Straße wieder einmal nicht geräumt hatte –, konnten wir notfalls mit dem Pferdeschlitten in die Stadt fahren.

In dem Winter, als ich elf Jahre alt war, hatten wir zwei Pferde im Stall. Wir wussten nicht, welche Namen sie vorher gehabt hatten, also nannten wir sie Mack und Flora. Mack war ein altes, schwarzes Arbeitspferd, rußig und gleichgültig.

Flora war eine fuchsrote Stute, ein Zugpferd. Wir spannten sie beide vor den Schlitten. Mack war langsam und willfährig. Flora neigte zu Anfällen heftiger Angst, scheute vor Autos und sogar vor anderen Pferden, aber wir liebten ihre Schnelligkeit und ihren hochtrabenden Gang, ihr chevalereskes und draufgängerisches Gebaren. Am Samstag gingen wir hinunter zum Stall, und sobald wir die Tür zu seiner anheimelnden, nach Tieren riechenden Dunkelheit öffneten, warf Flora den Kopf hoch, rollte die Augen, wieherte verzweifelt und erlitt auf der Stelle eine Nervenkrise. Es war nicht sicher, in ihre Box zu gehen; sie schlug aus.

In jenem Winter hörte ich langsam immer mehr über das Thema, das meine Mutter vor der Scheune angesprochen hatte. Ich fühlte mich nicht mehr sicher. Es schien, als gäbe es in den Köpfen der Menschen um mich herum eine stetige Unterströmung von Gedanken über dieses eine Thema, die sich nicht umlenken ließ. Das Wort *Mädchen* war mir früher unschuldig und unbelastet vorgekommen, wie das Wort *Kind*; jetzt stellte sich heraus, dass es das keineswegs war. Ein Mädchen war nicht, wie ich angenommen hatte, einfach das, was ich war; es war, was ich werden musste. Es war eine Festlegung, immer mit Nachdruck behaftet, mit Vorwurf und Enttäuschung. Außerdem war es ein Scherz auf meine Kosten. Einmal kämpfte ich mit Laird wie so oft, aber zum ersten Mal musste ich all meine Kraft gegen ihn aufbieten; trotzdem gelang es ihm, einen Augenblick lang meinen Arm festzuklemmen und mir richtig weh zu tun. Henry sah das und sagte lachend: »Dieser Laird wirds dir schon irgendwann zeigen!« Laird wurde ein ganzes Stück größer. Aber auch ich wurde größer.

Meine Großmutter kam, um ein paar Wochen bei uns zu bleiben, und ich hörte noch andere Dinge. »Mädchen knallen nicht so mit den Türen.« – »Mädchen halten die Knie zusammen, wenn sie sich hinsetzen.« Und noch schlimmer, auf einige meiner Fragen hin: »Das geht Mädchen nichts an.« Ich knallte weiter mit den Türen und setzte mich so linkisch wie möglich hin, überzeugt, durch solche Maßnahmen frei zu bleiben.

Als der Frühling kam, wurden die Pferde auf den Hof hinausgelassen. Mack stand an die Scheunenwand gelehnt und versuchte, sich den Hals und die Hinterbacken zu kratzen, aber Flora trabte auf und ab, bäumte sich an den Zäunen auf und schlug mit den Hufen gegen die Zaunpfähle. Die Schneewehen schwanden rasch dahin und gaben die harte graubraune Erde frei, die vertrauten Anhöhen und Senken des Geländes, öde und kahl nach der phantastischen Landschaft des Winters. Es herrschte ein großes Gefühl von Öffnung und Befreiung. Wir trugen jetzt nur noch Galoschen über unseren Schuhen; unsere Füße kamen uns lächerlich leicht vor. Eines Samstags gingen wir zum Stall hinaus und sahen, dass alle Türen offen standen und das ungewohnte Sonnenlicht und frische Luft hineinließen. Henry war da, trödelte aber nur herum und betrachtete seine Sammlung von Kalendern, die hinter den Boxen angepinnt waren, in einem Teil des Stalls, den meine Mutter wahrscheinlich noch nie gesehen hatte.

»Seid ihr gekommen, um euch von eurem alten Freund Mack zu verabschieden?«, fragte Henry. »Hier, gib ihm einen Mundvoll Hafer.« Er schüttete etwas Hafer in Lairds hohle Hände, und Laird ging Mack füttern. Macks Zähne waren in schlechtem Zustand. Er fraß sehr langsam, schob den Hafer geduldig im Maul herum, suchte einen Backenzahnstumpf, auf dem er ihn zermahlen konnte. »Der arme alte Mack«, sagte Henry düster. »Wenn die Zähne vom Pferd hin sind, dann ist auch das Pferd hin. So ist das nun mal.«

»Werdet ihr ihn heute erschießen?«, fragte ich. Da Mack und Flora schon so lange im Stall waren, hatte ich fast vergessen, dass sie erschossen werden sollten.

Henry antwortete nicht. Stattdessen fing er mit hoher, zittriger, gespielt trauriger Stimme an zu singen: »Ach, es gab nichts mehr zu tun für den armen Onkel Ned, er ging da hin, wohin alle guten Schwarzen gehn.« Macks dicke, schwärzliche Zunge bearbeitete sorgfältig Lairds Hand. Ich ging hinaus, bevor das Lied zu Ende war, und setzte mich auf die Gangway.

Ich hatte nie gesehen, wie sie ein Pferd erschossen, aber ich wusste, wo es getan wurde. Im vorigen Sommer waren Laird und ich auf Pferdeeingeweide gestoßen, bevor sie verbuddelt worden waren. Wir hatten sie für eine große schwarze Schlange gehalten, die sich in der Sonne zusammengerollt hatte. Das war auf der Wiese hinter der Scheune gewesen. Ich dachte, wenn wir in die Scheune gingen und einen breiten Spalt oder ein Astloch fänden, könnten wir sehen, wie sie es taten. Nicht, dass ich es unbedingt sehen wollte; trotzdem, wenn etwas sowieso geschah, dann war es besser, es mit anzusehen und Bescheid zu wissen.

Mein Vater kam mit dem Gewehr vom Haus herunter.

»Was macht ihr hier?«, fragte er.

»Nichts.«

»Los, geht und spielt beim Haus.«

Er schickte Laird aus dem Stall. Ich sagte zu Laird: »Willst du sehen, wie sie Mack erschießen?«, und führte ihn, ohne auf Antwort zu warten, zur Vordertür der Scheune, machte sie vorsichtig auf und ging hinein. »Sei still, sonst hören sie uns«, sagte ich. Wir hörten Henry und meinen Vater im Stall reden, dann die schweren, schleppenden Huftritte von Mack, der aus seiner Box herausgezogen wurde.

Auf dem Heuboden war es kalt und dunkel. Dünne, sich kreuzende Sonnenstrahlen fielen durch die Spalten. Von dem Heu war nicht mehr viel da. Es bildete ein welliges Gelände mit Bergen und Tälern und war rutschig unter unseren Füßen. In einer Höhe von etwa vier Fuß lief ein Balken ringsum an den Wänden entlang. Wir häuften Heu in einer Ecke auf, ich schob Laird hoch und kletterte dann selbst hinauf. Der Balken war nicht sehr breit; wir schlichen darauf entlang und pressten die Hände flach an die Scheunenwand. Es gab viele Astlöcher, und ich fand eins, das mir die gewünschte Sicht bot – eine Ecke des Hofes, das Tor, ein Teil der Wiese. Laird hatte kein Astloch und beklagte sich.

Ich zeigte ihm eine breitere Spalte zwischen zwei Brettern. »Sei still und warte. Wenn sie dich hören, bringst du uns in Schwierigkeiten.«

Mein Vater kam mit dem Gewehr in Sicht. Henry führte Mack am Halfter. Er ließ es fallen und holte seinen Tabak und die Blättchen hervor; er rollte Zigaretten für meinen Vater und sich. Während das vor sich ging, schnupperte Mack im alten, abgestorbenen Gras am Zaun herum. Dann machte mein Vater das Tor auf, und sie führten Mack hindurch. Henry brachte Mack vom Pfad weg zu einer bestimmten Stelle und redete mit meinem Vater, aber so leise, dass wir es nicht hören konnten. Mack suchte wieder nach einem Maulvoll frischem Gras, das nicht zu finden war. Mein Vater ging ein paar Schritte fort und blieb in einer Entfernung, die ihm zu passen schien, stehen. Henry ging auch von Mack weg, aber zur Seite, und hielt dabei das Halfter locker in der Hand. Mein Vater hob das Gewehr, Mack sah hoch, als hätte er etwas bemerkt, und mein Vater erschoss ihn.

Mack brach nicht gleich zusammen, sondern schwankte, taumelte und fiel auf die Seite; dann rollte er auf den Rücken und strampelte erstaunlicherweise ein paar Sekunden lang mit den Beinen. Darüber lachte Henry, als führte Mack ihm ein Kunststückchen vor. Laird, der vor Schreck laut die Luft eingesogen hatte, als der Schuss abgefeuert wurde, sagte laut: »Er ist gar nicht tot.« Und mir kam es vor, als könnte er recht haben. Aber die Beine hörten auf, er rollte wieder auf die Seite, seine Muskeln zitterten und erschlafften. Die beiden Männer gingen zu ihm und betrachteten ihn abschätzend; sie beugten sich vor und prüften seine Stirn, wo die Kugel eingetreten war, und jetzt sah ich das Blut auf dem braunen Gras.

»Jetzt häuten sie ihn bloß noch und schneiden ihn in Stücke«, sagte ich. »Gehn wir.« Meine Beine waren etwas zittrig, und ich sprang dankbar in das Heu hinunter. »Jetzt hast du gesehen, wie sie ein Pferd erschießen«, sagte ich, als gratulierte ich ihm und als hätte ich es schon viele Male gesehen. »Komm, wir schauen mal, ob eine Katze hier oben im Heu Junge gekriegt hat.« Laird sprang. Er schien wieder klein und gehorsam zu sein. Plötzlich erinnerte ich mich daran, wie ich ihn, als er noch ganz klein war, in die Scheune gebracht und ihm befohlen hatte, die Leiter bis zum obersten Dachbalken hochzusteigen. Das war damals auch im Frühling, als nicht mehr viel Heu übrig war. Ich hatte es aus reiner Lust nach etwas Aufregendem getan, aus Verlangen nach einem Ereignis, damit ich davon erzählen konnte. Er trug ein unförmiges, braunweiß kariertes Mäntelchen, das aus einem abgelegten Mantel von mir geschneidert war. Er kletterte bis ganz nach oben, genau wie ich ihm befohlen hatte, und setzte sich auf den obersten Balken, tief unter ihm auf der einen Seite das Heu und auf der anderen der Scheunenfußboden und ein paar alte Gerätschaften. Dann rannte ich schreiend zu meinem Vater: »Laird ist auf dem Dachbalken!« Mein Vater kam, meine Mutter kam, mein Vater stieg leise redend die Leiter hoch und trug Laird unter einen Arm geklemmt herunter, worauf meine Mutter sich an die Leiter lehnte und weinte. Sie fragten mich: »Warum hast du nicht auf ihn aufgepasst?«, aber sie erfuhren nie die Wahrheit. Laird war noch zu klein, um alles zu erzählen. Aber jedes Mal, wenn ich das braunweiß karierte Mäntelchen im Schrank hängen sah oder im Lumpensack, wo es schließlich endete, spürte ich eine Last im Bauch, die Trauer unerlöster Schuld.

Ich sah Laird an, der sich überhaupt nicht daran erinnern konnte, und der Ausdruck auf seinem dünnen, winterblassen Gesicht gefiel mir gar nicht. Er sah nicht verängstigt oder verstört aus, sondern konzentriert, in Gedanken weit fort. »Hör mal«, sagte ich mit ungewöhnlich heller und freundlicher Stimme, »du wirst doch nichts sagen?«

»Nein«, sagte er geistesabwesend.

»Versprochen?«

»Versprochen«, sagte er. Ich packte die Hand hinter seinem Rücken, um mich zu vergewissern, dass er nicht die Finger kreuzte. Trotzdem war möglich, dass er Albträume bekam; es konnte auf diese Weise herauskommen. Ich beschloss, mehr Mühe darauf zu verwenden, alle Gedanken an das, was er gesehen hatte, aus seinem Kopf zu vertreiben – der, so fand ich, ohnehin nicht vieles gleichzeitig fassen konnte. Ich holte ein bisschen Geld, das ich gespart hatte, und an dem Nachmittag gingen wir nach Jubilee und sahen einen Film mit Judy Canova, über den wir beide viel lachten. Danach dachte ich, dass alles in Ordnung sein würde.

Zwei Wochen später wusste ich, dass sie Flora erschießen würden. Ich erfuhr es am Abend vorher, als ich meine Mutter fragen hörte, ob denn das Heu reichte, und mein Vater antwortete: »Na ja, übermorgen wird nur noch die Kuh da sein, und die sollte in einer guten Woche auf die Weide können.« Daher wusste ich, dass Flora am nächsten Morgen dran war.

Diesmal dachte ich nicht daran, zuzuschauen. Das war etwas, was man sich nur einmal ansah. Ich hatte seitdem nicht sehr oft daran gedacht, aber manchmal, wenn ich beschäftigt war, meine Hausaufgaben machte oder mir vor dem Spiegel die Haare kämmte und mich fragte, ob ich eines Tages hübsch sein würde, stand mir die ganze Szene blitzartig vor Augen: Ich sah die lässige, geübte Art, in der mein Vater das Gewehr hob, und hörte Henry lachen, als Mack mit den Beinen strampelte.

Ich empfand weder starken Abscheu noch große Empörung, wie ein Stadtkind es vielleicht getan hätte; ich war es gewohnt, den Tod von Tieren als eine Notwendigkeit zu sehen, von der wir lebten. Trotzdem schämte ich mich ein wenig, und es gab ein neues Misstrauen, eine Abwehr in meiner Haltung meinem Vater und seiner Arbeit gegenüber.

Es war ein schöner Tag, wir gingen im Garten herum und hoben die Äste auf, die von den Winterstürmen abgerissen worden waren. Das war uns befohlen worden, außerdem wollten wir sie benutzen, um ein Tipi zu bauen. Wir hörten Flora wiehern, dann die Stimme meines Vaters und Henrys Schreie, und wir rannten zur Scheune, um nachzusehen, was los war.

Die Stalltür stand offen. Henry hatte Flora gerade herausgebracht, und sie hatte sich losgerissen. Sie rannte frei im Hof herum, von einem Ende zum anderen. Wir kletterten auf den Zaun. Es war aufregend, wie sie herumtrabte, wieherte, ausschlug, sich aufbäumte und drohte wie ein Pferd in einem Western, wie ein ungebrochenes Wildpferd, obwohl sie nur ein altes Zugpferd war, eine alte fuchsrote Stute. Mein Vater und Henry rannten hinter ihr her, um sie beim Halfter zu packen. Beide versuchten, sie in eine Ecke zu treiben, und es wäre ihnen fast gelungen, doch plötzlich brach sie mit verdrehten Augen zwischen ihnen durch und verschwand um die Ecke der Scheune. Wir hörten die Pfähle klappernd umfallen, als sie über den Zaun setzte, und Henry schrie: »Jetzt ist sie auf der Weide!«

Was bedeutete, dass sie auf der langen, L-förmigen Wiese war, die neben dem Haus verlief. Wenn sie am Haus vorbeilief, konnte sie auf die Straße gelangen, denn das Tor stand offen; der Lieferwagen war heute Morgen auf die Wiese gefahren worden. Da ich auf der anderen Seite des Zauns der Straße am nächsten war, rief mein Vater mir zu: »Los, mach das Tor zu!«

Ich konnte sehr schnell rennen. Ich rannte durch den Garten, vorbei an dem Baum, wo unsere Schaukel hing, und sprang über einen Graben auf die Straße. Da war das offene Tor. Flora war noch nicht hinausgelangt, denn auf der Straße war sie nicht zu sehen; sie musste zum anderen Ende der Wiese gelaufen sein. Das Tor war schwer. Ich hob es aus dem Kies und schob es über die Auffahrt. Ich hatte es schon halb geschafft, als Flora in Sicht kam, sie galoppierte geradewegs auf mich zu. Es blieb nur noch Zeit, die Kette vorzulegen. Laird krabbelte durch den Graben, um mir zu helfen.

Doch statt das Tor zu schließen öffnete ich es, so weit ich konnte. Ich traf keine Entscheidung, das zu tun, ich tat es einfach. Flora verlangsamte ihren Galopp keinen Augenblick lang, sie schoss direkt an mir vorbei, und Laird hopste ständig hoch und schrie: »Machs zu, machs zu«, auch nachdem es dafür zu spät war. Mein Vater und Henry erschienen einen Augenblick zu spät auf der Wiese, um zu sehen, was ich getan hatte. Sie sahen nur Flora in Richtung Stadt davontraben. Sie mussten denken, dass ich nicht rechtzeitig zum Tor gelangt war.

Sie verschwendeten keine Zeit darauf, mir Fragen zu stellen. Sie gingen in die Scheune zurück, holten das Gewehr und die Messer, die sie brauchten, und legten alles in den Lieferwagen; dann stiegen sie ein, wendeten und fuhren rumpelnd über die Wiese auf uns zu. Laird rief: »Lasst mich mit, lasst mich mit!«, und Henry hielt an, und sie holten ihn ins Auto. Als sie fort waren, machte ich das Tor zu.

Ich nahm an, Laird würde mich verraten. Ich fragte mich, was wohl mit mir passieren würde. Ich hatte meinem Vater bisher immer gehorcht, und ich konnte nicht verstehen, warum ich es getan hatte. Flora würde am Ende doch nicht davonkommen. Sie würden sie mit dem Lieferwagen einholen. Oder wenn sie sie nicht an diesem Morgen einfingen, würde jemand sie sehen und uns am Nachmittag oder am nächsten

Tag anrufen. In unserer Gegend gab es kein offenes Land, zu dem sie laufen konnte, nur Farmen. Darüber hinaus hatte mein Vater für sie bezahlt, wir brauchten das Fleisch, um die Füchse zu füttern, und wir brauchten die Füchse für unseren Lebensunterhalt. Ich hatte es nur geschafft, meinem Vater, der bereits hart genug arbeitete, noch mehr Arbeit zu machen. Und wenn mein Vater es herausbekam, würde er mir nicht mehr trauen; er würde wissen, dass ich nicht völlig auf seiner Seite stand. Ich stand auf Floras Seite, und das machte mich für alle nutzlos, sogar für Flora. Trotzdem bedauerte ich es nicht; als sie auf mich zugerannt kam und ich das Tor aufhielt, war es das Einzige, was ich tun konnte.

Ich ging zum Haus zurück, und meine Mutter fragte: »Was ist denn das für ein Tumult?« Ich erzählte ihr, dass Flora den Zaun umgerannt hatte und entkommen war. »Dein armer Vater«, sagte sie, »jetzt muss er überall in der Gegend herumjagen. Hat also keinen Zweck, das Mittagessen vor eins zu planen.« Sie stellte das Bügelbrett auf. Ich wollte ihr alles sagen, überlegte es mir aber anders, ging nach oben und setzte mich auf mein Bett.

In letzter Zeit hatte ich versucht, mir meinen Teil des Zimmers hübsch einzurichten, hatte das Bett mit alten Spitzengardinen zugedeckt und mir eine Frisierkommode hergerichtet mit Kretonneresten als Schürze. Ich plante, eine Art von Barrikade zwischen meinem und Lairds Bett zu errichten, um meine Hälfte von seiner zu trennen. Im Sonnenlicht waren die Spitzengardinen nur staubige Lumpen. Wir sangen abends nicht mehr. Eines Abends, als ich sang, sagte Laird: »Du hörst dich blöd an«, und ich sang weiter, aber am nächsten Abend fing ich nicht wieder an. Es war ohnehin nicht mehr so notwendig, wir hatten keine Angst mehr. Wir wussten, das waren nur alte Möbel da drüben, alter Krempel und Wirrwarr. Wir hielten uns nicht mehr an die Regeln. Ich blieb aber immer noch wach, nachdem Laird eingeschlafen war, und erzählte mir Geschichten, doch sogar in diesen Geschichten geschah etwas anderes, geheimnisvolle Veränderungen fanden statt. Eine Geschichte mochte in der alten Art anfangen, mit einer aufsehenerregenden Gefahr, einem Feuer oder wilden Tieren, und eine Weile lang mochte ich andere retten; dann aber kam alles anders, jemand rettete mich. Es konnte ein Junge aus meiner Schulklasse sein oder sogar Mr. Campbell, unser Lehrer, der Mädchen unter den Armen kitzelte. Und an diesem Punkt beschäftigte sich die Geschichte ausführlich damit, wie ich aussah – wie lang meine Haare waren und was für ein Kleid ich trug; bis ich diese Einzelheiten ausgearbeitet hatte, hatte sich das Erregende der Geschichte verloren.

Es war nach ein Uhr, als der Lieferwagen zurückkam. Die Plane war zugedeckt, was hieß, dass Fleisch darunterlag. Meine Mutter musste das Mittagessen aufwärmen. Henry und mein Vater hatten in der Scheune ihre blutige Arbeitskleidung gegen normale vertauscht, wuschen sich an der Spüle Arme, Hals und Gesicht, spritzten sich Wasser ins Haar und kämmten es. Laird hob den Arm hoch, um Blutspritzer zu zeigen.

»Wir haben die alte Flora erschossen«, sagte er, »und in fünfzig Stücke zerschnitten.«

»Ich will nichts davon hören«, sagte meine Mutter. »Und komm nicht so an meinen Tisch.«

Mein Vater befahl ihm, sich das Blut abzuwaschen.

Wir setzten uns, mein Vater sprach das Tischgebet, und Henry klebte seinen Kaugummi auf das Ende seiner Gabel, wie er es immer tat; wenn er ihn abnahm, zeigte er ihn uns, damit wir das Muster bewunderten. Wir begannen, die Schüsseln mit dampfendem, verkochtem Gemüse herumzureichen. Laird sah mich über den Tisch hinweg an und sagte stolz und deutlich: »Jedenfalls war es ihre Schuld, dass Flora abgehauen ist.«

»Was?«, sagte mein Vater.

»Sie sollte das Tor zumachen, hat sie aber nicht. Sie hats aufgemacht, und Flora ist rausgerannt.«

»Stimmt das?«, fragte mein Vater.

Alle am Tisch sahen mich an. Ich nickte und hatte große Schwierigkeiten, mein Essen hinunterzuschlucken. Zu meiner Schande traten mir Tränen in die Augen.

Mein Vater gab einen kurzen Laut des Abscheus von sich. »Warum hast du das getan?«

Ich antwortete nicht. Mit gesenktem Blick legte ich die Gabel hin und wartete darauf, vom Tisch weggeschickt zu werden.

Aber das geschah nicht. Eine Zeitlang sagte niemand ein Wort, dann stellte Laird lauthals fest: »Sie heult.«

»Lass mal«, sagte mein Vater. Resigniert, sogar gut gelaunt sprach er die Worte aus, die mich erlösten und zugleich endgültig verdammten. »Sie ist bloß ein Mädchen«, sagte er.

Ich protestierte nicht dagegen, nicht mal im Herzen. Vielleicht stimmte es ja.

Nächtliche Fahrt übers Eis – Eine Erinnerung an Kap Breton

Alistair MacLeod

In den Pausen zwischen den Schichten sprachen meine Brüder oft von der Landschaft ihrer Jugend und ersten Mannesjahre. Weit entfernt, am Rand des Kanadischen Schildes, ließen sie aus großem geografischen und geistigen Abstand heraus Bilder von Jahren und Jahreszeiten aufleben. Sie erinnerten sich ganz deutlich an ihre erste Zeit auf der Insel: an die von den Klippen aufstiebenden Möwenschwärme und die Seehundkolonien am nördlichen Zipfel der Insel. Ging man im Sommer schwimmen, erzählten sie, musste man sich vor den männlichen Seehunden, den Bullen, in Acht nehmen; manchmal griffen sie an, in dem Glauben, man dringe in ihr Terrain ein oder bedrohe die Damen ihres Harems, die sich auf den Felsen in der Sommersonne aalten. Besonders oft erwähnten sie die wunderbare Süßwasserquelle, die aus den Felsen am Meeresrand sprudelte.

»Erinnerst du dich noch an den Brunnen, *ille bhig ruaidh?*«, fragten sie.

»Nein«, erwiderte ich, »nur an das, was man mir davon erzählt hat.«

Der Brunnen wurde von einer unterirdischen Quelle gespeist, und sein Wasser war auffällig süß. Mensch und Tier tranken es gleichermaßen, und Besucher vom Festland nahmen es flaschenweise mit zurück, weil sie es für ein Tonikum oder eine besondere Erfrischung hielten. »Opa füllte es immer in Flaschen ab«, erzählten meine Brüder, »er glaubte, es steigere das sexuelle Verlangen und wäre außerdem ein Heilmittel gegen Arthritis.«

Ich entsinne mich, dass er es immer »Arthur-itis« nannte. Bei sturmgepeitschter See, manchmal auch bei Flut, war die Quelle überschwemmt. Unter der donnernden Brandung verschwand sie dann aus dem Blick, und wer mit den Launen des Meeres rechnete, schöpfte schleunigst eimerweise Wasser und »rettete« es in hölzernen Fässern und Bottichen, die sicher auf dem Fels oberhalb der Hochwassermarke standen. Wütete der Sturm in voller Stärke, sah es aus, als existiere die Quelle nicht, und selbst nach dem Rückgang der Wellen war das Wasser salzig und ungenießbar. Doch nach wenigen Stunden hatte es sich »selbst gereinigt«, wie sie sagten. »Wir mussten nur die Tiere beobachten«, erklärten meine Brüder. »Sie standen um die Quelle, und wenn sie anfingen zu trinken, wussten wir, das Wasser war auch für uns wieder in Ordnung.« Lange wurde befürchtet, ein schwerer Sturm könnte sie völlig zerstören oder die Wasserader umleiten, doch das geschah nie. In der Ruhe nach dem Sturm war sie immer da. Selbst wenn es aussah, als sei sie zerstört, war sie noch da.

»Einmal«, sagte mein zweiter Bruder, »kam Opa im März mit einer Ladung Heu übers Eis. Unser Vorrat ging zu Ende, und wir hatten keine Möglichkeit, die Pferde zu beschlagen, damit sie auf dem Eis gehen konnten. Er borgte sich ein Gespann und ließ beim Beschlagen ›Stollen‹ an den Eisen anbringen. Über die Ladung hatte er Seile mit Steinen an jedem Ende gespannt, damit das Heu nicht wegwehte; die braune Hündin begleitete ihn.

Opa hatte sich mit zwei, drei Flaschen Rum versorgt, zum ›Schutz‹ vor der Kälte, wie er sagte. Wir konnten sehen, wie er sich der Insel näherte, die Hündin rannte voraus, dann kam das Pferdegespann mit dem Schlitten. Die Pferde waren braun, mit einem weißen Stern auf der Stirn, eines war die Mutter oder Großmutter von Christy, das zweite eines ihrer Fohlen. Ich weiß noch, wie unser Vater sagte: ›Seht nur, sie bewegen sich im Gleichtakt. Sie heben und senken die Hufe in absoluter Übereinstimmung. Im gleichen Rhythmus. Wenn man ein anderes Pferd kaufen müsste und es mit einem von den beiden paaren würde, könnten sie die Ladung nicht so ziehen, denn sie wären immer leicht aus dem Schritt. Sie sind wie Tänzer oder Sänger aus der gleichen Familie. Laufen immer völlig synchron. Und haben eine ganz eigene Harmonie.‹

Die Pferde kamen gut voran«, fuhr mein Bruder fort, »sie vertrauten den scharfen Stollen an ihren Hufeisen, die sich in das Eis bohrten und ihnen auf der rutschigen Oberfläche halt gaben. Trotz der Kälte brachte sie das Gewicht der Ladung ins Schwitzen, der weiße Schaum unter ihrem Kummet unterstrich das ergraute Weiß ihrer Felle, auf denen der Schweiß gefror. Eisgrau auf eisgrau zogen sie über das schneeweiße Eis.

Als sie näher kamen, hörten wir Opa draußen auf dem Eis gälische Lieder singen. Uns war klar, er hatte einen sitzen, weil er manche Strophen in der falschen Reihenfolge sang und andere, die er gerade beendet hatte, gleich wiederholte. Wir gingen hinunter zum Eis und führten ihn an Land. Nachdem wir das Heu abgeladen, die Pferde in den Stall gebracht und etwas gegessen hatten, legte sich Opa auf ein Nickerchen hin, stand dann aber auf und sagte, er wolle zurück. Er hatte länger geschlafen als geplant, bald würde es dunkel werden. Alle wollten ihn zum Übernachten überreden, aber er sagte, er beabsichtige, später noch Karten mit seinen Freunden zu spielen, außerdem wollten die Pferde unbedingt nach Hause, und ohne die Ladung hinter ihnen würden sie die Überfahrt schnell schaffen. Als er fort war, sagte unser Vater: ›Für einen

Mann ist es schwer, dem eigenen Vater Ratschläge zu erteilen. Selbst, wenn man versucht, ihn als ganz normalen Menschen zu sehen, ist und bleibt er der eigene Vater und man bleibt sein Sohn, egal, wie alt man inzwischen ist.‹«

Auf der Rückfahrt schlief Opa offenbar ein, in der wohligen Wärme seiner Winterdecken und des Rums sowie im Vertrauen auf Pferde und Hund. Als der Schlitten irgendwann stehen blieb, nahm er an, er sei im Hof des Pferdebesitzers und stieg aus, um die Pferde abzuschirren. In diesem Augenblick bemerkte er das dunkle, schwappende Wasser vor sich. Das Eis hatte sich »geöffnet«, der Hund war stehen geblieben und dann auch die Pferde. Die Dunkelheit war hereingebrochen, und seine Finger waren zu taub, um die Pferde wieder anzuschirren, zudem war ihm klar, dass er sie wohl kaum dazu bewegen könnte, zur Insel umzukehren. Darum nahm er ihnen den Rest des Geschirrs ab und ließ sie laufen.

Er selbst machte kehrt und lief auf die Markierungsfeuer der Insel zu in der Hoffnung, das offene Wasser möge nun hinter statt vor ihm liegen. Später erklomm er im Dunkeln die Felsen am Ufer der Insel, offenbar noch immer im Besitz einer seiner Rumflaschen. Da er keine Lampe im Schlitten mitgenommen hatte, ahnte niemand auf der Insel oder auf dem Festland, was passiert war. An Ohren und Wangen nebst Fingern und Zehen hatte er schlimme Erfrierungen, und später hörten wir, wie er unserem Vater auf Gälisch anvertraute: »Ich glaube, mein Schwanz ist auch erfroren, aber kein Wort davon vor deiner Frau und den kleinen Kindern.«

Opas Extremitäten wurden – mit einer Ausnahme – erst in Schnee gebadet und dann in mit lauwarmem Wasser durchtränkte Tücher gewickelt. Meinem zweitem Bruder zufolge konnte man sehen, wie die glitzernden Eiskristalle in seinen erfrorenen Ohren langsam auftauten.

Danach saß er da, die Füße in einer Spülschüssel mit warmem Wasser und die Hände in feuchte, warme Handtücher gewickelt.

Spätabends, erzählte mein Bruder, kamen der Hund und die Pferde zu Hause auf dem Festland an. Sie hatten das Eis überquert und schmale Kanäle, die sich vor ihnen auftaten, vermutlich übersprungen oder durchschwommen. Die Leute im Haus spielten Karten, als der Hund bellend an dem erleuchteten Fenster hochsprang und sie das Knirschen der Pferdehufe auf dem Schnee hörten, ehe sie die großen braunen Pferdeköpfe an den reifüberzogenen Fensterscheiben sahen. Bei extrem kaltem Wetter ließen sich Pferde, die sich im Freien aufhielten, von dem orangefarbenen Lichtschimmer hinter den Fenstern anlocken. Für sie schien das Licht ein Bild von Wärme und hoffnungsfroher Rettung zu symbolisieren, wie vielleicht auch der Anblick des Leuchtturms auf der Insel. Wenn nicht jemand hinauseilte und ihrer stummen Bitte nachkam, bestand die Gefahr, dass der Druck ihrer Köpfe gegen die Scheiben das Glas zerbrach und die Wärme, die sie angezogen hatte, in die eiskalte Luft entwich.

Anfangs befürchteten die Leute, es sei ein schrecklicher Unfall passiert, aber als sie die abgeschirrten Pferde sahen, folgerten sie, dass sie von der Insel »ausgerissen« waren, weil sie in ihrem eigenen Stall stehen wollten. Da es auf der Insel kein Telefon gab und man keinen Kontakt aufnehmen konnte, brachten die Leute die Pferde in den Stall und warteten den nächsten Tag ab.

Am nächsten Morgen konnte man den Schlitten draußen auf dem Eis erkennen, dort, wo Opa ihn verlassen hatte. Sowohl vom Festland wie von der Insel aus sahen ihn die Leute deutlich durch ihre Feldstecher. Er stand jetzt nicht mehr vor offenem Wasser, denn das Eis war offenbar über Nacht »geheilt« und die offene Wunde nicht mehr sichtbar. Als später am Nachmittag die Sonne schien, überquerte unser Vater von der Insel aus das Eis und wurde von den Männern vom Festland empfangen. Sie benutzten den Schlitten als Treffpunkt, alle trugen Pickel und Stangen und testeten das Eis vor sich. Mein Vater erzählte den Männern vom Festland, was passiert war, und versicherte ihnen, dass mit Opa alles in Ordnung sei. Wasser und Schneematsch waren an den Kufen festgefroren, der Schlitten war fest eingeschlossen. Die Männer testeten das Eis ringsum und beschlossen, die Kufen freizupickeln. Später führten sie die nervösen Pferde von der dem kürzlich noch offenen Kanal gegenüberliegenden Seite an den Schlitten heran, wohl wissend, dass etwas, das einen Mann trägt, nicht unbedingt einem Pferd standhält. Doch das Eis »hielt«, und es gelang ihnen, den Schlitten sicher an Land zu schaffen. Immerhin war es bereits März, und keiner wollte das Leben der Pferde noch einmal aufs Spiel setzen: Opa konnte wegen seiner erfrorenen Füße eine Zeitlang nicht gut laufen und blieb mehrere Wochen auf der Insel. Seine erfrorenen Ohren färbten sich erst schwarz, dann nahmen sie eine violette Tönung an, die einem gesunden Rosa wich, als der Blutkreislauf wieder normal funktionierte.

Ein paar Tage nach dem Unfall ging Großvater mit zwei seiner jüngeren Verwandten zur Insel hinüber. Sie trugen alle »Spikes«, die in etwa den »Stollen« auf der Unterseite der Hufeisen entsprachen. Man setzte sie ähnlich wie bei den Pferdehufen am Schuhwerk an, und sie boten sicheren Halt auf dem alten Eis. Opa bewahrte sie immer an einem Nagel auf seiner Veranda auf. Die Männer trugen Eisstaken, Seilrollen und eine Lampe, obwohl die Sonne schien. »Auf dem Eis kann man nie vorsichtig genug sein«, sagte Großvater. Sie nahmen auch ein paar Kleidungsstücke für Opa mit sowie eine Flasche Whisky und eine Nachricht von Oma. »Gottes Segen sei mit ihm«, sagte sie zu den dreien, bevor sie aufbrachen.

Nach ihrer Ankunft auf der Insel bat Opa Großvater, mit

ihm nach oben in eines der Schlafzimmer zu gehen. Sie waren beide etwa gleich alt, kannten sich seit Langem und teilten eine gewisse Vertrautheit. Der unterschiedliche Tonfall ihrer Stimmen schwebte die Treppe herab, während sie vom Gälischen ins Englische wechselten und wieder zurück.

»Den Schwanz erfroren?«, fragte Großvater gereizt. »Mir scheint eher, dein Verstand ist erfroren. Was bist du bloß für ein Esel. Allein aufs Eis zu gehen, dazu noch betrunken und in der Dunkelheit ohne Lampe. Du hättest leicht ertrinken können. Man muss sich vorher überlegen, was man tut.«

Nachdem Opa eingeschlafen war, eingelullt von der Wärme des Whiskys, wandte sich Großvater an die restliche Familie in der Küche. »Bevor ich herüberkam, habe ich mit Oma gesprochen«, sagte er. »Er fehlt ihr sehr. Ihr solltet wissen, dass er zwei Tage damit zubrachte, den Schlitten zu borgen, die Pferde beschlagen zu lassen, das Heu zu kaufen und aufzuladen. Er hat das Heu aus seiner eigenen Tasche bezahlt. Er wusste von euren Schwierigkeiten hier draußen mit dem Vieh und dass es verhungern könnte, wenn nicht jemand herüberfährt. Er war in Sachen Rettung unterwegs.« Großvater machte eine Pause. »Er geht vielleicht anders an sein Leben heran als ich«, fuhr er fort, »aber wie Oma ganz richtig sagt: ›Sein Herz ist groß wie das Meer.‹ Davon bin ich überzeugt, und keiner von euch sollte das je vergessen.«

Das Eis brach in diesem Frühjahr ziemlich schnell, und man konnte ein Boot zu Wasser lassen und Opa sicher nach Hause bringen. Seine Hände und Füße waren verheilt, das peinliche Schwarz und Violett seiner Ohren war verschwunden. Bevor er ging, erkundigte sich unser Vater diskret nach der »anderen Sache«.

»Ach, das wird schon wieder«, sagte Opa lächelnd. »Daheim hab ich ein warmes Plätzchen, wo er gut aufgehoben ist.« Oma war überglücklich, als sie ihn wiedersah. Sie hatte ihm eine große Flasche Rum gekauft, eine Schleife darum gebunden und auf den Küchentisch gestellt. Als sie sich umarmten, schimmerten Tränen in Opas Augen. »Gottes Segen sei mit dir«, sagte Oma. »Es ist so schön, dich wiederzuhaben.«

In der Zeit nach Opas »Beinaheunfall« wurde die Geschichte nur selten erwähnt, vielleicht weil sie allen zu peinlich erschien und man sie hätte vermeiden können. Aber einmal, als Opa zu viel getrunken hatte, hörte jemand, wie er fröhlich zu Großvater sagte: »Weißt du noch, wie er ausgesehen hat?«

»Nein«, erwiderte Großvater grantig, »keine Ahnung. Lass uns das Thema wechseln.«

»Schon gut«, sagte Opa einvernehmlich, »aber Menschenskind, eins will ich dir sagen, in der Nacht draußen auf dem Eis war er auf eine Art hart, wie man es sich wirklich nicht wünscht.«

»An das alles kannst du dich nicht erinnern, *ille bhig ruaidh*«, sagte mein ältester Bruder. »Du und deine Schwester, ihr wart damals noch klein und habt in Körben neben dem Herd geschlafen.«

»Du hast recht«, antwortete ich. »Das liegt noch vor unserer Erinnerung.«

»Schon komisch, was einem im Gedächtnis bleibt«, überlegte mein zweiter Bruder. »Im Nachhinein denke ich oft daran, was unser Vater sagte, als Opa an dem Abend mit den Pferden das Eis überqueren wollte, nämlich dass es schwierig ist, dem eigenen Vater Ratschläge zu erteilen, weil man unabhängig vom Alter irgendwie immer sein Kind bleibt. Zu der Zeit«, fuhr er fort, »stellten wir ab und zu die Entscheidungen unserer Eltern infrage und hätten gut und gerne auf all ihre Ratschläge verzichtet, und dann hatten wir eines Tages plötzlich mehr Freiheit, als jedem von uns lieb war. Es gab keinen mehr, der uns sagte, wir sollen uns das Gesicht waschen oder die Unterwäsche und Socken wechseln; keiner schrieb uns vor, wann wir aufstehen oder ins Bett gehen oder ob und wann wir zur Schule gehen sollen. Ich musste oft an die Bemerkung denken, die unsere Mutter am letzten Tag über meine Ohren gemacht hat, und wie pikiert ich war, dass sie saubere Ohren von mir erwartete, während ich einfach nur frei sein wollte.«

»Ein paar Jahre lang haben wir in dem alten Haus fast nur das getan, was wir wollten, abgesehen von den Dingen, die zum Überleben notwendig sind«, sagte mein dritter Bruder. »Manchmal besuchten uns Mädchen, die meinten: ›Es muss herrlich sein, in einem Haus zu leben, wo keine Eltern herumschnüffeln.‹ Aber nach einer Weile fingen sie doch an, auf die Uhr zu sehen und Fristen und Grenzen zu erwähnen, die sie, aber nicht uns betrafen.«

»Schon seltsam«, sagte mein zweiter Bruder, »dass Opa im März auf dem Eis gerettet wurde und dennoch als leichtsinnig galt, während unsere Eltern, die immer alles richtig machen wollten, ohne Rettung untergingen. Opa hätte ebenso gut verunglücken können, dann wäre einiges anders gekommen – vor allem für dich, *ille bhig ruaidh*. Hast du darüber schon mal nachgedacht?«

»Ja«, erwiderte ich. »Ziemlich oft.«

»Nach dem Verlust von Colin und unseren Eltern hat er nie wieder erwähnt, dass er selbst nur knapp davongekommen war. Wahrscheinlich fand er sein Malheur vergleichsweise trivial«, sagte Calum.

Während dieser Unterhaltung saßen wir auf einer der Bänke vor unserer Baracke. Es war Spätnachmittag, und die Sonne ging langsam unter. Plötzlich spazierte Fern Picard vorbei, und wir bildeten uns ein zu hören, wie er »Dreckspack« sagte, waren uns aber nicht sicher. Wir gingen nach drinnen und bereiteten uns auf die Nachtschicht vor.

Zuckerahorn

Madeleine Ferron

Sie hatten die Ahornbäume angezapft, obwohl ihnen der Vater geraten hatte, noch damit zu warten. Er hatte nämlich aus Erfahrung gelernt, was es bedeutete, wenn der Frühling sich verzögerte, und daher wollte er noch eine Woche mit dem Anzapfen der Bäume warten. Die Jungen waren neunzehn und zwanzig Jahre alt. Ungeduld und Unbesorgtheit in diesem Alter erscheinen oft wie Kühnheit; die Alten sind manchmal davon beeindruckt, geben nach und lernen etwas von den Jungen.

»Es ist zu früh«, brummte der Vater, um ein reines Gewissen zu haben. »Ihr werdet noch einmal bohren müssen.«

Die Jungen lachten ihn aus. Einer bohrte, der andere hämmerte die Rinnen in die Stämme.

»Sollen wir die kleinen Ahornbäumchen auch anbohren?«, riefen sie. »Es wird ihnen guttun, wenn sie ein bisschen hergeben müssen.«

»Vielleicht«, antwortete der Vater, »aber von den großen dort auf dem Berg nehmt mir ja nicht mehr als zwei Eimer von jedem Baum!«

»Ach was, die geben mindestens vier!«

Der Vater protestierte heftig. Vor Jahren war er auch einmal ungeduldig gewesen. Da stand gerade oben auf dem Berg ein riesiger einzelner Ahornbaum, ein Musterexemplar. Zehn

Eimer hatte er hergegeben. »Zehn, habt ihr gehört?« Die Seele war ihm ausgeblutet. Im Sommer darauf vertrocknete er.

In der folgenden Nacht kam ein unerwarteter Frost und trieb den Saft. Am nächsten Tag schien die Sonne sehr heiß, und der Saft fing an zu tropfen. Als der Vater und seine beiden Söhne nach dem Mittagessen in den Ahornwald zurückkamen, waren die Eimer halb voll, und darin spiegelten sich grelle Sonnenstrahlen. Die Luft war still und weich wie Samt. Auf den Anhöhen war der Schnee an der Oberfläche geschmolzen und wieder gefroren. Es glitzerte; man musste die Augen zukneifen, wenn man hinsah. In der Ferne krächzten die Raben, und bald hörte man das Rufen der Jungen, die den Saft einbrachten. Das Pferd reagierte gleichgültig auf ihre Befehle, zog geduldig den Schlitten, denn es war ihm schon alles zur Gewohnheit geworden. Als sie die Runde gemacht hatten, kehrten sie zum Schuppen zurück; sie standen ganz hinten auf der Tonne; die Schneeschuhe trugen sie auf dem Rücken, das Haar war ihnen an der Stirn festgeklebt. Auf ihren Gesichtern stand der Schweiß, der auch ihre Hemden durchnässte, sodass sie nach jungem Wild rochen.

»Mach Feuer, die Tonne ist voll«, riefen sie.

Der Vater stand an der Tür und schüttelte den Kopf; er war stolz und freute sich, dass die Kinder recht gehabt hatten. Und dann zündete er glücklich, wie jedes Jahr, die Flamme an. Das erste Umrühren des Saftes war für ihn, wie der erste geschnittene Weizen, ein fast sinnliches Erlebnis.

Und der weißliche weiche Rauch stieg aus dem Schornstein – leicht wie Seide – zeitweise so durchsichtig, dass man ihn nur sehen konnte, wenn er sich gegen den blauen Himmel aufwärtskräuselte. Die Jungen kamen aus dem Schuppen und horchten. Von fern hörten sie Rufe, vereinzelt zunächst, aus der Richtung des Weges, der durch den Wald heraufführte; allmählich wurden sie deutlicher und zahlreicher. Als sie näher kamen, ließen sich einzelne Stimmen voneinander unterscheiden; einige erkannte man sogar. Noch ehe die Gruppe zu sehen war, hatte der Älteste, der Zwanzigjährige, Alice' Stimme erkannt, eine tiefe Stimme, die ihn bezauberte.

Etwa ein Dutzend junger Leute kam aus dem Wald heraus. Die Mädchen begannen plötzlich, anscheinend ganz ohne Grund, laut zu lachen, und die Jungen warfen einander in den Schnee. Als sie am Schuppen ankamen, hatten sie sich alle eingehakt. »Siehst du, wie nett wir sind! Wir sind heraufgekommen, um dich zu besuchen«, sagte Alice und wiegte sich in den Hüften. Der Zwanzigjährige war etwas verlegen, warf das Haar aus der Stirn und lud die jungen Leute in den Schuppen ein. Aber sie wollten lieber draußen bleiben und hockten sich auf den Holzhaufen, der aus verschieden langen Holzscheiten bestand – niedrig in der Mitte und hoch an den Seiten; die Gesichter hatten sie zur Sonne gewandt. Unter dem Überhang des Daches sahen sie aus, als säßen sie in einer Nische.

Der Vater war allein im Schuppen und dachte über das Leben nach. Es erwachten Erinnerungen in ihm, zahlreiche Erinnerungen, so deutlich, es schien ihm einen Augenblick lang, als ob sie ganz klar, fast greifbar nahe wären. Er machte die Augen zu … aber sein Gedächtnis gönnte ihm das Vergnügen nicht, und die Bilder, die er heraufzubeschwören versuchte, schwanden; wie immer blieben zwei oder drei Eindrücke zurück, ganz klar und deutlich, aber er konnte sie mit keinem Ereignis in Verbindung bringen. Er trat aus dem Schuppen heraus und sagte den Jungen, sie sollten auf das Feuer aufpassen, denn er wollte nach Haus. Sie antworteten gleichzeitig mit übertriebenem Eifer. Ohne noch ein weiteres Wort zu sagen, sahen sie dem Vater nach, als er fortging. Währenddessen hörte man, wie der Saft in die leeren Eimer tropfte und wie der Schnee mit gedämpftem Geräusch herabfiel; und dann das allmählich schwindende Knirschen der Pferdehufe und das helle Klingeln des Metalls am Pferdegeschirr, das zu vernehmen ist, wenn ein Pferd den Schlitten hemmen muss, anstatt ihn zu ziehen. Jemand flüsterte: »Horcht einmal!« Sie hörten das Murmeln eines Baches; es klang schön und heiter, wie wenn der Wald im Frühling erwacht und das Leben sich von den Fesseln des Winters befreit. »Das macht mich durstig«, sagte einer der Jungen und schwenkte eine Whiskyflasche. »Kommt euch was holen.«

Nach der zweiten Runde warfen sie ihre Mützen in die Luft; ihre Windjacken, ihre Pullover hatten sie ausgezogen, auf die Holzscheite gelegt und sich daraufgesetzt. Vor dem Schuppen, ein paar Schritte von ihnen entfernt, ragte ein großer, flacher Stein aus dem Schnee; er dampfte an den Rändern. Einer der Jungen wischte seine Mundharmonika am Hemdsärmel ab und begann zu spielen. Er lehnte mit dem Kopf gegen ein Holzscheit; die Augen hatte er halb geschlossen. Ein anderer sprang vom Holzhaufen herunter, landete mit gebeugten Knien, die Arme überkreuzt wie beim Kosakentanz, hüpfte von einem Bein aufs andere zu dem flachen Stein hinüber und begann zu tanzen. Die Welt schrumpfte zusammen; sie wurde ganz klein und warm; sie ging kaum über den Kreis der wandernden Whiskyflasche hinaus. Einer nach dem anderen tanzten sie auf dem flachen Stein; die Mundharmonika ging von Mund zu Mund, und es wurde im Takt geklatscht. Der Rhythmus der Musik wurde immer schneller. Der Tänzer und der Mundharmonikaspieler schienen im Wettstreit zu sein: Sie forderten einander heraus, reizten und erregten sich gegenseitig bis zu dem Punkt, wo sich verhaltene Kräfte entfesseln und wieder in einem geheimnisvollen Zauber verbinden.

Gerade da erhob sich Alice. Während sie zum Stein hinüberging, löste sie ihr Haar, das im Lichte sanft über den Rücken des Mädchens fiel. »Gib mir die Mundharmonika«, sagte der Junge des Hauses, der Zwanzigjährige, »ich werde sie tanzen lassen.« Und obwohl die Töne zuerst etwas zaghaft und abgehackt klangen, dauerte es nicht lange, und er herrschte über Rhythmus und Melodie. Die einzelnen Töne fügten sich zu einer Melodie zusammen, die immer wiederkehrte, tief und ergreifend, wie eine Botschaft, die im Wald unaufhörlich getrommelt, wird. Geheimnisvoll, wie eine Katze, erwachte Alice zum Leben, ihr ganzer Körper bewegte sich in ruckartigen, wilden Gesten. Dann aber wurde ihr Körper ruhiger, beherrschter und bewegte sich im Takt der Musik, nahm wieder den Rhythmus auf, fand sich im Einklang mit dem Spieler und ergab sich ihm gefügig. Sie drehte sich, tanzte mit ausgebreiteten Armen, warf ihren Pullover von sich, der formlos und schlaff in den Schnee fiel. Sie löste den Haken ihrer langen, weiten Hose, die langsam an ihren Hüften hinunterglitt. Die Haut ihrer Schultern, ihres Leibes und ihrer Brust wurde rosa von der Kälte und golden von der Sonne; der Spieler errötete.

Die Sonne versank plötzlich hinter dem Wald, und es war, als ob sie einen Vorhang zuzöge. Die jungen Leute kamen zu sich, sahen einander verwundert an; sie wurden wieder nüchtern; vor Kälte klapperten sie mit den Zähnen. »Brr!«, sagte Alice, und streifte ihren Pullover über. Sie sputeten sich, suchten ihre Mützen zusammen, zogen ihre Sachen wieder an und eilten auseinander wie Sperlinge, die der Wind aufgeschreckt hat.

Der Terrorist

Yves Thériault

Hotels oder Motels kamen nicht infrage. Auch wenn Daniel keinen Fluchtweg entworfen hatte und sicher sein konnte, dass man ihm nicht so bald auf den Fersen sein würde – das riskierte er nicht. Natürlich würde man die Leute befragen. Ohne festen Plan hatte er die Hauptverkehrsstraßen genommen. Die anderen kannte er kaum. Das wäre zu einfach gewesen: hier ein Mann, der sich erinnerte, dort ein Mädchen mit aufmerksamem Blick, der Fluchtweg hätte sich wie eine Ölspur auf der Straße verfolgen lassen. Er hatte es vorgezogen, im VW zu schlafen, auch im gelb gewordenen Gras, und er war vor allem tagsüber gefahren. Verrückt, dass einem am Tage viel weniger auffällt. Nachts wäre es hundertmal leichter gewesen, ihn zu entdecken. Am Tage also, wie ein Tourist in kleinen Etappen, einmal hatte er sogar hundert Schritt von einem Wagen der Distriktpolizei entfernt am Randstreifen angehalten; aus Übermut hatte er ein Foto geschossen.

In der Gegend von Cap Chat, kurz vor Mont-Louis, hatte er gemerkt, dass es heiß wurde. Nichts, fast nichts. Er hatte den VW hinter einen Hügel gefahren und dort geschlafen. Am Morgen verließ er zu Fuß sein Versteck, ging zum Flussufer, als ob er sich waschen wollte. Auf dem Wege dahin traf er zwei Wagen der Distriktpolizei, die in hoher Geschwindigkeit an ihm vorbeifuhren, und kurz darauf ein weiteres Fahrzeug mit fünf stämmigen Bulldoggentypen. Das roch nach Suche. Später kaufte er in Mont-Louis an einem Imbissstand eine Zeitung. Und da war es, er machte Schlagzeilen. Die ganze Geschichte detailliert wiedergegeben; sogar sein Name stand da und dass er sich in Richtung Gaspé abgesetzt habe; dass er vielleicht schon dort sei; dass man diese Spur verfolge. Als Daniel die Zeitung zusammenfaltete, hatte er nur noch einen Gedanken: Sie suchen einen grauen VW mit ihm darin. Fünf Minuten hinter Mont-Louis entdeckte er eine unglaublich schroffe, tief eingeschnittene und dicht mit Bäumen bestandene Schlucht. Der VW arbeitete sich recht und schlecht in den Wald, folgte einer schmalen Spur und drang dann direkt ins Gehölz ein. Ein leichtes Ende, das Daniel nicht vorausgesehen hatte: Er schob das Auto in einen Abgrund gegenüber einem Wasserfall. Dann setzte er sich auf einen Stein und atmete tief durch, bevor er weiter in den Wald hineinging.

Das Haus stand auf einem kahlen Hügel. Im Dorf nannte man es »Das Haus an der Küste«. Oder auch »Vandrys Haus«. Und wenn man von Hélène sprach, dann sagte man »Vandrys Tochter«. Vor dem Haus das Meer, eigentlich der Fluss – aber dort sagte man das Meer –, eine lange, breite und bei Flut überschwemmte sandige Küste, dann ein Stück Grassteppe, die Straße, die Überlandstraße, und ein Weg, der in eine andere Richtung führte. Diesseits des Weges der Hügel und mitten darauf das Haus, ohne einen Baum, dem Wind preisgegeben, aber auf starkem Fundament. Dahinter Vandrys Farm, die er nicht mehr bewirtschaftete und zur Hälfte an den Nachbarn weiter oben gegeben hatte, der von der Rivière-au-Renard-Küste gekommen war, um es mal mit dem Acker zu versuchen, nachdem er zu viele Jahre mit unergiebiger Fischerei zugebracht hatte. So war es übrigens auch Vandry ergangen, aber er arbeitete jetzt Schicht in der Fischfabrik im Dorf. Davon konnte man leben, von einem Monat zum anderen.

Hélène Vandry war Tag für Tag allein im Haus. Allein in der Küche an diesem Tag. Wartete.

Daniel trat durch die Hintertür ein. Hélène war überrascht, aber mehr nicht. Am helllichten Tag muss man sich nicht unbedingt wundern, wenn einer kommt. Und schließlich war das ein junger Typ, langer Bart, schmal und schlank, gewandt, das merkte man sofort, mit geschmeidigen Muskeln. Sie hatte viel gesehen auf den ersten Blick: Er war abgerissen wie ein Vagabund, ein Tramp.

»Was soll das?«, fragte sie.

Er war gerannt, gelaufen, dann wieder gerannt, gekrochen. Er war sich nicht sicher, ob nicht doch jemand beobachtet hatte, wie er hier hereingegangen war. Eine Meile weiter oben, auf der Überlandstraße, und eine Meile weiter unten und dahinter sicherlich auch, auf den Nebenstraßen, warteten die Polizeiwagen; reglos, geduldig, mit nur einem oder zwei Mann besetzt. Vermutlich hatten sich die anderen das Gehölz vorgenommen. Ein Kreis, ein Netz, eine Zange; Kiefer, die sich um ihn schlossen …

»Hätten Sie etwas Wasser?«

Er hatte einen Stuhl neben einer vergitterten Tür bemerkt. Von dort hatte er einen Ausblick nach hinten hinaus. Durch das vordere Fenster sah er das Meer, den Hügel, die gepflasterte Straße. Was rechts und links vom Haus geschah, konnte er nicht beobachten, aber im Moment schien es ruhig zu sein.

Hélène goss Wasser in eine Tasse, frisches, angenehm schmeckendes Wasser.

»Trink langsam«, sagte sie. »Du bist gerannt?«

»Ja.«

Er schaute wachsam nach vorn hinaus, nach hinten. »Bist du der, den die Polizei sucht?«

Warum leugnen? Durch die Radiomeldungen und die vielen in der Gegend herumfahrenden vollbesetzten Polizeiautos wusste das Mädchen zweifellos Bescheid.

»Ja, bin ich.«

Sie betrachtete ihn neugierig und schätzte ihn schweigend ab. Keine Feindseligkeit bei ihr, keine Angst, keine spürbare Furcht; obwohl die Sonne noch schien, war er ein abendlicher Besucher, nicht bedrohlich.

»Es wird damit enden, dass sie dich finden …«, sagte sie; und sie fügte hinzu, mit einer entsprechenden Handbewegung: »… hier.«

Er zuckte die Schultern, seufzte.

»Ich hoffe nicht«, murmelte er, »aber ich kann es auch nicht ausschließen. Sie sind da hinten, oberhalb der Straße, unterhalb auch, und vorn ist der Fluss.«

»Nachts«, erwiderte das Mädchen, »kann man auf dem Meer besser verschwinden, als ihr denkt.«

»Die Nacht«, sagte Daniel, »ist noch weit.«

Das Mädchen lief rasch zum Radio, das auf einer Anrichte vor sich hin dudelte, und stellte es lauter. Es gab Nachrichten; sie brachten Einzelheiten über das Bombenattentat, das man Terroristen zuschrieb.

In Montréal war ein Sprengkörper detoniert, ein Mann war getötet worden, zwei andere waren schwer verletzt. Die Polizei hatte zwei der Bombenleger festgenommen. Der dritte, der Anführer, berichteten sie, war geflohen. Man war ihm auf der Spur, auf der Halbinsel Gaspé, die Festnahme stand unmittelbar bevor. Unausweichlich.

Daniel rührte sich nicht. Den Körper ein wenig vorgebeugt, saß er da, rauchte ohne Hast eine Zigarette, seine Hände waren ruhig, er blickte eher versonnen als besorgt.

Hélène war zum Fenster zurückgegangen und sah auf die Straße hinaus.

»Da oben bewegt sich was«, sagte sie. »Ich kann es nicht deutlich ausmachen, die Bäume versperren die Sicht ... Gruppen von Männern. Sie reden.«

Daniel erhob sich abrupt, schaute nach hinten hinaus, auf die Hügelkuppe.

»Sind sie nicht vielleicht eher hinten?«, fragte er.

Er warf seine Zigarette hinaus und stellte sich in die Türöffnung.

Dort oben befand sich in einiger Entfernung vom Haus ein Dornengestrüpp. Mitten in der Hecke bewegte sich ein Strauch in der dem Wind entgegengesetzten Richtung.

»Na bitte«, sagte Daniel, »sie sind da.«

Er drehte sich zu dem Mädchen um. »Ist dort oben eine Weide, Kühe ... oder andere Tiere?«

»Nein, nur Brachland.«

»Schien mir auch so«, sagte Daniel.

Er ließ sich auf seinen Stuhl fallen. »Sie wissen, dass ich hier bin.«

Eine Weile war es still, nachdem Hélène, überdrüssig, dem Radio zuzuhören, es ausgeschaltet hatte.

»Kennst du den Mann, der umgekommen ist?«, fragte sie.

»Nein.«

»Warum habt ihr ihn getötet?«

»Er war da.«

»Das ist alles?«

»In so einem Fall genügt das. Sie sind zusammen gekommen. Die Bombe war doch nicht für sie, sie war für das Gebäude. Sie sind zufällig vorbeigekommen. Wir konnten da nichts mehr machen: Sie war eingestellt, sie musste explodieren.«

»Warum?«

»Ein Symbol. Ein Akt der Bestätigung, ein Schritt nach vorn.«

Hélène biss sich auf die Unterlippe. »Québec befreien«, sagte sie. »Wir hier sind weitab vom Schuss, aber …«

»Du hast den Tonfall von der Gegend hier«, stellte Daniel fest, »aber du drückst dich gut aus.«

»Nicht so gut wie du«, gab Hélène zurück.

Sie hatten sich von den ersten Worten an geduzt, hatten sich sofort miteinander solidarisch gefühlt; und voneinander abhängig.

»Ich habe elf Klassen gemacht«, sagte Helene.

»Du machst nicht weiter?«

Sie zuckte die Schultern, wandte den Blick ab, schüttelte den Kopf, erklärte dann: »Meine Mutter ist tot, meine Brüder und Schwestern verheiratet und in alle Winde verstreut. Ich führe meinem Vater die Wirtschaft. Und warte.«

»Worauf?«

»Auf morgen, vermute ich, auf die Zukunft.«

Und wieder Schweigen. Aber zwanglos, ein eher leichtes als lastendes Schweigen, dank dem sie einander verstanden. Später würden Worte folgen, um diese Tat, die Hélène zweifellos ablehnte, zu erklären.

Daniel erhob sich und umfasste ihre Schultern: »Schade«, sagte er. »Alles geschieht zu spät. Morgen, das gibt es für dich.«

Jetzt zitterte sie, er nahm seinen Arm weg, und da ging sie zum Fenster.

»Wir zwei«, sagte sie.

Und bevor Daniel etwas erwidern konnte, wandte sie ihm das Gesicht zu und sagte bitter: »Weißt du, ich lass immer die Tür offen. Ich habe alle Götter angefleht, dass eines Tages einer wie du in dieses Haus kommen möge.«

»Wie alt bist du?«

»Neunzehn. Und du?«

»Einundzwanzig.«

»Du hast studiert?« Sie sprach, unbewusst, schon in der Vergangenheit.

Er senkte den Kopf. »Mehr oder weniger. Sagen wir, mehr oder weniger gut. Meine Freunde und ich, wir haben uns hauptsächlich mit dem Separatismus beschäftigt, unsere Ideen …«

»In der Klosterschule haben wir darüber gesprochen. Ein Mädchen brachte heimlich *Parti-Pris* mit.«

»Hat dir das gefallen?«

»Am Anfang habe ich nicht alles verstanden. Später war es leichter. Ja, das hat mir gefallen.«

»Wie denkst du darüber, über ein freies Québec?« Sie antwortete nicht und setzte sich an den Tisch. »Willst du einen Kaffee?«, fragte sie. »Ich kann dir schnell einen machen.«

Sein Blick hatte sich zum Fenster gewandt. Weshalb wurde sie rot?

»Nein, danke«, erwiderte Daniel. »Ich werde kaum die Zeit haben, ihn auszutrinken.«

Von draußen drangen entfernte Stimmen zu ihnen. Ein Mann rief einem anderen etwas zu.

»Du hast vorhin nicht geantwortet«, sagte Daniel. Hélène faltete die Hände, dabei presste sie die Finger so fest aneinander, dass die Gelenke knackten.

»Einen Menschen töten …«, murmelte sie. »Verstehst du?«

»Möglicherweise mehr als einen.« Daniel sprach ganz ruhig. »Die anderen sind schwer verletzt worden. Sie sind vielleicht schon tot.«

Ein Schauer durchrieselte Hélène. »Sei still, sag das nicht.«

»Zwei, drei Tote, sogar vier«, fuhr Daniel fort. »Die Freiheit eines Volkes ist das mindestens wert. Wenn andere sterben müssen, das ist schlimm. Die Geschichte ist von Menschen gemacht worden, die gestorben sind, damit andere freier, besser, sinnvoller leben können.«

»Eine Bombe«, verfolgte Hélène ihren Gedanken halblaut weiter, »eine Explosion. Waren sie verstümmelt?«

»Sei still.« Daniel hatte die Hände zu Fäusten geballt.

Dann schwiegen sie eine Weile. Auch draußen war es wieder ruhig geworden. Nicht einmal ein Auto kam mehr auf der Straße vorbei.

Hélène bemerkte es zuerst. »Ich glaube, sie haben die Straße gesperrt.«

Das war nur folgerichtig. Man rechnete mit dem Schlimmsten.

Daniel grinste. »Ich bin nicht mal bewaffnet.«

»Warum bist du hierher gekommen?«

»Zu dir?«

»Nein, nach Gaspé.«

»Ich weiß nicht. Mir schien, wenn ich nach Ontario oder den Staaten fliehen würde, wäre das wie Verrat; das ist mein Bekenntnis. So wie ich es verstehe. Ich habe in Québec bleiben wollen, und deshalb bin ich nach Gaspé geflohen, ohne stichhaltigen Grund. Ich bin oft da gewesen, die Gegend gefällt mir. Erinnerung an eine unbeschwerte Kindheit.« Und mit tonloser, aber immer noch ruhiger Stimme fügte er hinzu: »Ich vermute, dass ich hier sterben wollte; hier, wo es so schön ist.«

»Wusstest du denn, dass du sterben würdest?«

»Vielleicht.«

»Du glaubst, sie wollen dich töten?«

»Ich weiß nicht.«

»Sie werden hier reinkommen, dich festnehmen, das ist alles. Wenn du keinen Widerstand leistest … Hast du eine Waffe?«

»Ich hatte eine, im VW. Eine Pistole.«

»Wo ist der Wagen?«

»In einer Schlucht. Mit der Pistole.«

Er gähnte, wobei ihm plötzlich bewusst wurde, dass er nur wenig und schlecht geschlafen hatte.

»Du bist müde«, sagte Hélène. »Willst du dich nicht hinlegen, bis sie kommen?«

Daniel schüttelte den Kopf. »Ich muss mit dir reden.« Hélène legte den Kopf in beide Hände. Sie weinte lautlos wie ein Kind, das geheimen Kummer hat.

»Ist es so, dass du mir misstraust, weil ich einen Menschen getötet habe?«, fragte Daniel.

Sie deutete ein Schulterzucken an, nahm die Hände vom Gesicht. Mit hängenden Armen und tränenverschmierten Wangen saß sie Daniel gegenüber und blickte ihn an.

»Es ist kein Misstrauen. Vielleicht ist es Angst. Vor allem – ich begreife es nicht. Ich weiß, dass ihr an eure Ideen glaubt.«

»Man muss daran glauben. Das ist mehr als ein Glaubensartikel. Das ist die Zukunft unseres Lebens als Minderheit.« Und er fügte hinzu: »Selbst wenn man dafür Opfer bringen muss.«

Hélène schüttelte langsam den Kopf. »Gibt es kein anderes Mittel als Bomben? Wenn wenigstens die gesamte Bevölkerung eurer Meinung wäre … Ihr könntet sprechen … öffentlich sprechen … Versammlungen abhalten … Auch ich will doch, dass wir frei sind …«

»Siehst du?«

»Aber Menschen töten …«

»Eine Revolution wird mit Blut gemacht. Wir haben nicht die Absicht zu töten, aber es ist nun mal geschehen, und sie sind tot. Jedes geopferte Menschenleben dient unserer Sache … bringt Schlagzeilen in die Zeitungen.«

»Ich habe dich vorhin den Abhang hinter dem Haus herabkommen sehen. Du bist gerannt, du bist gegangen, du bist gekrochen. Man hätte dich für eine Kugel halten können, die den Hang herunterrollt. Das ging alles so schnell. Und dann warst du da. Zwei Jahre warte ich darauf …«

Daniel begann, nervös auf und ab zu gehen. Das Mädchen vor ihm wurde zum Bild der Hoffnungslosigkeit. Hatte er nicht lange Zeit von einem Mädchen mit sanfter Stimme, schön wie die Salzablagerungen des Golfes geträumt? Ein unkompliziertes Mädchen, ohne überspannte Ideen, eine sichere Zuflucht … Welcher Stimme war er denn gefolgt, als er bis hierher geflohen war? Und dabei war es zu spät.

»Sag es mir«, sprach er sie plötzlich an.

»Was?«

»Sag es mir!«

»Was soll ich dir sagen?«

»Was du von mir denkst.«

Sie senkte den Kopf, ohne zu antworten.

»Es ist doch das einzige Mittel!«, rief Daniel aus. »Nur so hören sie uns. Wir haben vorher alles versucht!«

»Alles?«

»Ja.«

»Ich bin unwissend, ich weiß. Ich lebe abgeschieden. Du, du bist da unten in Montréal, du kennst all das, was ich nicht kenne. Trotzdem, ich hätte euch gehört, wenn ihr eure Forderungen herausgeschrien hättet. Die Stimmen erreichen uns hier, trotz alledem …«

Mit einer vagen Handbewegung schien sie sich dafür zu entschuldigen, so viel dazu gesagt zu haben.

»Du hasst mich«, sagte Daniel dumpf.

»Nein.«

»Du klagst mich an …«

»Ich leide. Das ist alles.«

»Warum? Ich bedauere nichts. Gar nichts.«

»Du hättest mit erhobenem Kopf und lachend zur Tür hereinkommen können. Und du wärst geblieben. Jetzt gehst du wieder weg. Das ist nicht das Gleiche. Ich finde nicht die richtigen Worte, dir das klarzumachen.«

Er verstand nur zu gut. Auch er wusste um das Übel der Entwurzelung. Und er wusste, dass er in wenigen Minuten keinen Halt in der Muttererde gefunden haben würde und dass schon eine Kraft in ihm reifte, die er nun zurückweisen müsste.

»Die Zeit hat uns Vandrys geprägt. Mein Vater hat zu spät mit dem Fischen angefangen. Da stand der Kabeljau schon auf fünfhundert das Pfund, und die Lebenshaltungskosten stiegen. Und bei meiner Mutter, da war es auch zu spät, als man ihre Krankheit entdeckt hat. Und dann war sie tot. Ich habe gewartet. Bist du regelmäßig nach Gaspé gekommen?«

»Ja.«

»Letztes Jahr?«

»Ja. Und das Jahr davor auch.«

»Warst du … Terrorist damals?«

»Im ersten Jahr noch nicht. Das ging so vor einem Jahr los …«

»Siehst du. Wenn du vor zwei Jahren hier eingetreten wärst, durch die Hintertür, so wie du vorhin reingekommen bist, alles wäre anders gewesen. Du wärst als freier Mann gekommen, und du wärst vielleicht nie wieder weggegangen. Und du wärst niemals Terrorist geworden, du hättest nie gelernt, Bomben zu machen, Menschen zu töten.«

»Warum nicht?«

»Wegen des Meeres.«

»Was heißt: wegen des Meeres?«

»Es lehrt einen Ruhe und Gelassenheit, Geduld. Man sieht seine Kraft, und das ist eine Kraft, die man von außen gar nicht erkennt. Die Leute von Québec sind auch eine Kraft. Mit der Zeit wird sie sich entfalten. Sie haben sich schon auf den Weg gemacht. Ich weiß es, ich spüre es hier. Die Menschen verändern sich, sie entwickeln sich, sie werden sich ihrer selbst bewusst, das geht langsam. Aber du, du wolltest, dass es sofort geschieht, heute noch, mit Bombenwerfen. Du hattest nicht die Geduld, abzuwarten. Aber zu guter Letzt kommt es auf dasselbe hinaus.«

»Das glaubst du wirklich?«

»Ja. Und du würdest nie aus meinem Leben fortgegangen sein … Hingegen heute …«

»Ich werde wiederkommen.«

»Das ist nicht dasselbe. Dein Kommen heute, das muss für immer vergessen sein.«

Ein Mann tauchte an der Hintertür auf, zwei andere an der Vordertür. Schatten verdunkelten alle Fenster, und eine heisere, aber feste Stimme ertönte, die Daniels Namen rief.

»Komm raus, Bürschchen, die Hände nach oben, und immer schön langsam!«

Als sie weg waren stand Hélène unbeweglich vor dem Fenster und schaute auf das Meer, das unmittelbar vor ihr träge auf den Strand rollte.

Später weinte sie.

Gegen Abend kam ihr Vater von der Arbeit nach Hause, er fand die Hintertür verriegelt. Es war die einzige Tür, die benutzt wurde, und er hatte sie nie verschlossen gefunden. Kaum in der Küche, wollte er wissen, was los war.

»Du hast dich eingesperrt, Hélène? Hast du gut gemacht. Nach dem, was heute Nachmittag passiert ist, ist das klüger. Er hat dir doch nichts getan? Wie ich im Dorf gehört habe, hat ihn die Polizei ohne Schwierigkeiten festgenommen. Hat er hier nichts angerichtet?«

Hélène hatte ihre ruhige Stimme wiedergefunden. »Nein. Er war kaum drin, da hat ihn die Polizei schon festgenommen. Gerade, dass er zwei oder drei Sätze gesagt hat.« Und sie fügte ohne die geringste Gemütsbewegung hinzu: »Er sah erschöpft aus. Muss nicht angenehm sein, sich drei oder vier Tage vor der Polizei zu verstecken …«

Schon schien sie vergessen zu haben. Alles war zu spät gekommen, diesmal wie die anderen Male.

»Du tust gut daran, den Riegel vor der Tür zu lassen«, sagte der Vater. »Selbst hier weiß man nie, was für Kerle auftauchen können.«

Die Lampe am Mittag

Sinclair Ross

Kurz vor Mittag zündete sie die Lampe an. Ein irrsinniger Wind fegte um das Haus. Alle paar Minuten erstarb in der Regenrinne sein Heulen. Drei Tage lang dauerte der Sturm nun schon an. Der Staub verdichtete sich zu einem undurchdringlichen Nebel.

Sie zündete die Lampe an, dann stand sie lange regungslos am Fenster. Hin und wieder waren gerade noch schwach die Umrisse des Stalls und des Haferspeichers zu erkennen; dahinter verdunkelten die tief hängenden Staubwolken Felder und Grenzsteine und ließen den Farmhof wie einen einsamen Acker scheinen, hoch über einem finsteren Abgrund schwebend. Bei jedem Windstoß erzitterte er, als müsste er gleich umstürzen und würde, sich mit dem wirbelnden Staub überschlagend, in den Weltenraum hinausgeschleudert.

Vom Fenster ging sie zur Tür, öffnete sie einen Spalt breit und spähte wieder zum Stall hinüber. Er kam noch immer nicht. Während sie das Gebäude im Auge behielt, riss plötzlich über ihr die Wolkendecke auf, und für einen Moment blitzte die Sonne wie eine verschrumpelte Apfelsine durch die dahinjagenden Fetzen, goss ein sanftes, rasch zerfließendes Licht aus, matt und gelb, als wäre es das Licht der Lampe, das durch die offene Tür ins Freie griff.

Sie schloss die Tür, trat an den Herd und stach mit einer Gabel in die Kartoffeln. Ihr Blick war die ganze Zeit starr und weit, von einer merkwürdigen Regungslosigkeit. Schuld daran war, dass sie die Stirn so lange gegen die Fensterscheibe gepresst hatte, bis die Augen überanstrengt waren und erstarrten. Mit ebenso weit aufgerissenen Augen hatte sie in das sich verstärkende Toben des Sturmes hinausgespäht. Nun konnte sie sie nicht schließen.

Das Baby begann zu weinen. Es lag in einer selbst gezimmerten Wiege, über der sie einen Himmel aus Musselin angebracht hatte. Darauf bedacht, die Falten nicht zu berühren, kniete sie nieder und versuchte, den Kleinen zu beschwichtigen; mit singender Stimme flüsterte sie ihm heiser zu, er müsse still sein und wieder einschlafen. Gern hätte sie ihn in ihren Armen gewiegt, um den Trost seines kleinen Körpers zu spüren, aber die Furcht, er könne sich in der staubgeschwängerten Luft eine Lungenentzündung zuziehen, hielt sie davon ab. Überall drang der Staub ein. Ihre Kehle war ganz trocken davon. Vor knapp zehn Minuten hatte sie den Tisch gedeckt, und schon legte sich ein Film auf Teller und Schüsseln. Das leise Greinen dauerte an, erschreckt zuckten ihre Lippen, sie schaute sich um, als gäbe es einen Winkel, wo die Luft weniger bedrückend wäre. Aber während ihre Lippen zuckten, blieben die Augen weit geöffnet und starr. »Schlaf«, flüsterte sie wieder. »Es ist noch zu früh, hungrig zu sein. Daddy kommt gleich zum Essen.«

Er schien lange fortzubleiben. Selbst die Uhr, noch immer einige Minuten vor zwölf, konnte ihre Vorahnung nicht zerstreuen, dass er länger blieb, als er sollte. Wieder ging sie zur Tür – und dann wich sie langsam zurück und stand weiß und atemlos in der Mitte des Raums. Sie durfte es nicht. Er würde sie nur verachten, wenn sie zum Stall hinüberlief und ihn holte. In seiner Natur war zu viel grimmige Hartnäckigkeit, als dass er je die Furcht und Schwäche einer Frau verstehen könnte. Sie musste ruhig bleiben und warten. Alles war in Ordnung. Zu Mittag würde er kommen – und vielleicht nach dem Essen ein Weilchen bei ihr bleiben.

Gestern und auch heute Morgen wieder beim Frühstück hatten sie sich heftig gestritten. Sie brauchte ihn jetzt, seine Stärke und seine Nähe, die ihr Sicherheit gab, aber er würde sich fern halten, auf der Hut sein, sich an die Worte erinnern, die sie ihm im Zorn ins Gesicht geschleudert hatte, unfähig zu begreifen, dass nur der Staub und der Wind sie dazu getrieben hatten.

Gespannt blickte sie auf die Uhr und lauschte. Es waren zwei Winde: der Wind auf der Flucht und der Wind als Verfolger. Der eine suchte Zuflucht in der Regenrinne, sich fürchtend, der andere überfiel ihn dort und rüttelte an der Rinne, bis jener weiterfloh. Einmal, als sie lauschte, sprang der erste Wind ins Zimmer hinein, zerzaust wie ein Vogel, dessen Flügel leicht mit Krallen in Berührung gekommen sind. Wütend rüttelte der andere an den Wänden und schleuderte dröhnend losgerissenes Unkraut gegen die Scheiben, bis seine Beute ängstlich den Blick abwandte. Doch nur um zurückzukehren und vor Furcht zu zittern unter der schwachen Regentraufe, als kenne er in dieser staubigen, verrückten Wildnis keinen anderen Schlupfwinkel.

Dann kam Paul. Als sein Schritt erklang, eilte sie zum Herd und hantierte eifrig mit den Töpfen und der Bratpfanne. »Noch immer der schlimmste Wind«, sagte er und hängte seine Mütze und seinen Arbeitskittel auf. »Auch im Werkzeugschuppen musste ich die Laterne anzünden.« Sie blickten einander an und sahen dann weg. Sie wäre gern zu ihm gegangen, um seine Arme zu fühlen, wenn er sie hielt, und ein bisschen zu weinen, damit er sie beruhigte, aber da seine Gegenwart die Gefahr des Windes zu mindern schien, nahm sie sich zusammen und dachte: Ich bin im Recht. Ich werde nicht nachgeben. Auch um seinetwillen werde ich nicht nachgeben.

Er wusch sich hastig. Ein paar dunkle Schmutzränder blieben zurück und verliehen seinem Gesicht den Ausdruck ungezähmter Willenskraft. Während sie die Schüsseln und Teller abwischte, das Essen auftat und vor ihn hinstellte, war alles, was sie sehen konnte, seine Stärke, seine Verbissenheit und wie der junge Paul alt und hart wurde im steten Kampf gegen die Wüste, die sogar noch ungezähmter war als sein Wille.

»Hungrig?«, fragte sie, und ihre Stimme verriet einen unbeabsichtigten, mitleidigen Unterton. »Auf allem liegt Staub. Er ist rascher da, als ich ihn wegwischen kann.«

Er nickte. »Du wirst sehen, heute Abend legt sich der Sandsturm. Es ist der dritte Tag.«

Sie sah ihn einen Augenblick schweigend an, dann, wie zu sich selber, brummelte sie nachdenklich: »Bis zum nächsten Mal. Bis es wieder losgeht.«

Dumpfer Groll lag in ihrer Stimme, der neuen Streit ahnen ließ. Er wartete, die Augen unsicher auf sie gerichtet, indes sie mit ihrer Gabel eine Kartoffel zerquetschte. Die Lampe zwischen ihnen warf Licht und Schatten auf ihre Gesichter. Staub und Dürre, eine Erde, die seine Arbeit und sein Vertrauen in gleicher Weise verriet – der Kampf hatte ihn unnachgiebig hart und unverzagt gemacht. Unter der Geißel des Sandes war seine Jugend erstickt. Jugend, Freude, Überfluss – nur herbe und geballte Männlichkeit war geblieben, die jedoch zu ihm passte, eine Männlichkeit, die auf Kosten einnehmenderer Eigenschaften sein innerstes Wesen zu erfüllen schien. In ihr dagegen hatten die gleiche Schuldenlast und die Armut einen traurigen Unwillen hervorgebracht, eine nervöse Furcht vor dem, was noch kommen würde. Ihre Augen lagen tief in den Höhlen, die Lippen waren trocken und farblos zusammengekniffen. Es war das Gesicht einer Frau, die, ohne ihre volle Reife erlangt zu haben, gealtert war, die die kleinen, eitlen Freuden des Lebens geliebt und sie wehmütig verloren hatte.

»Ich fürchte mich, Paul«, sagte sie plötzlich. »Ich halte es nicht länger aus. Der Kleine schreit die ganze Zeit. Du wirst doch fortgehen, Paul, nicht wahr, sag, dass du es tun wirst. Das hier ist kein Leben, kein wirkliches Leben.«

Das Flehentliche in ihrer Stimme nach der schrillen Bitterkeit von gestern brachte ihn auf den Gedanken, dass dies nur ein anderer Weg sei, ihn zu überreden. Er antwortete gleichmütig: »Ich habe dir schon heute Morgen gesagt, Ellen, wir bleiben, wo wir sind. Zumindest ich. Du denkst nur an dich selber, nicht an das Baby.«

Am Morgen hätte eine solche Anklage sie aufs Äußerste erbittert. Jetzt aber erwiderte sie, wenn auch mit rascher, atemloser Stimme eindringlich: »Hör zu, Paul. Ich denke an uns alle – auch an dich. Sieh dir den Himmel an, und du weißt, was los ist. Bist du blind: Disteln und Unkraut – es ist eine Wüste. Diesen Herbst wirst du nicht einen Strohhalm haben. Ausgeschlossen, eine Kuh oder nur ein Küken zu füttern. Bitte, Paul, sag, dass wir fortgehen …«

»Wohin?« Seine Antwort klang noch fern und gleichmütig, streng im Einklang mit den zusammengekniffenen Augen und dem großen Höcker der muskelbepackten Schultern. »Sogar als Wüste ist das hier besser, als wenn ich den Laden deines Vaters ausfegen und Botengänge für ihn machen müsste. Das und nichts anderes steht mir bevor, wenn ich tue, was du verlangst.«

»Und hier …«, stotterte sie, »was steht dir hier bevor? Zumindest hätten wir genug zu essen und Kleidung, wenn du seinen Laden ausfegst. Sieh dich doch um … sieh dich um, du Narr. Eine Wüste … am Mittag muss man die Lampe anzünden …«

»Du wirst sehen, es geht wieder aufwärts. Es ist guter Weizenboden.«

»Aber bis dahin … Jahr um Jahr … kannst du das nicht verstehen, Paul? Wir werden es nie schaffen …«

Er legte Messer und Gabel hin und beugte sich zu ihr über den Tisch. »Ich kann nicht fortgehen, Ellen. Deinen Leuten auf der Tasche liegen … von Almosen leben … denk nicht mehr daran. Hierher gehöre ich. Anders kann ich nicht.«

»Almosen!«, wiederholte sie schrill und spöttisch. »Und das hier … das nennst du Unabhängigkeit! Geliehenes Geld, du kannst nicht mal die Zinsen aufbringen, das Saatgut stammt von der Regierung … dazu die Rechnungen vom Kaufmann, vom Arzt …«

»Wir werden wieder Ernten haben«, beharrte er. »Gute Ernten … das Land wird sich erholen. Es lohnt sich, darauf zu warten.«

»Und während wir warten, Paul?« Es klang nicht zornig, eher wie eine Art Schluchzen. »Denk an mich … und ihn. Es ist nicht fair. Auch wir haben unser Leben zu leben.«

»Und du meinst, wenn du zu deiner Familie zurückgehst und deinen Mann mitnimmst …«

»Meinetwegen auch so … alles wäre besser als das hier. Sieh dir die Luft an, die der Kleine einatmet. Er weint die ganze Zeit. Ihm zuliebe, Paul. Was erwartet ihn hier, selbst wenn du Ernten einbringst?«

Er presste die Lippen zusammen, sein Blick wurde hart und verächtlich, dann schlug er zurück: »So viel wie in der Stadt, wo er in Armut aufwächst. Du bist die Einzige, die hier weg will, es geht dir gar nicht um ihn. Du denkst, in der Stadt hättest du ein besseres Leben … nicht so viel Arbeit … mehr Kleider …«

»Mag sein …« Sie ließ schutzlos den Kopf hängen. »Ich bin noch jung. Ich liebe schöne Dinge.«

Nun waren sie still – eine tiefe Stille, umschlossen vom Sausen des Sturms und dem Ächzen der Mauern. Es war, als werfe das gelbe Lampenlicht ein geheimnisvolles Schweigen auf sie. Die Wände wichen durch den staubigen Dunst zurück, verschwammen und kamen wieder. Schließlich hob sie den Kopf und sagte teilnahmslos: »Iss weiter … dein Essen wird kalt. Sitz nicht so da und starr mich an. Ich sage nichts mehr dazu.«

Die kraftlose Ruhe in ihrer Stimme war noch schwerer zu ertragen als ihr Zorn. Sie machte ihm Vorwürfe, bestand gegen seinen Willen darauf, dass er ihr schweres Los sah und begriff. Rechtfertigend sagte er: »Ich war ein armer Mann, als du mich geheiratet hast. Du hast damals gesagt, es mache dir nichts aus. Farmer sein ist nie leicht gewesen und wird es nie sein.«

»Die Arbeit und das kärgliche Leben würden mir nichts ausmachen, wenn es etwas gäbe, worauf man sich freuen könnte. Aber es ist so hoffnungslos, weiterzumachen, zuzusehen, wie das Land davonweht.«

»Das Land ist in Ordnung«, wiederholte er. »Die Dürrejahre dauern nicht ewig.«

»Aber es sind doch nicht nur die Dürrejahre, Paul!« Plötzlich wich das leise Schluchzen in ihrer Stimme einem Anflug von Erbitterung. »Wirst du das nie erkennen? Es ist das Land selbst … der Boden. Du hast gepflügt und geeggt, bis keine Wurzel, keine Faser mehr da war, die ihn festhielt. Deshalb ist der Boden nur noch Flugsand … deshalb wird in ein, zwei Jahren nichts mehr übrig sein als Staub und Asche. Wenn ihr Farmer in erster Linie auf euer Land Rücksicht genommen hättet, wenn ihr nicht Jahr für Jahr so gierig nach Weizen gewesen wärt …«

Ehe sie ihn heiratete, hatte sie an der Schule unterrichtet, und seit Kurzem machte sich in ihrem Ärger so etwas wie Verachtung bemerkbar, eine beinahe herablassende Haltung, als erblicke sie in den Farmern nicht länger ihresgleichen. Er saß stumm da, blickte in die gelbe Flamme der Lampe, und da sie wohl zu wissen schien, wie sehr ihre Worte ihn verletzt hatten, fuhr sie einlenkend fort: »Ich will dir doch helfen, Paul. Aus diesem Grund will ich doch nicht untätig rumsitzen, während du fortfährst, dein Leben nutzlos zu verschwenden. Du bist erst dreißig … du bist es dir und auch mir schuldig.«

Er starrte die Lampe an, ohne zu antworten, mit trotzigem Mund. Es wirkte wie Gleichgültigkeit, als ob er sie ignorierte, und aufs Höchste gereizt, schrie sie: »Hast du dir schon mal überlegt, was mein Leben ist? Zwei Räume, in denen wir leben … einmal im Monat eine Fahrt in die Stadt, und keinen Cent zum Ausgeben, wenn ich dort hinkomme. Ich bin noch jung … ich bin nicht so aufgewachsen.«

»Du bist jetzt die Frau eines Farmers. Was du früher gewesen bist oder wie du aufgewachsen bist, ist ohne Belang. Du bekommst genug zu essen und auch Kleidung. Im Augenblick kann ich nicht mehr tun. Ich bin nicht schuld daran, dass wir seit fünf Jahren eine Dürreperiode haben.«

»Genug zu essen!« Sie lachte schrill auf. »Genug Pökelfleisch … genug Kartoffeln und Eier. Sieh doch her …« Sie sprang bis in die Mitte des Raums vor und hielt ihm einen Fuß hin, damit er den schief getretenen alten Pantoffel sehe. »Wenn sie völlig hinüber sind, wirst du mir vermutlich sagen, dass ich barfuß gehen könne … dass ich die Frau eines Farmers bin … dass du nicht schuld an der Trockenheit bist …«

»Und was ist mit diesen hier?« Er schob seinen Stuhl vom Tisch zurück, um ihr zu zeigen, was er an den Füßen trug. »Kuhhaut … hart wie ein Brett … aber meine Füße sind so schwielig, dass ich sie gar nicht mehr spüre.«

Dann stand er auf, denn er schämte sich, weil er versucht hatte, ihre Nöte mit seinen eigenen zu vergleichen. Sie erschrak, als er nach seinem Arbeitskittel griff, und schmiegte sich eng an ihn. »Geh noch nicht. Ich gerate ins Grübeln und mache mir Sorgen, wenn ich allein bin. Bitte, Paul … du kannst draußen doch nichts anfangen.«

»Und hör dich hier so weiter an? Bevor ich zur Tür herein bin, fängst du schon an. Woche für Woche, tagaus, tagein. Ich habe weiß Gott genug eigene Sorgen.«

»Bitte bleib, Paul …« Ihr Blick wurde glasig, die Augen traten ein wenig hervor, wie unter dem Druck ihrer Furcht und vom flehentlichen Bitten. »Wir werden uns auch nicht mehr streiten. Hör doch! Ich kann nicht arbeiten … ich stehe nur da und lausche …«

Ihr Blick erschreckte ihn, doch einem instinktiven Gefühl folgend, das ihm sagte, er müsse ihr Widerstand leisten, seine Selbstachtung und seine Männlichkeit gegen die ärgerliche Schwäche einer Frau durchsetzen, antwortete er kalt: »Du weißt gar nicht, wie gut du es hast hier drinnen, wo du sicher und geborgen bist. Wenn du draußen sein müsstest, im Kampf mit dem Wetter … mit dem Sandsturm …«

»Manchmal wünsche ich es mir, Paul. Ich komme mir vor wie in einem Käfig … Wenn ich doch nur ausbrechen und davonlaufen könnte … Sieh nur, Paul, so wie jetzt stehe ich den ganzen Tag da. Ich finde keine Entspannung. Meine Kehle ist so zugeschnürt, dass sie mir wehtut …«

Mit einem Ruck befreite er sich aus ihrer Umklammerung. »Wenn ich bleibe, geht das nur den ganzen Nachmittag so weiter. Warte bis morgen; wenn der Wind sich gelegt hat, besprechen wir alles in Ruhe.«

Er drehte sich um, ohne ihren Blicken noch einmal zu begegnen, und trat zur Tür hinaus. Er krümmte sich gegen die wütenden Schläge des Sturms zusammen und kämpfte sich langsam zum Stall durch. Im Innern herrschte eine tiefe, hohle Stille, völlige Dunkelheit verschlang das Auf und Ab des heulenden Windes. Einen Moment stand er atemlos da, von dem plötzlichen Fehlen des Sturms und von der Stille, die ihn umgab, beinahe betäubt. Es war eine lange, lange Stille. Die ersten Boxen und Dachsparren traten undeutlich aus dem Dunkel hervor, führten in höhlengleiche Finsternis, in Gewölbe und Schlupfwinkel, die sich jenseits der Stallmauern erstreckten. Auch in diesen ersten ruhigen Augenblicken gab er die Illusion nicht auf, dieses Gefühl der Erleichterung, aus einer rauen, vertrauten Welt in eine Welt des Friedens und der Dunkelheit eingetreten zu sein. Langsam verebbte die streitsüchtige Stimmung, in die ihn sein Widerstand gegen Ellen hineingetrieben hatte, seine Hartnäckigkeit und geballte Verzweiflung gegenüber den verheerenden Wirkungen des Sturms verloren sich im Schutze der Dunkelheit. Ellen und der Weizen schienen fern, bedeutungslos. Als die braune Stute Bess wieherte, trat er in ihre Box. Sie schien dankbar für seine Nähe und schob ihre Nase tief zwischen seinen Arm und seinen Körper. Eine ganze Weile standen sie reglos, einander Trost und Sicherheit gebend.

Doch bald verkümmerte in ihm das anfängliche tiefe Gefühl von Ruhe und Frieden angesichts des arg mitgenommenen Stalles, der wenig Schutz bot. Für eine Erholung oder Zuflucht vor dem anstürmenden Wind boten die Mauern nur schwachen Schutz. Sie knarrten und knackten, als würden sie von den Fingern einer riesigen Hand zusammengedrückt und jeden Augenblick einstürzen. Der leere Heuboden gab ununterbrochen einen pfeifenden Schrei von sich, der anschwoll, abnahm, aber nie endete. Dann sah er den staubdunklen Himmel wieder und seine Felder, über die der lose Sand trieb.

Aber auch wenn er dem Sturm draußen lauschte, spürte er die gespannte und greifbare Stille des Stalles. Kein Huf schlug oder scharrte; kein Halfter rieb sich an der Futterraufe. Und wäre es selbst ein fremder Stall gewesen, er hätte trotz der Dunkelheit gewusst, dass jede Box besetzt war. Auch sie horchten alle.

Von Bess ging er zu Prince, dem großen grauen Wallach. Prince war zwanzig Jahre alt, mit vorstehenden Rippen und starken Hüftknochen. Paul ließ seine Hand über die Rippen gleiten, und plötzlich schämte er sich, von Furcht gequält, Ellen könnte mit dem, was sie sagte, doch recht haben. Stimmte es denn nicht – seit neun Jahren Farmer auf eigenem Grund und Boden, und noch immer konnte er nicht mal seine Pferde ernähren? Wie konnte er dann hoffen, für seine Frau und seinen Sohn zu sorgen?

Er war voller Pläne. Und so lebhaft standen seine Pläne für die Zukunft vor ihm, so wirklich und mit solcher Beständigkeit, dass er darüber die Gegenwart oft nur halb fühlte, ihre Mühsal nur halb empfand. Die Schwierigkeiten, die sie hatten, wurden durch seine Zuversicht in die Dinge, die jenseits aller Mühen lagen, geringer für ihn. Ein neues Haus … Land für den Jungen … immer mehr Land … oder Schulbildung, was immer er einmal wollte.

Aber war er die ganze Zeit nur ein blinder und halsstarriger Narr gewesen? Hatte Ellen am Ende doch recht? Trat er ihr Leben mit Füßen, vergeudete er sein eigenes Leben? Sollten die fünf Jahre ihrer Ehe sich immer von Neuem wiederholen, sollte es fünf, zehn, zwanzig Jahre so weitergehen, bis all die tapfere Zukunft, der er freudig entgegensah, nur eine erstarrte und nutzlose Vergangenheit war?

Sie sah keiner Zukunft entgegen. Sie hatte kein Vertrauen, keinen Traum, der ihr den Staub und die Armut weniger wirklich machte. Plötzlich begriff er. Er sah ihr Gesicht wieder vor sich, wie es vor wenigen Minuten gebettelt hatte, sie nicht zu verlassen. Die Dunkelheit rings um ihn war wie eine Schiefertafel, auf der sich ihre einsame Angst abzeichnete. Von Prince ging er zu den anderen Pferden, kämmte ihre Mähnen und

Stirnlocken mit den Fingern, aber immer stand ihr Gesicht vor ihm, die großen, starrenden Augen und das sich windende Leid. »Sieh nur, Paul, so wie jetzt stehe ich den ganzen Tag da. Ich stehe nur still … meine Kehle ist so zugeschnürt, dass sie mir wehtut …«

Und noch immer der Sturm, das Knacken der Wände, das wilde lippenlose Klagen auf dem Heuboden. Lange stand er so da, starrte in das aschfahle Gesicht, bis es ihm schließlich vorkam, dass dieses Winseln des Windes ein Schrei von ihren ausgedörrten, angstverzerrten Lippen war. Er wusste, es konnte nicht sein, er wusste, sie war im Innern des Hauses sicher geborgen, aber noch immer klang der Sturm wie der Schrei einer Frau. Der Schrei einer Frau mit ebensolchen Augen wie jenen, die ihn durch das Dunkel beobachteten. Augen, aus denen jetzt der Wahnsinn sprach, Lippen, die sogar noch im Schreien bettelten: »Sieh nur, Paul … so wie jetzt stehe ich den ganzen Tag da. Ich stehe nur still … wie in einem Käfig gefangen! Wenn ich nur fortlaufen könnte!«

Er sah sie fortlaufen, vom Sturm gezerrt und ungestüm getrieben, und als er schließlich, von seiner Angst gezwungen, zum Haus zurückrannte, ging sie friedlich mit dem Baby auf dem Arm im Zimmer auf und ab. Trotz seiner Unruhe darauf bedacht, nicht Furcht oder Schwäche zu zeigen, damit sie nicht auf den Gedanken käme, er kapituliere vor ihren Wünschen, stand er einen Augenblick und schaute durchs Fenster; dann ging er in den Geräteschuppen, um ein Geschirr auszubessern. Den ganzen Nachmittag nähte und nagelte er. Es war leichter, wenn die Laterne brannte und seine Hände beschäftigt waren. Auch hier wimmerte der Sturm hoch über dem Schuppen, aber es war nur der Sturm. Er erinnerte sich der Gründe, mit denen Ellen ihn zu überreden versucht hatte, die Farm aufzugeben, und widerlegte sie einen nach dem anderen. Es würde wieder Regen geben – nächstes Jahr oder übernächstes. Vielleicht hatte er in seiner Unwissenheit alles falsch angepackt, sein Land falsch bestellt, jedes Jahr Weizen angebaut und den Boden erschöpft, bis nur noch Staub und Asche übrig war – aber von nun an würde er es besser machen. Klee und Luzerne würde er anbauen, Rinder züchten, Morgen für Morgen und Jahr für Jahr seinem Land die Kraft und die Fruchtbarkeit wiedergeben. Das war etwas, wofür es sich zu arbeiten lohnte, ein Weg, sich zu bewähren. Es war ein unbarmherziger Sturm, der den Himmel mit seinem Boden verdunkelte, aber der Sturm würde ihn nicht unterkriegen. Er hatte aus seinem Land eine Wildnis gemacht. Er, Paul, würde aus der Wildnis wieder eine Farm und eine Heimat für sich und die Seinen machen.

Noch heute Abend musste er mit Ellen sprechen. Geduldig, wenn der Sturm sich gelegt hatte und sie beide wieder ruhig waren. Sie hatte ihm geraten, Futterpflanzen anzubauen, hatte ihn einen unwissenden Narren genannt, weil er auch weiterhin an Sommerbrache und Weizen festgehalten hatte. Nun würde sie sich gewiss freuen, wenn sie feststellte, dass er ihre Klugheit anerkannte. Vielleicht bekäme sie allmählich ein Gefühl für die Kraft und die Beständigkeit des Landes, würde Stolz darauf empfinden und einsehen, dass er kein Narr war, sondern für ihre und ihres Sohnes Zukunft arbeitete.

Schon ließ der Sturm nach. Um vier Uhr bemerkte er eine Flaute. Um fünf konnte er bereits, wenn er die Augen anstrengte, von der Schuppentür aus in einem Kilometer Entfernung die Gebäude des Nachbarn erkennen. Es war vorbei – drei Tage Sturm und Verwüstung wie eine Geißel –, drei Tage, so bitter und so lang, dass er für einen Augenblick wie leer dastand, alle Sinne wie taub und erstarrt vor Erleichterung.

Aber nur für einen Augenblick. Plötzlich tauchte er aus der Erstarrung wieder auf; plötzlich erwachten die Felder vor ihm, öffneten ihm die Augen. Schwarz und nackt lagen sie da.

Besiegt und geschunden, mit sanften Bodenwellen aus Staub bedeckt, als hätte sich die See bei leichter Dünung in Stein verwandelt. Und obwohl er auf einen solchen Anblick gefasst war, es zumindest versucht hatte, sich darauf einzustellen, obwohl er seit gestern wusste, dass kein einziger Halm den Sturm überstehen würde, befielen ihn jetzt, da er sich dieser Wüste gegenübersah, doch Übelkeit und Kälte. Wie die Felder war er plötzlich nackt. Alles, was ihn bisher von der Wirklichkeit des Daseins fern gehalten hatte – Vision und Absicht, Vertrauen in das Land, in die Zukunft, in sich selbst –, alles war auf einmal zerrissen, von ihm abgefallen. »Eine Wüste«, hörte er die Stimme seiner Frau schluchzend sagen. »Eine Wüste, du Narr … am Mittag muss man die Lampe anzünden!«

Wieder im Stall, wo er den Pferden das Futter zuteilte, überlegte er, was er ihr am Abend sagen sollte. Denn so tief verwurzelt war seine instinktive Treue zu dem Land, dass er noch immer, sogar noch mit den Bildern seines Treuebruchs vor Augen, daran dachte, wie er ihr Widerstand leisten, weitermachen und sich vor ihr rechtfertigen konnte. Es war ihm nie in den Sinn gekommen, dass er das Land aufgeben könnte oder sollte. Er hatte zu lange mit ihm gelebt. Vielmehr war in ihm noch immer der Impuls wach, es in Schutz zu nehmen – wie ein Mann selbst seinen unwürdigsten Blutsverwandten gegen die Verachtung Fremder in Schutz nimmt.

Er fütterte seine Pferde, wartete. Auch sie würde warten, bereit, ihn anzuschreien: »Sieh nur … die Ernte, die uns ernähren und kleiden sollte! Und du wirst noch immer so weitermachen! Du wirst noch immer sagen: ›Nächstes Jahr … im nächsten Jahr kriegen wir Regen!‹«

Als er ins Haus kam, war sie fort. Die Tür stand offen, die Lampe war ausgeblasen, die Wiege leer. Das Geschirr vom Mittagessen stand noch auf dem Tisch. Vielleicht hatte sie begonnen, die Stube auszufegen, denn der Besen lag mitten auf dem Fußboden. Er wollte rufen, aber Furcht presste ihm die Kehle zu. In dem schwachen wiederkehrenden Licht war ihm, als strenge sich selbst die verlassene Küche an, ihm zuzuflüstern, was sie gesehen hatte. Die letzten Nachwehen des Sturms fuhren noch immer wimmernd durch die Regenrinne und erzählten stöhnend von der Verwüstung auf Meilen hin, die sie durchquert hatten. Auf Zehenspitzen ging er schließlich ins Nebenzimmer; dann, ohne sich auch nur mit einem Blick zu vergewissern, dass sie wirklich fort war, machte er auf der Schwelle kehrt und stürzte aus dem Haus.

Er lief lange, wie von Sinnen und Hals über Kopf – gerade so, wie er sie ein paar Stunden zuvor im Geiste hatte laufen sehen –, rings um den Hof, ein kurzes Stück auf die Weide hinaus, dann blindlings zurück zum Haus, um zu sehen, ob sie wieder da war, und dann stolpernd die Landstraße entlang, um Hilfe zu holen.

Nachbarn halfen ihm suchen, ritten zu anderen Farmern, verbreiteten die Kunde und riefen über die Felder hin in die Richtung, in die der Wind sie vielleicht getrieben hatte. Fast zwei Stunden später aber stieß er selbst auf sie. Gegen einen Sandhaufen gekauert, als suche sie dort Schutz, das Haar in wirren Strähnen um Nacken und Gesicht, das Kind eng an sich gepresst in den Armen.

Das Kind war kalt. Schuld waren vielleicht ihre Arme, die es allzu ungestüm hatten schützen wollen, vielleicht der erstickende Staub in Hals und Lungen. »Halt ihn«, sagte sie, als er neben ihr kniete. »So … mit dem Gesicht gegen den Wind. Halt ihn, bis ich mir die Haare geordnet habe.«

Ihre Augen waren noch immer weit geöffnet und unbeweglich starr, aber ihre Lippen lächelten ihm zu. Er kniete lange wie gelähmt, versuchte zu sprechen, berührte zaghaft mit den Fingerspitzen die staubverschmierten Wangen und Lider des Kindes. Schließlich sagte sie: »Ich nehme ihn wieder. Solche plumpen Hände … du weißt noch immer nicht, wie man ein Baby halten muss. Sieh doch, wie sein Kopf vornüberfällt auf deinen Arm.«

Und doch schien alles vertraut – wie eine Bestätigung dessen, was er seit Mittag wusste. Er gab ihr das Kind, dann nahm er sie auf die Arme, stand mühsam auf und machte sich auf den Heimweg.

Es war nun Abend. Über die Felder flüchteten hier und da noch ein paar Staubwolken. Dahinter glomm, wie von Rauch verdeckt, die untergehende Sonne, gleich einem fernen Feuer.

Er ging mit langen, schweren Schritten, den Blick geradeaus gerichtet, ungeachtet des Gewichts, das er trug. Einmal sah er nach unten, und mit ihren Augen lächelte sie noch immer. »Solche starken Arme, Paul … und ich war schon so müde, als ich ihn bloß ein Stückchen getragen hatte …«

Er wollte antworten, aber ihm war, als halte die Dämmerung den Atem an und lege den Finger auf die Lippen, solange sie vorüberzogen. »Du hattest recht, Paul …« Sie flüsterte; als könnte auch sie die lautlose Stille empfinden. »Du hast gesagt, heute Abend würde der Sturm aufhören. So still ist es jetzt, und ein roter Himmel … das bedeutet, morgen wird es schön.«

Die Brücke

Michael Ondaatje

Ein Lastwagen fährt um fünf Uhr früh Feuer durch Torontos Innenstadt, die Dundas Street entlang und die Parliament Street weiter nach Norden. Von der Ladefläche starren drei Männer in die vorbeiziehende Dunkelheit – ihre Muskeln sind noch entspannt in dieser letzten halben Stunde vor Arbeitsbeginn –, als gehorchten ihnen die Beine und Arme nicht, die gegen ihre Körper und gegen die Rückwand des Fords schlagen.

Über der grünen Wagentür steht in Gelb: »Dominion Bridge Company«. Doch im Augenblick kann man nur das Feuer auf der Ladefläche sehen, das in der ein mal ein Meter großen Metallschüssel lodert, und in einem Kessel kocht Teer; dieser Geruch hängt in der Luft für all die, die am frühen Morgen auf die Straße treten und einatmen.

Zügig fährt der Laster unter den zueinander geneigten Bäumen hindurch, hält an bestimmten Straßenecken, wo weitere Arbeiter auf die Ladefläche springen, und bald sind sie zu acht; das Feuer knistert, und ab und zu spritzt heißer Teer auf Nacken oder Ohr. Bald sind es zwanzig, dicht gedrängt und schweigsam.

Langsam steigt das Licht aus der Erde. Sie sehen ihre Hände, den Stoff eines Mantels, die Bäume, von denen sie wussten, dass sie da waren. Am Ende der Parliament Street fährt der Laster nach Osten, am Rosedale-Damm vorbei, auf das halb fertige Viadukt zu.

Die Männer springen ab. Die provisorische Straße ist voller Spurrillen, das Feuer und die Wagenscheinwerfer hüpfen, und die Federung keucht. Der Laster fährt so langsam, dass die Männer zu Fuß schneller sind; die Morgenluft ist kühl, obwohl es Sommer ist.

Später werden sie Mäntel und Pullover ablegen, um elf dann die Hemden, werden sich in Hosen, Stiefeln und Schirmmützen über die schwarzen Teerströme beugen. Doch noch liegt eine dünne Schicht Frost über allem, überzieht Maschinen und Kabel, zersplittert auf den Regenpfützen, durch die sie stapfen. Das schnelle Verdunsten der Dunkelheit. Während das Licht aufsteigt, sehen sie ihren Atem, die Klarheit der Luft wird aus ihnen herausgeatmet. Schließlich hält der Laster am Rand des Viadukts, und jemand schaltet die Scheinwerfer aus.

Die Brücke wächst wie im Traum. Sie wird die Ostseite mit der Innenstadt verbinden. Sie wird Verkehr, Wasser und Strom über das Tal des Don transportieren. Sie wird Eisenbahnzüge transportieren, die noch nicht einmal erfunden sind.

Tag und Nacht. Herbstlicht. Schneelicht. Sie arbeiten immer – Pferde und Wagen und Männer kommen an der Danforthseite am anderen Talende zur Arbeit.

Es gibt mehr als 4000 Fotos aus verschiedenen Blickwinkeln von der Brücke, ihr Wachstum im Zeitraffer. Die Pfeiler senken sich achtzehn Meter tief durch Erde, Schiefer und Treibsand bis in das Felsgestein – 45 000 Kubikmeter Erde werden ausgehoben. Das Netz der Baugerüste spannt sich immer höher.

Im Gewirr der Bohlen klettern die Männer tief ins zersplitterte Licht des hellen Holzes hinein. Ein Mann ist die Verlängerung von Hammer, Bohrer, Flamme. Bohrschmauch im Haar. Eine Mütze fällt ins Tal, Handschuhe werden vom Steinstaub begraben.

Dann treffen die neuen Leute ein, die »Elektrischen«, verlegen Leitungsnetze über die fünf Brückenbögen, haben ungewohnte dreiflammige Lampen dabei; und am 18. Oktober 1918 ist es so weit. Sie strecken sich wohlig in der Luft.

Die Brücke. Getauft auf den Namen »Prince Edward«. Das Bloor-Street-Viadukt.

Während der Feierlichkeiten mit den Politikern durchbrach eine Gestalt auf dem Fahrrad die Polizeisperren. Der erste Vertreter der Allgemeinheit. Nicht die erwartete Vorzeigelimousine mit den Offiziellen, sondern dieser Namenlose, der wie vom Teufel gejagt auf die Ostseite der Stadt zustrampelt. Auf dem Foto ist er ein verwischter Fleck der Entschlossenheit. Ihn gelüstet es nach dieser Jungfräulichkeit, nach dem Luxus des Raums. Er dreht zwei Runden, der Zwiebelstrang, den er über der Schulter trägt, flattert ihm nach, und fährt weiter.

Aber er war nicht der Erste. Mitternachts zuvor waren die Arbeiter gekommen, hatten die offiziellen Vertreter, die die Brücke in Vorbereitung der Feierlichkeiten des kommenden Tages bewachten, beiseite geschoben und waren mit ihren eigenen flackernden Lichtern – den Kerzen für die Toten der Brücke – wie ein Wink der Zivilisation, ein Schwarm von Sommerinsekten, über die Brücke gezogen.

Und auch der Fahrradfahrer auf seinem Flug beanspruchte die Brücke für sich, in diesem verwischten Augenblick, einsam und illegal. Donnernder Applaus empfing ihn am anderen Ufer.

Auf der Westseite der Brücke liegt die Bloor Street, auf der Ostseite die Danforth Avenue. Ursprünglich Karrenwege, Schlammstraßen, 1910 mit Holzbohlen befestigt, werden sie nun geteert. Ziegelsteine werden in den Boden gerammt und schmale Sandbäche dazwischengegossen. Darüber kommt der Teer. *Bitumiers, bitumatori,* Teerarbeiter knien sich hin und stemmen sich mit ihrem ganzen Gewicht auf die hölzernen Blockstampfer, die sich biegen und über den Teer gezogen werden. Der Teergeruch dringt durch die Fasern ihrer Kleidung. Das Schwarz bleibt für immer unter den Fingernägeln. Unter ihren Knien spüren sie die Steine, während sie rückwärts auf die Brücke zukriechen; ihre Körper liegen fast auf dem zähen, schwarzen Strom, ihre Köpfe sind benebelt von den Dämpfen.

He, Caravaggio!

Der junge Mann steht auf und dreht sich um zur Sonne. Er geht zum Vorarbeiter, lässt die beiden Holzstampfer, die er trägt, fallen, sodass sie, an Lederriemen befestigt, an seinem Gürtel baumeln und ihm beim Laufen an die Knie schlagen. Alle tragen die für ihre Arbeit notwendigen Werkzeuge bei sich. Wenn Caravaggio in einem Jahr kündigt, wird er die Riemen mit einem Fischmesser durchschneiden und die Klötze in den halb trockenen Teer werfen. Jetzt kommt er wütend zurück und kniet sich wieder hin. Ein weiterer Streit mit dem Vorarbeiter.

Den ganzen Tag beugen sie sich über den Teer, über die achtzehn Meter schwarzen Strom, der seit dem frühen Morgen verteilt wird. Er glänzt und dehnt sich in der Sonne aus. Schulkinder schnappen sich Teerklumpen und kauen darauf; erst lassen sie die Brocken in der Hand abkühlen, dann stecken sie sie in den Mund. Teer lässt den Speichel fließen für die Spuckwettbewerbe. Die Männer drücken die Dosen mit Bohnen in die schwarze Masse, so machen sie sich das Mittagessen warm.

Im Winter löscht der Schnee den Teergeruch, den Geruch des aufgestapelten, frisch geschlagenen Holzes. Unter dem Rohbau der Brücke fließt der Don, Eisschollen drücken gegen die Fundamente der gerade fertiggestellten Pfeiler. An den Wintermorgen verteilen sich die Männer voller Nervosität in dem weißen Raum. Wo hört die Welt auf? In den Winternächten – der schlimmsten Schicht von allen – reihen sich Fackeln am Brückenrand entlang, wo sie die Nägel durch den Schnee hindurch in das Werkstück treiben. Die Brückenbauer balancieren auf einer Strebe, hinter ihnen flackern die Fackeln, und sie zielen mit den Hämmern auf Nägel, die sie nicht sehen können.

Solange die Bauarbeiten dauerten, bestand Rowland Harris letzte Amtshandlung des Tages darin, sich bis an den Rand des Viadukts fahren zu lassen, um dort eine Weile zu sitzen. Um Mitternacht machte die halb fertige Brücke über dem Tal einen verlassenen Eindruck – nur die Laternen zeichneten ihre Umrisse nach. Aber es gab stets eine Nachtschicht von dreißig bis vierzig Mann. Nach einer Weile stieg Harris aus dem Wagen, zündete sich eine Zigarre an und ging auf die Brücke. Er liebte dieses Viadukt. Es war sein erstes Kind als Stadtbaurat; vieles davon war zwar schon vor seiner Zeit geplant worden, doch er hatte es durchgebracht. Es war Harris, der die Idee hatte, dass die Brücke nicht nur für Autos, sondern auf einer tiefer liegenden Ebene auch für Züge befahrbar sein sollte. Sie sollte auch Wasser von den ostseitigen Wasserwerken in die Innenstadt führen. Wasser war Harris große Leidenschaft. Riesige Wasseradern sollten sich als Teil des Viadukts über das Tal ziehen.

Er ging an der Absperrung vorbei zu den Arbeitern. Wenige von ihnen sprachen Englisch, aber sie wussten, wer er war. Manchmal begleitete ihn Pomphrey, ein Architekt, der

Fremde aus England, der später für den Stadtbaurat Harris ein grandioses Gebäude entwerfen sollte – das Wasserwerk im Osten der Stadt.

Harris verschaffte die Nacht einen Überblick. Die Nacht verwischte die Details und verdichtete sie zu einer Form. Harris brachte Pomphrey mit, und sie gingen hinter den Absperrungen bis zum Brückenkopf, der fünfzig Meter weiter in der Luft endete. Der Wind warf sich ihnen wie etwas Uraltes entgegen. Alle auf der Brücke mussten sich mit Halteseilen sichern. Harris sprach mit dem ein Meter fünfzig großen Engländer über seine Pläne, bahnte sich seinen Weg in Pomphreys Hirn. Bevor man die wirkliche Stadt sehen konnte, musste man sie sich vorstellen; so wie Gerüchte und Übertreibungen in Plänen und Landkarten ihren Niederschlag fanden.

Eines Nachts waren sie um elf Uhr dorthin gefahren, waren über die Absperrungen gestiegen und hatten sich wieder einmal mit dem Halteseil gesichert. So konnten sie ganz am Rand stehen und den Fortschritt der Pfeiler und Stahlbögen begutachten. Auf der Brücke war ein Feuer, wo sich die Arbeiter der Nachtschicht versammelten, ab und zu Balken und andere Holzreste darauf warfen und sich wärmten, bevor sie wieder in die Nacht hinauskletterten.

Sie arbeiteten an einer Holzverschalung für den nächsten Stützpfeiler, die mit Beton ausgegossen werden sollte. Während sie sägten und hämmerten, schüttelte der Wind das Licht der Fackeln, die seitlich an den Streben befestigt waren. Über ihnen, auf dem Brückendeck, schleppten Arbeiter riesige Ingersoll-Rand-Kompressoren und Kabel.

Eine Aprilnacht im Jahre 1917. Harris und Pomphrey standen auf der Brücke, im dunklen Wind. Pomphrey hatte sich nach Westen gewendet und erstarrte plötzlich. Seine Hand streckte sich nach Harris aus, um ihn an der Schulter zu berühren, eine Geste, die er nie zuvor gemacht hatte.

– Da!

Auf der Brücke gingen fünf Nonnen.

Jenseits der Dominion-Steel-Formteile griff der Wind die Gruppe direkt an. Die Nonnen gingen an den ersten Arbeitern am Feuer vorbei. Der Bus, dachte Harris, muss sie nahe am Castle Frank rausgelassen haben, und die Nonnen hatten in ihrer Verwirrung, weil es schon spät war, in der Dunkelheit die falsche Richtung eingeschlagen.

Sie waren fröhlich schwatzend an dem schwarzen Wagen unter den Bäumen und an den Absperrungen vorbeigegangen, in eine Landschaft, von der sie nicht einmal wussten, dass es sie gab – auf einem unsicheren Teppich über den Pfeilern mitten unter die Nachtarbeiter. Sie sahen das Feuer und die Männer. Ein paar von ihnen versuchten, sie zurückzuscheuchen. Ein Maulesel war vor einen Wagen gespannt. Das Zischen und Schlagen von Maschinen erschütterte den Boden unter ihnen. Der Geruch von Kreosot. Ein Mann wusch sich sein Gesicht in einem Fass Wasser.

Die Nonnen bewegten sich auf eine Markierung auf der Brücke zu, als der Wind begann, sie durcheinanderzuwirbeln. Sie wurden gegen die Betonmischer und Dampfschaufeln geschleudert und taumelten von einer Seite auf die andere, ständig in der Gefahr, über den Rand zu stürzen.

Einige der Männer packten sie und hielten sie fest, zogen ihnen Lederriemen über die Schultern, doch zwei waren noch immer ungesichert. Hilflos sahen Harris und Pomphrey von der anderen Seite aus zu, wie eine Nonne vom Wind erfasst und gegen die Kompressoren geschleudert wurde. Zögernd stand sie auf, und dann riss der Wind sie zur Seite, schleifte sie über den Beton und dann über das Ende der Brücke hinaus. Auf der Höhe des dritten Pfahlwerks verschwand sie in der Nacht, in der weiten Tiefe der Luft, die nichts hielt, nur tagsüber manchmal eine Niete oder einen fallen gelassenen Hammer.

Und dann gab es keine Angst mehr auf der Brücke. Das Schlimmste, das Unvorstellbare war geschehen. Eine Nonne war vom Prince-Edward-Viadukt gestürzt, noch bevor es fertig war. Die mit Holzspänen oder Granitstaub bedeckten Männer hielten die Frauen an sich gepresst. Und der Stadtbaurat Harris am anderen Ende starrte den wahnsinnigen Pfad entlang. Dies war sein erstes Kind, und schon war es zum Mörder geworden.

Der Mann in der Luft unter dem mittleren Bogen sah den Schatten auf sich zufallen und wusste in derselben Sekunde, dass sein Seil sie nicht beide halten würde. Er streckte sich vor, um die Gestalt aufzufangen, während er mit der anderen Hand nach dem Ende eines Metallrohrs über sich griff, um den plötzlichen, heftigen Zug auszugleichen. Das zusätzliche Gewicht riss den Arm, der das Rohr hielt, aus dem Gelenk, und er schrie, sodass jeder, der ihn da oben vielleicht gehört hatte, glauben musste, der Schrei käme aus dem Mund der Gestürzten. Die Seilsicherung zurrte fest, schnürte Hals und Brustkorb ein. Der rechte Arm war ein einziger Schmerz – doch das Timing seiner Hand war perfekt gewesen, ihre Grazie war die der Gewohnheit, und einen Augenblick später merkte er, dass er die Gestalt mit aller Kraft an sich drückte.

Er sah, dass es ein schwarz gewandeter Vogel war, das weiße Gesicht eines Mädchens. Er konnte es in dem Licht, das zwölf Meter über ihnen unregelmäßig flackerte, sehen. Sie hingen im Seil, drehten sich über dem Tal, sein gebrochener Arm hing steif an der Seite, im anderen Arm hielt er die Frau. Ihr Körper war starr im Schock, ihre riesigen Augen starrten in das Gesicht von Nicholas Temelcoff.

Schrei bitte, Lady, flüsterte er unter schrecklichen Schmerzen. Er bat sie, sich an seinen Schultern festzuhalten, das Gewicht von seinem heilen Arm zu nehmen. Schaukeln im Wind.

Sie konnte nichts sagen, aber ihre Augen glänzten, leuchteten, starrten ihn an. *Bitte schrei.* Aber sie konnte nicht. Bei Nacht wurden die langen Rutschen, über die der nasse Beton eingefüllt wurde, nicht benutzt; sie hingen so, dass die Gießöffnungen ein paar Meter über dem Talboden schaukelten. Die Kante einer dieser Öffnungen war etwa acht Meter von ihm entfernt. Das wusste er, ohne sie zu sehen und obwohl sie vom Licht nicht getroffen wurde. Wenn sie versuchten, die Rutsche hinunterzugleiten, würde ihr Gewicht sie senkrecht nach unten biegen, und das war gefährlich. Sie mussten etwas anderes erreichen – das Untergeschoss des Fahrbahnträgers der Brücke, wo sich die Aufbauten für spätere Wasserleitungen befanden.

Wir müssen uns rüberschwingen. Sie hatte nun ihre Arme um seine Schultern gelegt; der Wind griff sie an. Die beiden Fremden lagen sich in den Armen und begannen, heftiger zu schaukeln, noch einmal, an der Kante der Rutsche vorbei, die so verlockend gewesen war, bis sie fast beim unteren Teil der Sparren anlangten. Sein heiler Arm war frei. Sich jetzt zu retten, lag in ihrer eigenen Verantwortung.

Sie hatte einen Schock; als sie das Untergeschoss des Fahrbahnträgers erreichten, glühte ihr Gesicht wie im Fieber. Sie war nicht in einem Zustand, in dem sie sich hätte zeigen können, ihr Schleier war aufgegangen, ihr kurz geschnittenes Haar flatterte im Wind, der das Tal hinunterfegte. Als sie den Laufbalken erreicht hatten, rettete sie ihn davor, zurück ins Leere zu fallen. Er war völlig erschöpft. Sie hielt ihn und ging mit ihm wie mit einem Liebhaber die unbeleuchtete Brüstung entlang auf die Westseite der Brücke zu.

Über ihnen standen die anderen um das Feuer herum und redeten aufgeregt. Die Frauen waren immer noch an die Männer geseilt und blickten nicht zu der steinigen Kante, von der sie hinabgestürzt und in die Dunkelheit gefallen war. Die mit der kleinen Narbe über der Nase … sie stolperte ständig in

Fenster, gegen Stühle. Sie hatte immer Pech. Der Chauffeur des Stadtbaurats schlief in seinem Auto, als Temelcoff und die Nonne vorbeigingen; sie waren zurück auf dem Erdboden, weg von der Brücke. Auf dem Weg zur Parliament Street kürzten sie südwärts über den Friedhof ab. Er schien kurz vor einer Ohnmacht, und sie hieß ihn gegen einen Grabstein gelehnt ausruhen. Sie zwang ihn, seinen Arm steif zu halten, die Faust zu ballen. Sie schob ihren Arm unter seinen wie einen Steigbügel und riss ihn hoch, sodass er erneut schrie, ihr ganzer Körper hob ihn mit aller Kraft, deren sie fähig war, hoch, sie stöhnte, als wollte sie ihn vom Boden heben, und dann hielt sie ihn, umklammerte ihn. Sie hatte den Schweiß über sein Gesicht strömen sehen. *Eine Spritze. Besorg mir …* Sie nahm ihren Schleier ab und band den Arm fest an seine Seite. *Parliament Ecke Dundas … noch ein paar Blocks*. Also ging sie mit ihm die Parliament Street hinunter. Sie wusste nicht, wohin sie ging. An der Eastern Avenue klopfte sie an eine Tür, auf die er zeigte. All diese kurzen Bitten – schrei, schwing, klopf, besorg mir. Dann öffnete ein Mann die Tür und ließ sie ins Ochridsee-Restaurant ein. *Dank dir, Kosta. Geh wieder schlafen. Ich schließ schon ab.* Und der Mann, der Freund, ging wieder die Treppe hinauf.

Sie stand mitten im Restaurant in der Dunkelheit. Die Stühle und Tische waren in eine Ecke des Raums geschoben worden. Temelcoff holte eine Flasche Brandy unter der Theke hervor und hielt zwei kleine Gläser mit den Fingern der gleichen Hand. Er führte sie an einen kleinen Tisch, ging dann zurück und knipste mit einem Schalter hinter der zinkbeschlagenen Theke das Licht bei ihrem Tisch an. An den Wänden hingen Wappen.

Noch immer hatte sie kein Wort gesagt. Ihm fiel ein, dass sie nicht einmal geschrien hatte, als sie fiel. Das war er gewesen.

Nicholas Temelcoff ist berühmt auf der Brücke, ein Teufelskerl. Ihm werden all die schwierigen Arbeiten angeboten, und er nimmt sie. Er lässt sich furchtlos in die Luft fallen. Er ist ein Einzelgänger. Er wickelt das Seil auf, fährt über das Werkzeug und den Rollenzug an seiner Hüfte und fällt von der Brücke wie ein Taucher, der über den Bootsrand springt. Das Seil saust neben ihm und wird mit stärkerem Druck seiner Hände, die in Halbhandschuhen stecken, langsamer. Auf dem Boden ist er stämmig, und er fällt mit atemberaubender Geschwindigkeit und Grazie, benutzt den Wind, um sich in die Winkel des Pfahlwerks drücken zu lassen, um die hineingetriebenen Nieten zu kontrollieren, die abgescherten Ventile und den trocknenden Beton unter den Schaltafeln und Absteifungen. Er steht in der Luft und schlägt den Bolzen in das obere Seil und bringt dann den Laufknoten am unteren Seilende in Position. Selbst auf den Archivbildern kann man ihn nur schwer ausmachen. Wieder und wieder hat man die weite Aussicht vor sich, und das Auge muss an der Mauer des Himmels entlangstreifen bis zu dem Fleck verbrannten Papiers über dem Tal, wo er ist, ein Ausrufezeichen, irgendwo auf der Strecke zwischen Brücke und Fluss. Er schwebt in der Nähe der drei Gelenke der halbmondförmigen Stahlbögen. Diese halten die Brücke zusammen. Der Augenblick des Kubismus.

Er fühlt sich bei den täglich anfallenden Arbeiten am wohlsten – Werkzeuge vom Brückenpfeiler zum Gerüst hinunterbringen oder Holzbalken, die er vor sich durch die Luft schiebt wie beim Schwimmen in einem Fluss. Er ist ein Spinner. Er verknüpft alle miteinander. Er trifft sie, wenn sie sich festklammern – vom Wind gegen das Metall gepresst, das sie festnieten oder das Holz, gegen das sie mit dem Hammer schlagen – aber er hat nicht solche Angst wie sie. Er arbeitet nur mit seinem eigenen Werkzeug, arbeitet mit gebeugtem Rücken unter seinen Seilen und zieht die glänzenden Kletterhaken hinter sich her. Er sitzt auf einem gerollten Sitz aus Seil, während er auf der Brücke seine Mittagspause macht. Wenn er früh aufhört, radelt er die Parliament Street hinunter zum Ochridsee-Restaurant und sitzt in der Dunkelheit des Raums, als hätte er genug vom Licht. Genug vom Raum.

Seine Arbeit ist so außergewöhnlich und spart so viel Zeit, dass er einen Dollar die Stunde verdient, während die anderen Brückenarbeiter vierzig Cent bekommen. Eifersüchteleien gibt es nicht. Keiner träumt davon, auch nur die Hälfte seiner Arbeit zu übernehmen. In der Nachtschicht verdient er einen Dollar fünfundzwanzig, er schwingt sich auf die Querverstrebungen eines Gerüsts mit einer Fackel in der Hand und lässt sich fallen wie ein toter Stern. Er muss die Gegenstände nicht wirklich sehen, er hat den ganzen Raum kartografiert, kennt die Maße der Fundamente, die Breite der Querstege in Bewegungssekunden – 84,5 Meter misst die Spannweite des mittleren Brückenbogens. Zwei angrenzende Bögen von je 72 Metern Spannweite, zwei Endbögen von je 47,5 Metern Spannweite. Er gleitet in die Öffnungen des Untergeschosses des Fahrbahnträgers, klettert mit den Steighaken hoch bis zur oberen Brückenebene. Er weiß, wie hoch über dem Fluss er ist, weiß, wie lang die Seile sind, wie viele Sekunden er frei fallen kann, bis das Seil blockiert. Es spielt keine Rolle, ob es Tag ist oder Nacht, man könnte ihm die Augen verbinden. Schwarzer Raum ist Zeit. Nach einem Flug von drei Sekunden zieht er die Beine an, um den Anprall an der Betonkante des nächsten Fundaments abzufangen. Er kennt seine genaue Position in der Luft, als wäre er Quecksilber, das auf einer Landkarte entlangrollt.

Ein Papagei hing in einem Käfig neben der Tür des Ochridsee-Restaurants. Er war zu neugierig, zu sehr an den Ereignissen der Nacht interessiert, um zuzulassen, dass man ihn zudeckte.

Er beäugte die Frau, die mitten im Zimmer in der Dunkelheit stand. Der Mann knipste das Licht hinter der Theke an. Nicholas Temelcoff ging für einen kurzen Besuch hinüber zu dem Vogel, nachdem er die Drinks geholt hatte. »Na, Alicia, mein Herz, wie gehts dir?« Und ging wieder weg, ohne auf die Antwort des Vogels zu warten; die Finger seiner Linken hielten vorsichtig die Gläser, sein Arm wiegte die Flasche.

Er murmelte in dem leeren Raum, als würde er die Unterhaltung mit dem Vogel fortsetzen. Von zwölf bis zwei Uhr mittags war der Raum voll essender und trinkender Männer. Kosta, der Besitzer, und sein Kellner führten wüste Szenen für die Menge auf – der Boss beschimpfte den Kellner, scheuchte ihn zwischen den Gästen herum. Nicholas erinnerte sich an das erste Mal, als er hierher kam. Die dunklen Mäntel der Männer, die Debatten über Europa.

Er goss einen Brandy ein und schob ihn zu ihr hinüber. »Du brauchst das nicht trinken, nur wenn du willst. Oder nimms als höfliche Geste meinerseits.« Er trank schnell und goss sich noch einmal ein. »Danke«, sagte er und berührte neugierig seinen Arm, als wäre es der Arm eines Fremden.

Sie schüttelte den Kopf, um zu sagen, dass der Arm noch nicht in Ordnung sei, dass er noch behandelt werden müsse.

»Ja, aber nicht jetzt. Jetzt will ich hier sitzen.« Beide schwiegen. »Nur um zu trinken und leise zu reden … Hier ist es immer Nacht. Die Leute kommen aus der Sonne und müssen sich im Dunkeln vorsichtig bewegen.«

Er trank wieder. »Nur gegen den Schmerz.« Sie lächelte. »Jetzt Musik.« Er stand vom Tisch auf, während er sprach, ging hinter die Theke, drehte das Radio an und stellte es leise. Er drehte am Sendersuchknopf, bis er Bigbandmusik fand. Er setzte sich wieder ihr gegenüber. »Viel Schmerz. Aber ich fühl mich gut.« Er lehnte sich zurück, hielt das Glas hoch. »Lebendig.« Sie nahm ihr Glas und trank.

»Woher hast du die Narbe?« Er zeigte mit dem Daumen auf ihren Nasenflügel.

Sie zog sich zurück.

»Sei nicht schüchtern … rede. Du musst reden.« Er wollte, dass sie aus sich herausging, selbst Wut hätte er hingenommen, obwohl er keine Wut wollte. Er fühlte sich so friedlich im Ochridsee-Restaurant, spürte die Stuhlstreben im Rücken, ihren Schleier fest um seinen Arm. Er wollte sie nur nah bei sich haben. Stockfinstere Nacht um sie herum, und er wollte sich um sie kümmern, sie vorsichtig aus dem Schock holen.

»Ich habe vielleicht zwanzig Narben«, sagte er, »überall … Eine da auf meinem Ohr.« Er drehte sich um und beugte sich vor, und die Wandlampe schien ihm seitlich auf den Kopf. »Siehst du? Und da unter meinem Kinn, das hat mir auch den Kiefer gebrochen. Ein loses Kabel war das. Brachte mich fast um, brach mir den Kiefer. Noch viel mehr. Meine Knie …« Er redete weiter. Heißer Teer brennt auf seinem Arm. Nägel in den Waden. Er trank aus, goss ihr noch einmal ein, das Lied, von einer Frau gesungen, im Radio. Sie hörte den Text hinter Temelcoffs Monolog, während er redete und das Lied mitsummte und in ihrem hellen Gesicht suchte. Wie eine Frau mit Fieber.

Das ist das erste Mal, dass sie in einer mazedonischen Bar sitzt, überhaupt in einer Bar, mit einem trinkenden Mann. Die lackierten Tische reflektieren schwach das Licht, die rot karierten Tischdecken vom Tag sind zusammengefaltet und weggeräumt. Über der Wandnische mit der Theke hängt ein Stück Stoff. Sie weiß plötzlich, dass sie sich in der Dunkelheit einer mazedonischen Nacht befinden, in der die Gäste im Freien an ihren Tischen sitzen. Das Licht kommt nur von der Bar, den Sternen, der Uhr mit dem elektrisch beleuchteten orangen und roten Zifferblatt. Wenn also die Gäste eintreten, zu welcher Uhrzeit auch immer, betreten sie einen alten Innenhof auf dem Balkan. Eine Geige. Olivenbäume. Ständiger Abend. Jetzt versteht sie auch die Tapete mit dem Laubmuster. Jetzt hat der Papagei eine Sprache.

Er redete weiter, flocht Phrasen aus den Liedern im Radio ein; so hatte er die Worte und die Aussprache gelernt. Er sprach von sich, müde, und merkte nicht, dass seine Stimme in zwei Sprachen zerfiel; die Frau hörte alles, was er sagte, und versuchte, alles zu behalten. Er konnte sehen, dass ihre Augen wach waren, den Raum zu begreifen suchten. Er bemerkte, wie ihre Finger sich bewegten, als wollten sie zur Radiomusik trommeln.

Die blauen Augen blieben an ihm haften, wenn er sich bewegte und seinen Kopf gegen die Wand lehnte. Er trank, atmete tief ins Glas, damit ihm der Dunst in die Augen sticht und ihn wach hält. Dann sah er wieder zu ihr hin. Wie alt war sie? Ihr braunes Haar war so kurz, so frisch an der Luft. Er wollte mit seinen Fingern hindurchfahren.

»Ich mag dein Haar«, sagte er. »Danke … für die Hilfe. Dass du den Drink angenommen hast.«

Sie beugte sich ernst vor, blickte ihn an, suchte jetzt etwas in seinem Gesicht. Worte lagen ihr auf der Zunge, gleich würden sie herausfallen, nach seinem Namen fragen, den er vergessen hatte ihr zu sagen. »Ich mag dein Haar.« Seine Schultern drückten gegen die Wand, und er versuchte, aufzusehen. Dann waren seine Augen geschlossen. So fest eingeschlafen, dass er erst Stunden später aufwachen würde. Sie könnte ihn wie eine Puppe umherwirbeln, und er würde nicht aufwachen.

Sie kam sich vor wie das einzige Lebendige in diesem Gebäude. In dieser feierlichen Dunkelheit. Noch immer hatte sie einen fürchterlichen Geschmack von dem einen Glas Brandy auf der Zunge, deshalb ging sie hinter die Theke, um sich den Mund auszuspülen. Sie drehte ein wenig am Radio, blieb dann aber beim selben Sender. Sie suchte nach dem Lied, das er vorhin mitgesummt hatte, die Stimme des Sängers war merkwürdig kraftvoll und lethargisch gewesen. Sie sah sich im Spiegel. Eine Frau, deren Haar man sah, die bei etwas Verbotenem erwischt wurde. Sie tat, was er hatte tun wollen. Sie fuhr sich kurz mit der Hand übers Haar. Dann drehte sie sich von ihrem Spiegelbild weg.

Vorgebeugt presste sie ihr Gesicht auf die kalte Theke, sie war noch immer kalt, selbst jetzt nach Mitternacht. Die Kälte auf ihrer Wange, ihrem Lid. Sie bewegte den Kopf hin und her, um ihre Stirn zu kühlen. Die Theke war der Rand eines anderen Landes. Sie legte ihr Ohr auf diesen grauen Ozean. Die Erinnerungen des Metalls an all die Gläser vom Tage. Das Verschüttete und der Wischlappen. Beichte. Tabula rasa.

Am Tisch brachte sie den Mann in eine bequemere Lage, damit er nicht auf seinen Arm fiel. »Wie heißt du?«, flüsterte sie. Sie beugte sich vor und küsste ihn, fing dann an, im Zimmer umherzugehen. In diesem Garten. Fremde küssen sanft wie Falter, dachte sie.

Bei bestimmtem Wetter, wenn Nebel das Tal füllt, bleiben die Männer dicht beisammen. Sie kommen zur Arbeit und gehen auf einem Weg, der im Weißen verschwindet. Was für ein Land liegt da auf der anderen Seite? Sie gehen in Gruppen von drei oder vier. Beim Bau der Brücke sind schon viele ums Leben gekommen. Doch besonders an einem Morgen wie diesem herrscht dort eine Furcht, die aus prähistorischen Zeiten zu stammen scheint, ein Riesenvogel könnte kommen und einen der Männer mit sich forttragen in die Lüfte …

Nicholas hat seinen Hut abgenommen, hat sich angegurtet und sich vom Rand fallen lassen, fiel zehn Meter tief durch den Nebel. Er hängt direkt unter der Brücke. Er kann nichts sehen, nur seine Hände und einen Meter Seil vom Flaschenzug über ihm. Sechs Uhr früh, und schon gehört er nicht mehr zur Gemeinschaft der Männer auf der Brücke, die ebenfalls ein Teil dieses Märchens sind.

Er hängt parallel zum Gitterwerk der hängenden Gerüste. Jetzt betritt er die Käfige aus Stahl und Holz, wie ein Taucher, der in ein versunkenes Schiff eindringt, das jeden Moment in tiefere Bruchzonen des Meeresbodens kippen könnte. Nicholas Temelcoff arbeitet, während die Auslegerkräne den Stahl hinaufziehen und hinunterlassen, entsprechend den Erfordernissen beim Bau des nächsten Fundaments. Er dirigiert den Stahl durch den Nebel. Er ist ein Bruchstück am Ende des Stahlknochens, den der Kran am Ende seines Zwanzig-Meter-Auslegers trägt. Nicholas wird mit der Stahllast zusammen hochgezogen auf einen Träger; dann übernimmt ein »Traveller« die Last. Am westlichen Ende des Viadukts bedient man sich eines Travellers, um den fünfzig Meter langen Brückenbogen zu errichten. Travellers sind zwei durch Gerüste miteinander verbundene Auslegerkräne, die zwölf Tonnen an jede beliebige Position bringen können, wie eine Karotte vor der Nase des gerade beendeten Bauabschnitts der Brücke.

Nicholas hängt nicht an den Travellers, er befestigt sein Seil und die Laufrollen nur an den genieteten Stahlteilen eines fertiggestellten Brückenabschnitts. Schon zweimal sind Travellers zusammengebrochen und ins Tal gestürzt. Er hängt sich nicht an hängende Gerüste. Doch er hängt daneben, in der blinden Weiße, rutscht immer weiter hinein, bis er die neuen Stahlrippen an das Brückenende manövrieren kann. Er nietet sie fest, muss sich fallen lassen, setzt so bei den letzten Drehungen des gigantischen Schraubenschlüssels sein ganzes Körpergewicht ein. Er lässt drei Meter freilaufenden

Seils auf der Laufrolle, hängt den Schraubenschlüssel ein, lässt sich dann auf den sechzig Zentimeter langen Griff fallen, rutscht auf ihm hinab, und es gibt einen Ruck, wenn die Schraube festgezogen ist; dann fällt er in die Luft hinaus, und es gibt wieder einen Ruck, wenn das Seil blockiert. Dann zieht er sich hoch und fängt wieder von vorn an. Nach zehn Minuten fühlt sich jeder Knochen wie gebrochen an – die Luft, die ihn bremst, fühlt sich so hart an wie Beton, seine Wirbelsäule schmerzt dort, wo die Gurte ihn zurückreißen.

Er steigt so hoch wie der Traveller, bis zum Untergeschoss des Fahrbahnträgers, ruft dem Kranführer über ihm durch den Nebel Zahlen zu, im Geklapper der Holzbalken, an denen er sich festhält; das Kreischen und Zerren auf dem Gerüst übertönt seine Rufe *eins – zwei – drei – vier* –, das ist die einzige Sprache, die er verwendet. Einmal hing er dort, als eines Nachts ein Traveller zusammenbrach – mit ihm das ganze Gerüst –, und das Seil um ihn wurde zerfetzt. Er ließ los, schwang in die Dunkelheit, *irgendwohin,* nur weit genug weg von den fünfzehn Tonnen fallenden Holzes, das auf das Untergeschoss stürzte und dann weiter ins Tal und im Fall rasselte und krachte wie ein Förderkorb voller Eisen. Und am äußersten Ende der Schwingung wusste er, dass er den Balken entkommen war, aber nicht unbedingt den armdicken Trossen, die nun wild umherschlugen, sich kreuz und quer durch die Luft schlängelten. Beim Rückschwung rollte er sich zusammen, um ihnen zu entgehen, hörte sie seitlich vorbeipeitschen, während sie die beim Zerreißen entstandene Energie aufbrauchten. Sein Vorgänger war bei einem ähnlichen Zwischenfall ums Leben gekommen, war zerschnitten worden, eine Stunde später fand man seinen Oberkörper noch immer im Gurt hängend.

Bis acht Uhr ist der Nebel verdunstet, und die Männer arbeiten schon seit über zwei Stunden. Der Geruch von Teer erreicht Nicholas; irgendwo sind Arbeiter mit Ausgießen und Einebnen beschäftigt. Er wartet, im Gurt hängend, auf das Pfeifsignal, das die nächste Fahrt des Travellers ankündigt. Unter ihm liegt der Don River, der Grand Trunk, die Schienen der CN- und CP-Eisenbahngesellschaften und die Rosedale Valley Road. Er kann die Häuser und Arbeitsbaracken sehen, die schöne Holzverschalung des Pfeilers, die wie das Zelt eines Wanderpredigers aussieht. Der Wind trocknet seinen Schweiß. Er spricht auf Englisch mit sich selbst.

Sie macht einen Schritt zum Ochridsee-Restaurant hinaus in den blauen Korridor – die schmale blaue Lichtlinie, die zur Straße führt. Was aus ihr wird, wird sie in dieser Minute, bevor sie draußen ist, bevor sie in den sechs Stunden jungen Morgen hinaustritt. Alicia, der Papagei, bemerkt, dass sie geht, und richtet seine Aufmerksamkeit wieder auf den schlafenden Mann auf dem Stuhl, dessen Arm auf dem Tisch liegt, Handfläche nach oben, als bäte er um eine milde Gabe, sein Kopf lehnt an der Wand neben einem Wappen. Der Mann sitzt jetzt im Dunkeln, die offene Hand ist hart und voller Schwielen. Fünf Jahre zuvor oder zehn Jahre später hätte die Frau das Mehl in seinem Haar gerochen, weil er neben dem Teig zu schlafen pflegte, an die Schüssel geschmiegt, damit der Teig dank der Wärme seines Körpers aufging. Doch jetzt war es die Härte seiner Hände, deren Klang ihr in der Erinnerung vorkommen sollte wie der von Holz gegen Glas.

Stadtbaurat Harris spricht nie mit Nicholas Temelcoff, beobachtet aber häufig, wie dieser sich sichert, an den Rand des Viadukts geht und auf die verschiedenen Anweisungen des Ingenieurs Taylor hört. Er scheint abwesend, doch Harris weiß, dass er genau zuhört. Nicholas schaut den anderen niemals in die Augen, so als wollte er nur die blanken Befehle hören, ohne ein Gesicht dazu.

Seine Augen heften sich an Gegenstände. Holz, ein Geländer, ein Seilende. Er isst seine Brote, ohne sie anzusehen, beobachtet stattdessen einen Mann, der einen Flaschenzug an dem Geländer über ihm befestigt, oder er betrachtet interessiert das teure Leder der Schuhe des Architekten. Er trinkt Wasser aus einer grünen Flasche mit Korken, und seine Augen sind auf etwas gerichtet, das dreißig Meter weiter weg ist. Ihm selbst fällt nie auf, wie oft er von anderen beobachtet wird. Er hat keine Ahnung, dass seine Bewegungen ungewöhnlich sind. Er hat keine Vorstellung von sich. Harris und den anderen kommt er wie ein Junge vor: wie einer, der zum Beispiel von Spielzeugautos besessen ist, irgendetwas, was sie alle schon vor Jahren hinter sich gelassen haben.

Nicholas sitzt rittlings auf der Brüstung, sieht aus den Augenwinkeln die Seilrollen und macht dann, ohne zu zögern, einen Schritt in die klare Luft hinaus. Jetzt kann Harris nichts mehr sehen außer dem zischenden Seil, einem schnellen Gleiten. Acht Meter tiefer wird Nicholas durch einen Hieb gegen sein Herz gestoppt. Vom Fahrbahnträger werden sie hören können, wie er langsam anfängt, verschiedene Lieder zu singen, wie er Silben herausbricht und um sie herumwandert, als breitete er die Satzteile wie Ausrüstungsgegenstände auf dem Weg aus, um sie auf ihren Wert zu prüfen; er greift nach dem, was ihn im Augenblick interessiert, und lässt es wegen eines anderen Teiles fallen. Wie er nichts von den Blicken weiß, die ihm gelten, so nimmt Nicholas auch jetzt an, dass niemand auf ihn achtet, weil er selbst den meisten Unterhaltungen um sich herum nicht zuhört.

Für Nicholas ist Sprache viel schwieriger als seine Arbeit im Raum. Er liebt seine neue Sprache, ihre fürchterlichen Barrieren in ihr. »›*Liebt sie mich? – Bestimmt! Liebe ich sie? – Sicher!*‹« Nicholas singt zu der zwölf Meter langen Röhre hinaus, die er durch die Luft auf den Traveller zumanövriert. Er kennt Harris. Er *erkennt* Harris an der Zeit, die dieser braucht, die zweiundzwanzig Meter von einem Gehsteig der Brücke zum anderen zu gehen, und an dem teuren Tweedmantel, der mehr gekostet hat als der Wochenlohn von fünf Brückenarbeitern zusammen.

Nachwort

Kanada ist das zweitgrößte Land der Welt. Das weiß (außer den Kanadiern) fast niemand. Es ist größer als China und Indien mit ihren Bevölkerungsmilliarden. In Kanada leben jedoch nur vierunddreißig Millionen Menschen, das ist nicht viel. Mitunter wird Kanada einfach nur für die nördliche Verlängerung der USA gehalten, und viele glauben, keinen einzigen berühmten Kanadier zu kennen. Dabei haben die meisten schon einmal von Neil Young, Alexander Graham Bell, dem Erfinder des Telefons, dem Regisseur James Cameron oder dem Architekten Frank Gehry gehört. Sie alle sind Kanadier.

Eine der bekanntesten Kanadierinnen ist Margaret Atwood, die in ihrer Erzählung »Das Bleizeitalter« einen Bogen vom modernen Leben in der Großstadt Toronto zum tragischen Ende der Franklin-Expedition im Nordpolarmeer schlägt, bei der 1850 die gesamte Besatzung der beiden Expeditionsschiffe Erebus und Terror auf der Suche nach der Nordwestpassage starb.

Im ausgedehnten Norden des Landes, der bis hoch an den Nordpol reicht, sind weite Landstriche unbewohnbar, zumindest für Weiße – nur die Inuit halten es in den Permafrost-Gebieten ihres riesigen autonomen Territoriums Nunavut aus. Dort, in der Arktis, wo Tundra und Seen nur wenige Wochen im Jahr aus Schnee und Eis auftauchen, spielt Farley Mowats Erzählung »Wandere leicht, mein Bruder!« Als das klapprige Wasserflugzeug am Polarkreis den Geist aufgibt, müssen die Eskimofrau Konala und der weiße Pilot Lavery mitten in der unermesslichen Tundra ums Überleben kämpfen.

Nicht ganz so weit im Norden, aber immer noch »nördlich der Baumgrenze und südlich der Eisberge«, lebt ein Stamm der Cree am Ufer der großen Hudson Bay. In Joan Clarks »Ankunft bei den Swampy Cree« kommt eine Menge über die zwischen der indigenen Bevölkerung und den weißen Kanadiern brodelnden Konflikte zum Ausdruck.

In seinem Roman *Der lange Weg*, aus dem der Text »Feuer. *Pasitew*« entnommen ist, schildert Joseph Boyden den Clash zwischen Ureinwohnern und europäischstämmigen Kanadiern aus einer anderen Perspektive: 1918 – in derselben Gegend wie in Joan Clarks Geschichte, in Moosonee an der Hudson Bay – holt die Schamanin eines Oji-Cree-Stammes ihren im Ersten Weltkrieg schwer verwundeten Neffen vom Bahnhof ab und paddelt mit ihm nach Hause. Doch Xavier wird die schrecklichen Erinnerungen an die Schützengräben in Europa nicht mehr los. Als Vorbild dieser Figur diente der legendäre Ojibwa-Scharfschütze Francis Pegahmagabow.

Ebenfalls von Indianern, die in Kanada First Nations bzw. Premières Nations genannt werden, erzählt die Autorin Anne Cameron. Die in »Töchter der Kupferfrau« gesammelten Geschichten gehen auf die mündlichen Überlieferungen der Nootka-Indianerinnen auf Vancouver Island zurück und erklären die Entstehung der Menschen. Die Pazifikinsel Vancouver Island in der Provinz British Columbia bietet damals wie heute eine von mildem Klima gesegnete, üppige Natur mit dem einzigen Küstenregenwald der nördlichen Hemisphäre und reichen Fischbeständen.

Doch die vielen Weißen, die 1896 in das benachbarte Territorium, den Yukon, im Grenzgebiet zu Alaska, drängten, interessierten sich nicht für fischreiche Flüsse und herrliche Landschaften: Sie suchten nach Gold, was anschaulich in Robert Kroetschs Text »Goldrausch am Klondike River« geschildert wird.

Erst Gold und seit den 1990er-Jahren Diamanten trieben die weiße Bevölkerung auch in die benachbarten Northwest Territories. Hier gilt es heute, eine der größten unerschlossenen, menschenleeren Gegenden der Welt zu entdecken, was am besten mit dem Paddelboot (dem *Kanadier*) geschieht. In »Aufbruch in die Barren Grounds« begeben sich zwei Frauen und zwei Männer auf eine abenteuerliche Paddeltour durch das Land der Moschusochsen, Grizzlys, Karibus und Wölfe.

Viele wilde Tiere, besonders Büffel und Biber, aber auch Moschusochsen, wurden bis 1950 erbarmungslos gejagt und zum Teil praktisch ausgerottet: Die frühen Einwanderer des 16. und 17. Jahrhunderts kamen nicht auf der Suche nach Gold von Europa nach Kanada, sondern um den europäischen Pelzbedarf zu decken. Dieser bedeutende Aspekt der kanadischen Vergangenheit spiegelt sich in Alice Munros Erzählung »Jungen und Mädchen« wider, der auf einer Silberfuchsfarm spielt.

Doch nicht nur der Pelzhandel war für die Europäer von Interesse, sondern auch Kanada als Siedlungsgebiet. Die Wikinger siedelten sich schon um das Jahr 1000 in Neufundland an, und die französischen Siedler, die 1605 über den Atlantik gesegelt kamen, nannten ihre neue Heimat »Akadien« – in Anlehnung an Arkadien, das mythische Sehnsuchtsland. Dort fanden die Franzosen ideale Bedingungen für Landwirtschaft und Fischfang. Später kamen die Schotten dazu, die Provinz heißt heute Neuschottland – Nova Scotia. Zu Nova Scotia gehört auch die raue Insel Kap Breton an der kanadischen Atlantikküste – *Land der Bäume* von Alistair MacLeod ist ein Roman dieser grandiosen Landschaft, wo auch Gälisch gesprochen wird. In kalten Wintern fror die Meerenge zwischen Insel und Festland zu und wurde dann mit dem Pferdeschlitten überquert, wovon der Romanauszug »Nächtliche Fahrt über das Eis – Eine Erinnerung an Kap Breton« handelt.

Viele der französischen Siedler segelten weiter als Nova Scotia, den riesigen Sankt-Lorenz-Strom hinauf bis in die heutige Provinz Québec. Madeleine Ferrons »Zuckerahorn« erzählt von der guten alten Zeit in den Wäldern Québecs, als die Produktion von Ahornsirup noch den wichtigsten Einkommenszweig darstellte. Doch obwohl heutzutage fast ein Viertel der Kanadier Französisch als Muttersprache spricht, mussten die vornehmlich in Québec wohnhaften Frankokanadier lange gegen die Vorherrschaft der Anglophonen, der Englischsprechenden, ankämpfen. Dieser Kampf um sprachliche und kulturelle Anerkennung bildet den Hintergrund der Kurzgeschichte »Der Terrorist« von Yves Thériault. Das Beharren der Frankophonen auf ihrer eigenen Lebensart und Sprache, trotz der riesigen Übermacht der sie umgebenden Englischsprecher, hat sich als recht erfolgreich erwiesen, und Québec ist heute eine wirtschaftlich und kulturell lebendige Provinz.

Den größten Teil der kanadischen Landfläche nehmen allerdings weder die endlosen Wälder, spektakulären Berggipfel der Rocky Mountains, die wilden Küsten oder riesigen Binnenseen ein, sondern die ewigen Ebenen der Prärie. Hier in dieser flachen, eintönigen Landschaft, über die die Stürme jagen, spielt die Erzählung »Die Lampe am Mittag«. Während der Weltwirtschaftskrise nach 1929 herrschte auch in Kanada zum Teil große Armut, die die Farmer zwang, trotz Dürrekatastrophen und Missernten mit der Landwirtschaft weiterzumachen. Die dramatische Kurzgeschichte von Sinclair Ross ist in Kanada in praktisch jedem Schulbuch enthalten.

Heute ist Kanada mit seiner enormen Weite, seinen grandiosen Landschaften und quicklebendigen Städten ein Land mit einer hohen Lebensqualität, in die es nicht nur viele Millionen Besucher zieht, sondern auch um die 250 000 Immigranten pro Jahr. Dank der starken Einwanderung sind besonders die kanadischen Großstädte Toronto, Montreal und Vancouver ethnisch bunt durchmischt: Es gibt ganze Stadtteile, die vorwiegend von Chinesen, Indern, Filipinos oder Haitianern bewohnt werden. Der aus Sri Lanka stammende Autor Michael

Ondaatje erzählt in »Die Brücke« vom Ausbau seiner neuen Heimat Toronto zur modernen Großstadt.

Das Reisen in Kanada ist spektakulär, gleichgültig, welches Fortbewegungsmittel man wählt: Twin Otter, Paddelboot, Leihwagen, Eisenbahn, Motorschlitten oder Hundegespann. Und mit diesem Erzählband lässt sich dieses große Land in seiner ganzen landschaftlichen und kulturellen Vielfalt auch literarisch erwandern. Gute Reise!

Anke Caroline Burger

Worterklärungen

Band Gruppe eines Indianerstammes

Bannock in der Pfanne zubereitetes Fladenbrot

Blizzard durch arktische Kaltlufteinbrüche bewirkter starker Schneesturm

Body-Snatcher Figuren aus einer amerikanischen Fernsehserie, die sich menschlicher Körper bemächtigen

Cheechako Neuankömmling; Bezeichnung, die während des Yukon-Goldrauschs aus der Chinook-Indianersprache ins Englische übernommen wurde

Claim abgestecktes Landgebiet zum Goldschürfen

Cree weit verbreitete, große Indianergruppe, die in Kanada westlich der unteren Hudson Bay lebt; auch Bezeichnung ihrer Sprache

First Nations indigene Völker Kanadas mit Ausnahme der Métis und der Inuit

Gälisch aus Schottland stammende Sprache, die in Nova Scotia und auf Kap Breton seit ca. 1760 gesprochen wird und heute stark im Rückgang begriffen ist

Hearne, Samuel (1745–1792) englischer Naturforscher, Schriftsteller und Entdecker, der Nordkanada unter indianischer Führung durchquerte, um als erster Europäer den Landweg zum arktischen Ozean zu finden

Hornby, John englischer Entdecker, 1880 geboren, der besonders für seine Forschungsreisen im nordwestlichen Kanada bekannt wurde; bei dem Versuch, ein Jahr ohne Vorräte am Thelon River zu verbringen, kam er 1927 ums Leben

Husky Schlittenhund; hier: abschätzige Bezeichnung für Inuit

ille bhig ruaidh kleiner Rotschopf (gälisch)

Kanadier offenes Kanu, das mit Stechpaddeln bewegt wird; ursprünglich von nordamerikanischen Indianern als Fortbewegungsmittel in unwegsamen Gebieten benutzt

Kanadischer Schild geologische Region in Hufeisenform, die den mittleren und östlichen Teil Kanadas umfasst

Karibu kanadisches Ren

King Billy Spitzname für William III. von Oranien-Nassau (1650–1702), König von England, Schottland und Irland

Kummet gepolsterter Bügel um den Hals von Zugtieren

Kreosot aus Kohlenteer hergestellte Mischung, die als Holzschutzmittel verwendet wird

Mohawk Indianerstamm, der im Staat New York, in Québec und in Ontario zu Hause ist

Neunauge fischähnliches Wirbeltier, das sich seit Millionen von Jahren nicht verändert hat

Pasitew *Cree* für Feuer

Permafrost Dauerfrostboden

Schlacht bei Balaklava 1845, während des Krimkriegs geschlagene Schlacht zwischen Briten, Franzosen und dem Osmanischen Reich auf der einen und dem russischen Zarenreich auf der anderen Seite

Swampy Cree Untergruppe der *Cree*, die unter anderem an der Küste der Hudson Bay lebt

Tagish Indianerstamm, der ursprünglich rund um die im kanadischen Yukon-Territorium gelegenen Seen Tagish und Marsh lebte; Ende des 19. Jahrhunderts spielten *Tagish* bei der Entdeckung des Goldes eine Schlüsselrolle

Tipi kegelförmiges Indianerzelt

Treaty Day Gedenktag an die zwischen Indianern und kanadischer Regierung geschlossenen Abkommen bezüglich der von den Indianern besiedelten Gebiete. Die Treaties, Ende des 19., Anfang des 20. Jahrhunderts geschlossen, verpflichteten die Indianer zu Loyalität gegenüber der kanadischen Regierung bzw. englischen Krone. Im Gegenzug versprach die Regierung medizinische, wirtschaftliche und soziale Hilfe.

Twin Otter in Kanada entwickeltes Wasserflugzeug

wemistikoshiw *Cree* für Weißer

Autorinnen und Autoren

Mit * gekennzeichnete Titel wurden für diese Anthologie vom Verlag neu gesetzt.

Margaret Atwood
geboren 1939 in Ottawa, lebt in Toronto. Die vermutlich berühmteste kanadische Schriftstellerin hat auch als Literaturwissenschaftlerin in den USA und Kanada gelehrt. Bekannt wurde sie vor allem durch ihre zahlreichen Romane wie *Die essbare Frau* (1985) oder *Der Report der Magd* (1987), der 1990 von Volker Schlöndorff als *Die Geschichte der Dienerin* verfilmt wurde. Ihre Werke, für die sie unzählige Preise erhalten hat, sind in mehr als vierzig Sprachen übersetzt.
»Das Bleizeitalter«, aus: Margaret Atwood, *Tipps für die Wildnis. Short Storys.* © Berlin Verlag, Berlin 2003. Aus dem Englischen von Charlotte Franke.

Joseph Boyden
der Autor irisch-schottisch-indianischer Herkunft wurde 1966 in Willowdale, Ontario, geboren und schreibt über die kanadischen First Nations. Sein Debütroman *Der lange Weg* erzählt von zwei jungen Cree-Indianern, die als kanadische Soldaten in den Ersten Weltkrieg nach Europa ziehen und für immer verändert in ihre Heimat zurückkehren. Boyden hat mit seinen Romanen in Kanada für viel Furore gesorgt. Er lebt mit seiner Frau in New Orleans, USA, und Nord-Ontario.
»Feuer. *Pasitew*«, aus: Joseph Boyden, *Der lange Weg.* © 2006 Albrecht Knaus Verlag, München, in der Verlagsgruppe Random House GmbH. Aus dem Englischen von Bettina Münch und Kathrin Razum.

Anne Cameron
wurde 1938 in Nanaimo auf Vancouver Island, British Columbia, geboren. Sie schreibt feministische Romane, Drehbücher und Kinderbücher. Viele ihrer Erzählungen sind von Mythologie und Märchen der kanadischen Westküstenindianer beeinflusst. In *Töchter der Kupferfrau* verarbeitet sie die mündlichen Überlieferungen der Frauen des Nootka-Stammes. Cameron lebt mit ihrer Partnerin in Tahsis, British Columbia.
»Töchter der Kupferfrau«* (»Alte Magie«, »Kupferfrau« und »Mowita«), aus: Anne Cameron, *Töchter der Kupferfrau*, Unionsverlag, Zürich 1996.

© Verlag im Waldgut, Frauenfeld 1993. Aus dem Englischen von Thomas Marti.

Joan Clark
wurde 1934 in Liverpool, Nova Scotia, geboren und lebte in Ontario und Alberta, bevor sie sich in den 1980er-Jahren in Neufundland niederließ. Sie hat zahlreiche Kurzgeschichten und Jugendbücher und mehrere preisgekrönte Romane geschrieben. Ihr Roman *Der Triumph der Geraldine Gull* gibt Einblick in das Leben der Indianer im hohen Norden Kanadas.
»Ankunft bei den Swampy Cree«*, aus: Joan Clark, *Der Triumph der Geraldine Gull,* Unionsverlag, Zürich 1999. © Joan Clark 1988. Aus dem Englischen von Gerda Bean.

Madeleine Ferron
kam 1922 in Louiseville, Québec, auf die Welt und starb 2010 in Québec (Stadt). Die frankokanadische Schriftstellerin und Journalistin wurde mit dem Kurzgeschichtenband *Cœur de sucre* (1966) bekannt. Sie veröffentlichte Romane, Erzählungen und mit ihrem Mann Robert Cliche zusammen eine populäre Geschichtsschreibung der Region La Beauce, ihrer Wahlheimat, der sie auch in ihren Erzählungen immer wieder huldigt.
»Zuckerahorn«, aus: Walter Riedel (Hrsg.), *Moderne Erzähler der Welt,* Erdmann, Tübingen, Basel 1976. Aus dem Französischen von Walter Riedel.

Elizabeth Hay
geboren 1951 in Owen Sound, Ontario, ging 1974 in den hohen Norden nach Yellowknife zu einem kleinen Radiosender, von dem auch ihr Roman *Nachtradio* handelt. Sie arbeitete zehn Jahre lang als Radiomoderatorin in Yellowknife, Winnipeg und Toronto, lebte in Mexiko und New York und kehrte 1992 mit Mann und zwei Kindern nach Kanada zurück. Sie hat bislang drei Romane und zwei Kurzgeschichtenbände veröffentlicht und wohnt in Ottawa.
»Aufbruch in die Barren Grounds«*, aus: Elizabeth Hay, *Nachtradio.* © für die deutsche Übersetzung: Schöffling & Co. Verlagsbuchhandlung GmbH, Frankfurt a. M. 2010. Aus dem Englischen von Anke Caroline Burger.

Robert Kroetsch

wurde 1927 in Alberta geboren und gehört zu den angesehensten Schriftstellern der kanadischen Gegenwartsliteratur. Neben Gedichten und Erzählungen hat er mehrere Romane sowie zahlreiche wissenschaftliche und essayistische Schriften veröffentlicht. 2004 wurde ihm der Order of Canada, der höchste kanadische Orden, verliehen. Kroetsch lebt in Winnipeg, Manitoba.

»Goldrausch am Klondike River«*, aus: Robert Kroetsch, *Klondike. Die Ballade von Lou und Dangerous Dan McGrew*, Unionsverlag, Zürich 2005. © Robert Kroetsch 1996. Aus dem Englischen von Martina Tichy.

Alistair MacLeod

1936 in Saskatchewan geboren, zog mit seiner Familie im Alter von zehn Jahren auf einen Bauernhof in Dunvegan an der Westküste von Kap Breton in Nova Scotia. In seinen drei Kurzgeschichtenbänden und einem Roman setzt er seiner Heimat Kap Breton mit ihren schottisch-gälischen Traditionen, dem rauen Meeresklima und dem harten Leben der Fischer und Bergarbeiter ein Denkmal. Bis zu seiner Pensionierung war er Professor für Englisch an der University of Windsor in Ontario.

»Nächtliche Fahrt übers Eis – Eine Erinnerung an Kap Breton«*, aus: Alistair MacLeod, *Land der Bäume*. © S. Fischer Verlag GmbH, Frankfurt a. M. 2001. Aus dem Englischen von Brigitte Jakobeit.

Farley Mowat

1921 in Belleville/Ontario geboren, schrieb zahlreiche Erzählungen über das Leben der Ureinwohner in Kanada und Alaska. In Deutschland wurde er vor allem mit seinem Bericht *Ein Sommer mit Wölfen* bekannt. In seinen Werken macht er auf die schwierige Situation der Inuit, den Umweltschutz und die grandiose Natur des Nordens aufmerksam. Sie wurden in 52 Sprachen übersetzt und millionenfach verkauft.

»Wandere leicht, mein Bruder!«, aus: Farley Mowat, *Der Schneewanderer*, Unionsverlag, Zürich 1997. © Müller Rüschlikon Verlag, Stuttgart. Ein Unternehmen der Paul Pietsch Verlage GmbH & Co. KG. Aus dem Englischen von Elisabeth Schnack.

Alice Munro

1931 in Wingham, Ontario, als Tochter eines Fuchszüchters geboren, was sie in »Jungen und Mädchen« aus ihrem ersten Buch von 1968 verarbei-

tet. Munro gilt als eine der besten Kurzgeschichtenerzählerinnen der Welt. Neben vielen anderen Auszeichnungen erhielt sie 2009 den Man-Booker-Preis für internationale Literatur. Sie hat siebzehn Bände mit Short Storys veröffentlicht, die immer wieder vom Leben in der kanadischen Kleinstadt, oft in Huron County, Ontario, erzählen.
»Jungen und Mädchen«, aus: Alice Munro: *Tanz der seligen Geister. Erzählungen.* © Dörlemann Verlag, Zürich 2010. Aus dem Englischen von Heidi Zerning.

Michael Ondaatje
wurde 1943 in Colombo, Sri Lanka, geboren. Nach seiner Schulausbildung in England übersiedelte er 1962 nach Toronto, wo er seitdem lebt. Internationalen Ruhm erlangte der Träger des Order of Canada mit seinem Roman *Der englische Patient,* der vielfach preisgekrönt, verfilmt und 1997 mit neun Oscars ausgezeichnet wurde. *In der Haut eines Löwen* erzählt von der Rolle der Immigranten bei Kanadas Entwicklung zur modernen Stadtgesellschaft.
»Die Brücke«, aus: Michael Ondaatje, *In der Haut eines Löwen.* © 1990 Carl Hanser Verlag, München. Aus dem Englischen von Peter Torberg.

Sinclair Ross
wurde 1908 in Shellbrook, Saskatchewan, im hohen Norden der kanadischen Prärie geboren, arbeitete sein Leben lang als Bankangestellter und starb 1996 in Vancouver. In seinen Kurzgeschichten und später auch Romanen machte er die Auswirkungen von Weltwirtschaftskrise und Dürrekatastrophen auf das harte, isolierte Leben in den Weiten der flachen Landschaft auf dramatische Weise anschaulich.
»Die Lampe am Mittag«, aus: Ernst Bartsch (Hrsg.), *Die weite Reise. Kanadische Erzählungen und Kurzgeschichten,* Verlag Volk und Welt, Berlin 1974. Aus dem Englischen von Karl Heinrich.

Yves Thériault
wurde 1915 in Québec (Stadt) geboren und starb 1983 in Joliette. Der Frankokanadier war Lastwagenfahrer, Trapper und Radiosprecher und zugleich einer der produktivsten Autoren der Provinz Québec. Er schrieb Romane, Theaterstücke und Erzählungen, in denen immer die großartige Natur im Vordergrund steht. In »Der Terrorist« geht es um den Freiheitskampf der französischsprachigen Quebecer, der in den 1970er-Jahren kurzzeitig in gewalttätigen Terroranschlägen Ausdruck fand.

Die Herausgeberin

Anke Caroline Burger, geboren 1964 in Darmstadt, studierte in Heidelberg, Berlin und Austin/Texas. Sie lebte sieben Jahre lang als Literaturübersetzerin in San Francisco und ist seit 2005 in Montreal, Québec, und Berlin zu Hause. Seit 1992 übersetzt sie aus dem Englischen, vor allem Literatur aus den USA, Indien, England und Kanada. 2003 wurde sie mit dem Wieland-Übersetzerpreis ausgezeichnet.

Bildnachweis

7 Beginn der Franklin-Expedition; Stich von 1869
27 Bild einer Inuitfrau aus dem Dokumentarfilm *Nanook of the North* (1922) von Robert Flaherty
45 Fotografie einer Cree-Frau
58 kanadische Dollar-Münze
73 Illustration des kanadischen Künstlers Art Thompson (1948–2003)
90 Goldwäscher mit sogenannter Wiege
110 Eagle Lake, Postkartenansicht
123 Silberfuchs
144 Pferdeschlitten, Zeichnung von 1879
171 Farmerfamilie, die sich vor dem Sturm in Sicherheit bringt; Fotografie aus den 1930er-Jahren
187 Viaduktbau in Toronto (1917), Zeichnung von William James Thomson (1858–1927)

Foto Umschlaginnenseite: Tatiana Grozetskaya

»Was der klassische Reiseführer nicht leisten kann, fördern die handlichen Bände gezielt zutage.«
Der Tagesspiegel